徳間文庫

# 殺人者《ソウル・マーダー》

深谷忠記



徳間書店

目次

# 序章　少女の祈り

少女は横断歩道の信号が青に変わるのを待っていた。同じ幼稚園の年長組に通っている仲良しのユリちゃんと二人で近くの公園へ遊びに行くところだった。

二車線道路を挟んだ横断歩道の反対側には、二歳ぐらいの男の子と母親らしい若い女性がいた。

母親らしい女性が知人と思われる中年女性に声をかけられ、話し始めたとき、右手(少女たちから見た左手)から白い乗用車が猛スピードで近づいてきた。

が、男の子は気づかないのか、母親と繋《つな》いでいた手を放し、とことこと車道へ歩み出した。

見ていた少女たちは声を呑《の》み、その場に硬直した。

二人の女性も気づいたらしく、顔色を変えた。

男の子の母親が車道へ飛び出した。

しかし、車はすでに男の子の六、七メートル右まで迫っていた。

母親は棒立ちになり、絶叫した。

空気を裂くブレーキの音！

もう間に合わないにちがいない。

自分でもはっきりしないが、少女は瞬間的にそう思ったようだ。

目を閉じて、

――飛んで！　車、飛んで！

と、心の内で祈った。

次の瞬間、何かがぶつかり合うような大きな音が何度かつづいて起きた。

と思うと、一瞬の静寂の後、火がついたように子どもが泣き出した。

少女は恐るおそる目を開けた。

十数メートル右の路上に白い乗用車が横転し、前の横断歩道では泣いている男の子を母親が抱き起こしていた。

少女はどうなったのかと問うようにユリちゃんの顔を見た。

「大丈夫だったみたい」

と、ユリちゃんが驚きの冷めやらない顔をして言った。

「ユリちゃんは見てたの？」

「うん」

車に乗っていた人も助かったらしい。上になったドアを押し開け、男の人が出てこようとしているところだった。

「あの子、どうして轢《ひ》かれなかったの？」

「男の子が転んだら、その上を車が飛び越えて行ったみたい」

「男の子の上を車が飛び越えた？」

「ううん、よくわからない。ほんとは、あたしもちょっと目つぶっちゃったから」

と、ユリちゃんが言った。

その日の夜、少女は両親に昼の体験を話した。

すると父と母は、男の子が助かったことと少女が〈飛んで！　車、飛んで！〉と祈ったこととは関係ない、と笑った。急ブレーキを掛けても車が飛び上がるわけはないから、男の子が無事だったのは、小さな身体《からだ》がたまたま車輪と車輪の間に入ったからだろう、というのだった。

だが、それから一カ月ほどして祖父母の家に泊まりに行ったとき、少女が祖母に同じ話をすると、祖母の反応は違った。

祖母はびっくりした顔をし、

「もしかしたら、おまえには、普通の人にはない特別の力がそなわっているのかもしれないね」

と、言った。

「そうだ、きっとそうに違いないよ」

祖母は半《なか》ば自分に言い聞かせるように何度もうなずいた。

祖母によると、それは超能力というもので、心の内で祈ったり念じたりしたことを実現してしまう力だという。

だからね、と祖母は言葉を継いだ。

「これからは、どうしても困ったことができたら、心の中でお祈りしなさい。本気で祈れば、男の子を助けてあげたときのように、きっとそのとおりになるから」

そう言われても、少女には信じられなかった。両親に一笑に付されたのは不満だったが、かといって、自分に祖母の言うような特別の力がそなわっているとも思えなかった。

＊

九月九日、R県の県庁所在地・N市のN地方裁判所である事件の判決公判が開かれた。殺人事件などに比べれば軽微な事件のため、それについて触れた全国紙はなかったが、Rタイムスだけは十日の朝刊で次のように伝えた。

母親に執行猶予

N市の子ども置き去り

自宅に3歳の長男を6日間置き去りにしたとして保護責任者遺棄の罪に問われた母親の飲食店従業員、南翔子《みなみしょうこ》被告（21）に対し、9日、N地方裁判所の大森和典《おおもりかずのり》裁判長は懲役3月《げつ》、執行猶予2年（求刑・懲役6月）を言い渡した。大森裁判長は判決の理由として、「親としての自覚に欠けた非人道的な行為ではあるが、罪を悔《く》いて反省している点、子どもに愛情がないではない点、被告人自身、父親の日常的な暴力を受

け て 育った点、実母が中学生のときに死亡し、父親と養母に育児の助けを求めても逆に父親に殴られたりして、一人でどうしたらいいかわからず自暴自棄になっていた点などを考慮した」と述べた。

判決によると、南被告は5月16日の夕方から22日の昼近くまで、長男の太陽《たいよう》ちゃん（3つ）を自宅アパートの部屋に放置。太陽ちゃんは、同じアパートの住人の通報で駆けつけた児童相談所の職員と警察官によって保護された。

南被告は普段から夜、太陽ちゃん一人を部屋に置いて勤めに出ていたが、外泊することはなかった。ところが、16日は交際相手の男性に誘われ、男性宅に宿泊。翌日から5日間は男性宅から出勤し、アパートへ帰らなかった。自宅には昼、パチンコなどをしていた合間に何度か電話をかけ、太陽ちゃんが出ると、ママはお仕事が忙しくてしばらく帰れないから、テーブルに置いてあるパンやお菓子やチョコレートを食べているように、喉《のど》が渇いたら冷蔵庫の中のジュースか牛乳を飲むように、と言った。太陽ちゃんは「ママ、早く帰ってきて」と泣いたが、声に力があったので、元気なんだなと逆に安心し、誰かが来ても返事をしたりドアを開けたりしちゃだめよ、と注意を与えた。

いつもは深夜に帰宅していた南被告がここ数日帰っていないのではないか、と不審に思ったのは階下の部屋に住んでいる主婦だった。ドアの前まで行ってノックしても返事がないものの、誰かが室内にいるような気配がある。そこで主婦は、もしかしたら子どもが動けないでいるのではないかと思い、市の児童相談所に電話した。

太陽ちゃんはぐったりしていたので、すぐに病院へ運ばれ、医師の診察を受けた。その結果、多少の衰弱は見られたものの、命に別状はなく、温かいスープと焼きたてのパンを美味《おい》しそうに食べると、「ママ、ママはどこ?」と母親の名を呼びながら、元気な声で泣き出した。南被告に連絡が取れたのはその日、夕方になってから。南被告が、太陽ちゃんの保護されていた児童相談所に駆けつけたときには、太陽ちゃんは泣き疲れたのか、ベッドでぐっすりと眠っていた。

大森裁判長は判決を言い渡した後、南被告を証言台に立たせ、「太陽ちゃんがあなたを強く慕っているようなので、執行猶予を付けました。その点をよく考えて、二度と同じような過ちを繰り返さないように」と説諭した。

(可児武志)

署名にあるように、この記事を書いたのは可児武志《かじたけし》である。一地方紙にすぎないRタイムスには法廷記者などいないので、裁判に関係した記事の半数近くは元社会部記者で現在は編集委員の可児が書いていた。

可児は、新聞が出た後も、

——あの女性はどういう人だろう。

と、記事の内容とは関係のないことが気になっていた。

あの女性……それは、三回開かれた南翔子の裁判を全回傍聴にきていた女性のことである。

麻製らしい水色のニット帽子を被《かぶ》り、かなり濃いグレーのサングラスと大きなマスクをかけていたので、はっきりとした年齢はわからない。が、二十二、三といった感じではなかったし、中年の雰囲気でもなかったから、二十代の後半から三十代ぐらいだろうか。痩《や》せても肥《ふと》ってもいない中肉中背の女性だった。

南翔子の事件は大きな事件ではないので、法廷は狭く、傍聴人の数も少なかった。初公判と判決公判はそれでも七、八人いたが、被告人の父親・南始《はじめ》に対する証人尋問が行なわれた第二回公判はわずか三人。三人のうちの一人は可児、一人は被告人の継母（南始の妻）、もう一人がその女性だった。

いまや、夏でもクーラーで風邪をひくし、花粉症などのアレルギー性鼻炎も季節を問わないから、真夏にマスクをかけている人がいてもそれほど珍しくない。また、眩《まぶ》しさや紫外線を嫌って、サングラスや色付きメガネをかける者も多い。だから、その女性のかけていたマスクとサングラスにも特別の意味はなく、彼女はただの裁判ウォッチャーだったのかもしれない。

が、別の可能性もあった。知った人に会っても自分が誰か気づかれないようにマスクとサングラスで顔を隠していた場合だ。

可児は、この後者の可能性のほうが高いのではないかと思ったので、その女性が気になっていたのだった。南翔子の裁判とどういう関係にある女性なのだろう、翔子か彼女の係累《けいるい》と何らかの関わりのある人なのだろうか、と。

しかし、そう思ったところで、偶然の巡り合わせでもないかぎり二度と彼女に会う機会はないだろうし、調べる術《すべ》もない。

そのため、しばらくは時々思い出して気にしていたものの、忙しさに取り紛《まぎ》れてその件はいつしか可児の記憶から薄れていった。

# 第一章　狼の夢

狼がまたやってきた。

毛むくじゃらの手を少女のパジャマの下に入れ、胸から腹と撫《な》で回しながら猫撫で声で囁《ささや》く。

「そうそう、そうやって目を閉じてじっとしていれば、狼はお嬢ちゃんを食べないからね」

少女は大声を上げて母と父の助けを求めたかった。ベッドから飛び下り、逃げ出したかった。

だが、「ママー、パパー！」と叫ぼうとしても声が出ない。身体もベッドに縛り付けられたように動かなかった。

「お嬢ちゃんはお利口さんだね。すぐに終わるからね」

狼の手が少しずつ下へ移動してゆく。

少女はそれまで以上に身体を硬くし、我慢していた。

狼の指が下腹部の一点で止まった。

それから、指は同じ場所でひとしきり小さな円でも描くように動いていたが、やがて少女の身体から離れた。

「ね、ちっとも怖いことなんかなかっただろう。さあ、楽しい夢を見てぐっすりとおやすみ」

狼が言い、部屋を出て行った。

翌日、少女はこの話を母親にし、どんなに怖かったかを訴えた。狼が少女の部屋に来たのが二度目だったので、母に話したのも二度目だった。

が、母は初めのときと同じように、

「夢を見たのよ。狼が自分で狼だなんて言うはずがないし、第一、狼が家《うち》の中へ入れるわけがないでしょう」

と笑いながら応じ、本気で取り合おうとはしなかった。

「これからは狼が出てくるご本を読むのをやめなさい。そうすれば、そんな怖い夢は見ないから」

母親にそう言われると、自分の「体験」が現実だったのか夢だったのか、少女ははっきりしなくなり、次第に、ママの言うとおりだったんだわ、あれは夢だったんだわ、と思うようになった。

狼はそれからも時々少女の部屋へ入ってきて、同じことをした。

少女は怖かったし、嫌で嫌でたまらないのは前と同じだった。が、これは夢なんだわ、わたしは夢を見ているんだわ、と思った。両拳をぎゅっと握り締め、狼の指が自分の身体から離れるまで耐えた。

何度目かのときにまた母に話すと、今度は母が顔色を変えた。苦しそうな表情をしてちょっと何かを考えていてから言った。

「それじゃ、これからはママが時々あなたのベッドのそばに行ってあげる。そして、あなたが狼の夢を見そうになったら、やめさせてあげるわ」

しかし、母がそばへ来てくれないときに見るのだろうか、少女はそれからも——前より回数は減ったが——同じ狼の夢を見つづけた。

だから、父と母が二人でハワイ旅行に行くために祖父母の家へ預けられたとき、少女はいつまでも夜にならなければいいのにと思った。祖父母の家には年に三、四回行っていたとはいえ、自分の家とは違う。よく知らない部屋で一人で寝ていると き狼が夢に現われたら……と想像しただけで、手足が冷たくなった。

それでも少女はずっと恐怖に耐えていたのだが、夜が近づくにつれて我慢できなくなり、夕食の後片付けを手伝っているとき思い切って祖母に理由を話し、一緒に寝てほしいと頼んだ。

「来年は小学校に上がるというのに、怖がりだね」

祖母は笑いながらも、二つ返事で少女の頼みを聞いてくれた。

その晩、少女は祖母と枕を並べて布団に横になると、祖母の求めに応じ、狼の夢の詳しい話をした。

祖母は、少女の体験がどんなに少女を脅《おび》えさせ、苦しめているかがわかったのだろう、心を痛めた様子だった。怖がりだと言って少女を笑ったことを謝り、どうしてそんな同じ夢ばかり見るのかね、と沈んだ声でつぶやいた。

「その話を、お母さんとお父さんは知っているのかい?」

ママには話したので知っている、と少女は答えた。

「でも、初め、わたしは夢だと思っていなかったから、昨夜《ゆうべ》狼が来てとても怖かったって話したの」

「ふーん……」

「そうしたらママが、狼が家の中へ入ってくるわけがないから、それは夢を見たんだって」

「………」

「おばあちゃん？」

祖母が黙ったので、少女は呼びかけた。

「あ、ああ、そうだね。狼が家の中へ入ってくるはずがないね」

何か考えていたらしい祖母がちょっと慌てたように応《こた》えた。

「うん」

「で、お母さんはどうしたらいいって言ったんだい？」

「時々わたしのベッドのそばへ来て、わたしが狼の夢を見そうになったらやめさせてくれるって」

「じゃ、家にいるときは、もう狼の夢を見なくなったのかい」

「ううん、まだ見るの。ママが来ないときに」

祖母がまた黙り込んだ。

少女が見やると、布団の中で身体を強張《こわば》らせているように感じられた。

「どうしたの、おばあちゃん？」

祖母は応えない。上を向いたまま振り向きもしない。部屋には小球しか灯《とも》っていないのではっきりとは見えないが、いつも少女に見せる優しい顔ではなく、怖いような顔をしていた。

少女は、自分が祖母を怒らせてしまったのだろうかと不安になった。何か祖母の気に障《さわ》ることでも言ったのだろうか……。

わからないまま、

「おばあちゃん、ごめんなさい」

と、謝った。

「えっ？」

と、祖母が少女のほうへ問うような目を向けた。

「ごめんなさい」

「何を謝っているんだい？」

「わたし、おばあちゃんに悪いことを……」

「おまえが？　おまえは何も悪いことなんかしてないよ」

「でも、おばあちゃん、怒ってるみたいだから」

「そうかい？　そんなふうに見えたんなら、悪かったね。でも、私はちっとも怒ってなんかいないよ」

「よかった」

「おばあちゃんはね、どうしたらおまえが二度とそんな夢を見ないようになるだろうかって考えていたんだよ」

「ふーん」

「半年ほど前、おまえには特別の力がそなわっているという話をしたのは覚えているかい？」

覚えている、と少女は答えた。

車が男の子を轢きそうになったとき、〈飛んで！　車、飛んで！〉と少女が咄嗟《とっさ》に祈ると、車は男の子の上を通り過ぎたのに男の子は無事だった。少女がその話をすると、祖母がそう言ったのだった。

「じゃ、そんな狼の夢なんか見ないようにって、お祈りしたかい？」

「うん」

「それでも駄目だったんだね？」

少女はうなずいた。

「そうかい」

と、祖母が溜《た》め息《いき》をついた。

「わたしには、おばあちゃんの言った特別の力なんてなかったのよ」

祖母がまた黙った。

「そうでしょう？」

「いや、そんなことはない」

と、祖母が強い調子で言った。

「だって……」

「それは、おまえの祈り方が弱かったんだよ。祈る力のことを念力と言うんだけど、念力というのはね、弱いと、思ったところまで届かないんだよ。だから、来週、お父さんとお母さんが迎えにくるまで、毎晩本気になって祈ってごらん。そうすれば、今度はきっとそれが届いて、狼の夢を見なくなるから」

少女は半信半疑だったが、その晩から、祖父母の家に泊まっていた五日間、眠る前に一生懸命に祈った。

すると、祖母の言ったとおりだった。その後はぴたりと狼の夢を見なくなった。

# 1

辻本加奈《つじもとかな》は、増淵悦夫《ますぶちえつお》と仕事の引き継ぎを済ませ、隣りの居間でテレビを見ている子どもたちに「それじゃ、また明日ね」と声をかけた。

〈星の家〉で一番年少の浜田《はまだ》みずきがテレビの前から立ち上がり、ちょこちょこと玄関までついてきた。

みずきは、加奈が靴を履き終わるのを待って、「バイバイ」と手を振る。四カ月前、〈星の家〉へ来たばかりのころは、加奈が勤めを終えて帰ろうとするたびに後を追い、「あたしも行く」と泣いたのだが、いまはちょっと寂しげな顔をするだけである。

わずか三歳にして諦《あきら》めることを学んでしまった女の子……。加奈は「みずきちゃん、お見送り、ありがとうね」と微笑《ほほえ》みかけ、みずきをみんなのいる居間へ帰してから玄関の扉を押した。

時刻は午後六時半を回り、人の姿のない広い庭では外灯が輝きを増していた。

ポーチを離れて駐車場へ向かって歩き出した加奈の頭に、一週間ほど前に判決が出た南翔子の事件が……翔子の長男・太陽のことが浮かんだ。太陽もみずきと同じ三歳だったからだ。もっとも、〈星の家〉にいたころの太陽はまだ二歳だったが……。

加奈は、この冬の出来事を思い出すたびに苦々しい後悔の念にとらわれる。あのとき、もう少し踏ん張って、太陽を親許へ帰さずにおけば、六日間も部屋に放置されるといった事件は起きなかったのに、と。

二十メートルほどの間をおいて建っている〈月の家〉や〈風の家〉の前を通り、独身者用の職員寮の裏へ回ると、ツツジの植え込みから虫の声がうるさいぐらいに響いてきた。

加奈は、いまは使用されていない大きな焼却炉のある駐車場へ入り、道路側の生垣に尻を向けて駐《と》めておいた軽乗用車、ミラのドアを開けた。

加奈が児童指導員として勤めている児童養護施設「愛の郷《さと》学園」はR県のほぼ中央に位置する香西《かさい》市にあった。加奈は学園内に九つあるホームの一つ〈星の家〉に、隣りの光南《こうなん》市から通勤していた。長男の恵介《けいすけ》と住んでいるアパートまで、車なら二十分ほどの距離だ。ただ、今夜は実家へ回って恵介を引き取ってこなければならないので、倍の時間はかかるだろう。

宿直のときを除いて、ふだんは学園の近くにある保育園に恵介を預けているのだが、今日は敬老の日。保育園が休みなのだ。

加奈は、愛の郷学園に勤め始めた一年半前に中古で買ったミラのエンジンを掛け、ヘッドライトを点《つ》けた。シートベルトを締めるとサイドブレーキを解き、アクセルペダルをゆっくりと踏んで、駐車場から狭い道へ出た。

食品工場の塀に沿って東へ四、五十メートル行って左へ折れ、北へ向かう。あとは、マンションや一戸建ての家が建ち並んでいる住宅地を抜け、ＪＲ浜浦《はまうら》線の踏切を渡って畑の中を少し行くと、国道２××号線だった。

国道との交差点を真っ直ぐ進んで五百メートルほど行けば春茅《はるがや》沼の堤防にぶつかるが、加奈は信号が青になるのを待って右折。進路を東に変えた。

国道２××号線はＲ県のほぼ中央を東西に貫いている幹線なので、昼も夜も車の通行が多い。沿線にはガソリンスタンド、大型ホームセンター、中古車展示場、ファミリーレストランなどが煌々《こうこう》と灯《あか》りを点けて客を誘っている。が、そうした店のすぐ裏側……沼に近い北側には水田や畑、茅《かや》の茂った荒地が広がっていた。加奈は、自分の小さな車が大型トラックやダンプカーに挟まれ、怖い思いをすることが度々あった。それでも、信号が少ないし、見通しが利くので、市街地や住宅地を縫っている県道を通るよりも走りやすい。

国道を十数分走って光南市に入ると、Ｙ字路の右の道へ入った。

浜浦線の線路を跨《また》いで光南市の中心街へ向かう、緩《ゆる》やかな登り勾配の道だ。

百メートルと行かないうちに、右手奥に加奈たちの住んでいるアパートが見えたが、スピードを緩めずに進んだ。母が父と離婚した後、小学校に入学したばかりだった一人っ子の加奈を連れて東京から移り住んだ実家——加奈の祖父母の家——は、さらに二キロほど行ったところだからだ。

ミラは坂を登りきって県道に合流し、東へ向かう。四、五百メートル行って、光南駅を左に見ながら十字路を直進したとき、加奈は黒縁のメガネをかけた平井俊二《ひらいしゅんじ》の色白の顔を思い浮かべた。

松崎一也《まつざきかずや》の担任教師である平井は光南市で生まれ育ち、現在も両親の家に同居している、と聞いていたからだ。

一也が〈星の家〉から香西一中へ通い出してしばらくしたころ、何かの話からそういう話になった。そのとき平井は、加奈も出身地などを明かすものと思ったようだが、加奈は話題を逸《そ》らしてしまった。

平井は一也のことを親身になって考えてくれているし、信用できる教師だとは思う。だからといって、個人的な事情は知られたくない。相手が近くに住んでいるとなれば尚更……。

児童指導員は、施設にいる子どもたちの身の回りの世話をするだけでなく、父母に代わって幼稚園や学校の行事に参加したり、保護者面談などにも出なければならない。だから加奈は、わずか一年半の間に何人もの教師と交渉を持ってきた。そこで知ったのは、教師はだいたい三つのタイプに分けられるという事実だった。

第一のタイプは、強い偏見の持ち主で、施設の子どもに対して平気で差別的な言辞を吐き、自分の中にあるそうした意識を隠そうとしない教師、第二のタイプは、口では立派なことを言いながら、内実は強い偏見と差別意識を持っており、問題が起きると自分の保身しか考えない教師、そして第三のタイプは、施設の子どもには普通の家庭の子ども以上に問題が多いが、それはけっして子ども自身の責任ではないと考え、子どものためにできるかぎりのことをしてやろうと考えている教師、である。

平井はこの最後の部類に入る教師と言っていいだろう。ただ、彼の場合はこの半年の間にそうなったのであって、四月に初めて顔を合わせたときの印象はあまり良いものではない。一也のような育ち方をした子どもについてだけでなく、世の中のことを何も知らない、苦労知らずの〝優等生〟のように見えた。この若い教師――三十三歳の加奈よりだいぶ下だろう――に一也を任せて大丈夫だろうか、と加奈は危ぶんだ。一生懸命やろうとしている意欲は伝わってきたものの、頭が固く、融通の利かない感じがしたし……。それから約半年、平井は加奈の予想を良い意味で裏切り、かなりうまくやってくれている。それは平井自身の努力によるのは言うまでもないが、副担任の大沼彩子《おおぬまあやこ》の力が大きいのではないか、と加奈は考えていた。

加奈が四月に平井と面談したとき、彩子も同席した。彩子については、やはり〈星の家〉から香西一中へ通っていた久保寺《くぼでら》ゆふをテニス部へ誘ってくれた教師として存在は知っていたが、会ったのはそのときが初めてである。年齢は加奈と同年ぐらいだろうか。育ちの良さを窺《うかが》わせる、明るい聡明な感じの女性だった。彩子は自分がサブであることを自覚してか、あまり話に口を挟まなかった。それでも、施設の子に対する偏見や差別意識を持っていないのはわかったし（ゆふの件で証明済みでもあった）、そうした彩子を平井が尊敬しているらしいことは彼の話の端々から伝わってきた。だから加奈は、平井が一也の置かれている状況を短期間のうちにつかみ、クラスの他の子たちとの融和をうまくはかっているのは、彩子の適切な援助があり、彼がそれを素直に受け容れたからではないか、と思っていたのだった。

そうした想像の正否はともあれ、加奈は平井と彩子に感謝していた。もし一也の担任が平井や彩子のような人間ではなく、差別と偏見のかたまりのような教師だったら、一也の中学校生活がどれほど悲惨なものになっていたか、想像に難《かた》くない。それは、少なからぬ園児たちがこれまでに経験してきたことだった。

実家の前に着いた。

元は農家だったので、建物は古いが、ラカン槇《まき》の生垣に囲まれた庭は広い。加奈の祖父母はすでに亡くなっていたから、そこに今年五十六歳になった母が一人で住んでいた。

加奈は門扉《もんぴ》の付いていない砂利敷きの庭へミラを乗り入れ、停めた。玄関灯が点いているものの、それだけでは庭を照らし切れない。ドアを開けてミラから降りると、周りの暗がりから虫の鳴き声が洪水のように押し寄せてきた。

加奈は玄関まで進み、インターホンのチャイムを鳴らした。

時計を見て待っていたのだろう、すぐに母の「はーい」という声が応えた。

「ただいま」

加奈が言うと、

「恵ちゃん、お母さんが帰ったわよ」

恵介に告げる母の声がして、「待って、いま開けるから」と加奈に言った。

母より先に恵介が駆けてきたようだ。

そのまま三和土《たたき》に下り、音をたてて鍵を開けた。

加奈はドアを引き開け、「ただいま」と言いながら中へ入った。

四歳の息子が裸足《はだし》で飛びついてきた。

加奈は腰を落として恵介を抱き上げた。頬《ほお》ずりをしながら、「ただいま」と耳元でもう一度言った。

それから、上がりがまちに立っている母に顔を向けた。

「お母さん、ありがとう。それじゃ、帰るから」

「なんだい？　お茶の一杯ぐらい飲んで行けばいいじゃないか」

母が不満そうな顔をした。

「でも、帰りにスーパーに寄って行かなければならないし」

加奈は応え、「さあ、お部屋へ行ってバッグを持ってらっしゃい」と恵介を母の横に下ろそうとした。

が、恵介は加奈の首に抱きついて抗《あらが》い、言うことを聞かない。

「これじゃ、いつまで経ってもお家へ帰れないでしょう」

恵介が縮めていた足を床につけ、加奈の首に巻きつけていた腕を解いた。

「出して遊んだものは、ちゃんとバッグに入れてくるのよ」

加奈は、歩き出した恵介の背中に声をかけた。

「おまえは、いつもこうなんだから」

苦々しげな顔をして加奈を見ていた母が、愚痴《ぐち》った。

「早くお風呂に入れて御飯を食べさせないと、すぐに眠くなっちゃうのよ」

「だからといって、お茶を飲んで行くぐらいできるだろう。そんなに急ぐんなら、もう少し早く帰ってくればいいじゃないか」

「仕事なんだから、自分の思いどおりにはいかないわ」

これでも、一緒に〈星の家〉を担当している増淵悦夫と片瀬玲美《かたせれみ》――二人とも独身だった――の好意により、宿直を週に一回だけにしてもらっているのだ。

「立派な仕事だこと……。自分の子どもは寂しい思いをしていても放っておき、遅くまで他人の子どもの面倒をみてやって」

「そんな言い方をしないで。園にいる子どもたちはみんな、恵介以上に寂しいのを我慢しているんだから」

「だからって、親が捨てた子どもを、どうしてあんたがみてやらなければならないんだい？」

「私だって恵介ともっと一緒にいたいし、一緒にいてやりたいわよ。でも、食べていくためには仕方ないでしょう」

別居中の夫から毎月五万円が振り込まれてくるが、それは恵介の養育費である。加奈にとって、いまの仕事は生活のためであり、使命感に燃えて選んだわけではない。だから、いろいろ迷うことが多いし、母のように考えるときもないではない。が、自分の意思と関わりなく不幸を背負わされた子どもたちに日々接していると、彼らのためにできるだけのことをしてやりたいという気持ちになってくる。

「なら、英介《えいすけ》さんのところへ戻ればいいんだよ。そうすれば、おまえは恵ちゃんとずっと一緒にいられるだけでなく、銀行員の奥さんとして左団扇《ひだりうちわ》で暮らせるんだから」

母と言い合うと、話はいつもそこに行き着く。

英介が離婚に同意せず、加奈も裁判で争うのに躊躇《ちゅうちょ》している事情もあって、籍はまだ元のままになっていたからだ。

「お母さんだって、お父さんと別れたじゃない」

「私の場合はあんたとは違うわ。あんたも覚えていると思うけど、あの人はふだんは借りてきた猫みたいにおとなしいくせに、お酒を飲むとまるで人が変わってしまって、何度殺されると思ったかしれないんだから。それでも、離婚したら子どものあんたに辛《つら》い思いをさせると思って我慢していたけど、そのあんたにまで手を上げるようになったから、私は家を出たんだよ」

「英介だって私を殴ったわ」

「そりゃ、あんたが英介さんを責めたからでしょう」

「当たり前じゃない。毎晩、仕事で遅くなるんだと思っていたら、浮気していたんだから」

　加奈が英介の浮気に気づいた後、加奈たちは毎晩のように夫婦喧嘩を繰り返した。そして加奈は、英介が勤めに出た昼、恵介を連れて社宅を出た。

　幼い子どもを抱えた加奈には、実家以外に行くところがない。母の過干渉から逃れるために大学入学と同時に飛び出し、あまり帰らなかった実家ではあるが、背に腹は代えられない。母の嫌みと皮肉を我慢して身を寄せ、ハローワーク通いを始めた。

　加奈は、大学を卒業してから結婚するまでの間、東京の児童養護施設で働いていた。公務員試験と教員採用試験に落ちた結果だが、それが幸いし、半年間は臨時の職員だったものの、愛の郷学園に児童指導員としての職を得ることができたのだった。

　初めのうちは恵介の世話を母に頼み、実家から通勤した。が、愛の郷学園の近くに恵介を預けられる保育園が見つかったのを機に、同じ光南市内に部屋を借りて移った。いつまでも母に甘えていられないから……というのが表向きの理由だが、本当は、育児の仕方から始まって加奈の生活の隅々にまで口を挟む母が煩《わずら》わしかったのだ。

「とにかく、おまえは勝手だよ」

と、母が恨めしげな目を加奈に向けた。「世話になるときだけ世話になって……」

確かにそうかもしれないが、母の言い分は一方的だとも思う。

が、加奈は反論せずに言った。

「お母さんには感謝しているわ」

「口では何とでも言えるさ」

けっして口だけではない。母に感謝しているのは事実だった。もし母がいないか、いても南翔子の父親のような人間だったら、加奈がいまの勤めをつづけることは難しかっただろう。その前に、恵介を抱えて路頭に迷っていたかもしれない。あるいは、追い詰められ、翔子のように育児放棄《ネグレクト》していた可能性だってないとは言えない。

加奈の脳裏に、また南翔子の事件がよみがえった。

いかなる理由があっても、翔子の行為は免罪できない。だが、翔子の父親と継母が彼女に手を貸していたなら、事情は違っていただろう。

翔子の父親は娘の育児を助けてやらなかっただけではない。翔子が太陽を施設に預けるのにも反対したのだった。

太陽が二歳になるかならないかのころから、翔子は太陽を虐待していた。腕をつねったり脚に煙草《たばこ》の火を押しつけたりして。した後ですぐに後悔するのだが、苛々《いらいら》すると自分を止められない。そのため翔子は、このままだと自分は太陽をどうかしてしまうかもしれないと恐れ、N市児童相談所を訪問。児童相談所の判断とアドバイスを受け、太陽を愛の郷学園へ預けた。

ところが、それを知った父親は激怒した。「子どもを施設へなんか預け、南家の恥をさらしやがって！」と翔子を殴り、その足で孫を返せと学園へ押しかけてきた。加奈たちが〈親権者である翔子の依頼を受けて預かっているので、たとえ祖父の要求であっても聞くわけにはいかない〉と言って拒否すると、そのときはさんざん罵声《ばせい》を浴びせて引き揚げたが、数日後、翔子を引き連れて再び来訪。今度は親である翔子が引き取りたいと言っているのだから文句はあるまいと勝ち誇ったように言い、止めようとした増淵を突き飛ばし、脅えている太陽の腕を取って強引に連れ帰ろうとした。駆けつけた園長が、〈きちんとした手続きを経て責任を持って預かっているのだから、たとえ親権者であっても勝手に連れ帰ることはできない、もしそれでもと言うのなら警察を呼ぶ〉と告げると、悔しそうな顔をしながらやっと太陽の腕を放したが……。

その後、児童相談所と愛の郷学園と翔子、三者の話し合いが持たれ、どうしても引き取りたいという翔子の強い希望――父親の意思だろう――が通り、太陽は彼女の許へ帰されることが決まった。

話し合いが行なわれたのはN市児童相談所の会議室である。愛の郷学園からは副園長と加奈が、児童相談所からはずっと翔子の相談に乗ってきた田丸澄子《たまるすみこ》と、澄子の下で太陽の件を担当している前田沙希《まえださき》が参加した。

田丸澄子は、年齢が沙希より一回りほど上の三十七、八歳。ベテランの児童福祉司だった。沙希や加奈より多少ふっくらしているが、中肉中背の部類に入るだろう。以前、沙希に聞いた話によると、澄子は大学時代、アルバイトの合間を縫って――澄子は高校も大学も奨学金とアルバイトで卒業したらしい――児童福祉施設でボランティアをし、初めから現在の職種を希望してN市の職員になったのだという。だからだろう、いつも考えがふらつき、迷ってばかりいる加奈などとは違い、児童福祉の仕事に強い信念を持って当たっているように見えた。ふだんはにこにこしていて人一倍優しい女性だが、虐《しいた》げられている子どものためとなったら、相手が誰であっても容易には妥協しないらしい。また、超が付く忙しさであるにもかかわらず、よく本を読んで勉強していて、加奈は澄子と話すたびにいろいろなことを教えられた。

話し合いでは、太陽を翔子の許へ帰すことに澄子が反対し、加奈と沙希も同調した。

だが、翔子がもう二度といじめたりネグレクトをしないと頑強に言い張ったため、加奈たちとしてはそれを受け容れざるをえなかった。

　結果は、加奈たちの不安が的中した。この五月、太陽は六日間もアパートの部屋に一人で捨て置かれ、翔子は保護責任者遺棄の罪で逮捕、起訴された。

　翔子が逮捕されたとき、太陽は澄子や沙希によってN市児童相談所の一時保護所に保護された。その後、どこかの児童養護施設に空きがあれば――愛の郷学園にも澄子から問い合わせがきたが空きがなかった――そこに入ったはずだが、もしどこの施設にも余裕がなければずっと一時保護所にいたはずである。いずれにしても、先日、翔子には執行猶予付きの判決が出たので、彼女の生活が落ちつけば、太陽はまた母親と一緒に暮らすことになるのだろう。

　そう考えると、加奈は、また同じような虐待が繰り返されなければいいが、と祈らずにはいられなかった。


　恵介が玩具や絵本などを入れたバッグを持って戻ってきた。

　母親と祖母の話し合いがあまり友好的なものではないと感じたのだろう、四、五メートル離れた廊下に立ち止まり、それ以上近づくのをためらっている。

「恵介、おいで」

加奈は腰を屈《かが》めて呼んだ。

「あら、恵ちゃん」

と、母が初めて恵介が戻ったのに気づいたかのように身体を回した。

「お祖母《ばあ》ちゃんはもっと恵ちゃんと一緒にいたいのに、お母さんがどうしても帰るんだって」

恵介に言いつけるように言った。

恵介にしたらどちらに味方したらいいのかわからないからだろう、祖母の言葉には応えず、バッグをいかにも重たげに両手で持ち、加奈の前まで歩いてきた。

加奈は恵介の手からバッグを取り、靴を揃《そろ》えてやった。

「それじゃ、また来るから」

恵介が靴を履き終わるのを待って母に挨拶《あいさつ》し、「バイバイ」と手を振る恵介の背中を押して外へ出た。

## 2

平井俊二は窓際の自分の席でパソコンに向かい、学級通信を作っていた。敬老の日を過ぎ、夕日が背中まで届くようになったが、窓を開けてあるのでそれほど暑くない。時刻は四時半を回ったところ。授業は一時間半以上前にすべて終わっていたが、クラブ活動の指導などで席を空けている教師が多いため、職員室にいるのは十人前後。平井の左右の席も無人だった。左側の鴨川宣夫《かもがわのぶお》は陸上部の顧問だし、右隣りの大沼彩子はテニス部の顧問だから、二人ともいまごろはグラウンドだろう。いつもすっきりと整頓されている彩子の机と比べると、鴨川の机の上はパソコン、雑誌、文庫本、ハトロン紙の封筒、筆記用具と無秩序に積まれ、まるで物置のようだ。それでも、赤みを帯びた日の光は二つの机の上に平等に窓枠と柱の影を映していた。

理科の教師である平井は理科クラブの顧問とテニス部の副顧問をしている。といっても、テニス部の副顧問は彩子に頼まれて名前を貸しただけだし、理科クラブは部員が少なく、日常的な活動をしていない。平井にとってはそれは幸いで、放課後はたいてい職員室で仕事をしていた。

というのも、この四月から一年二組の担任になり、学級経営と教科の準備だけで手一杯だったからだ。

平井が勤務する香西市立第一中学校は、市の中心街に近いところにある。学級数が各学年三クラスずつの九クラス、生徒数が約三百二十人という、県下では標準的な規模の中学校だ。

平井がN大学教育学部を卒業したのは五年前だが、R県の教員採用試験に合格したのは一昨年である。試験に合格するまで臨時講師をしていたとはいえ、正規の教員としてのキャリアは一年半にすぎず、クラスを担任したのは初めて。しかも、平井は要領が悪いため、毎日アップアップで、学年主任の鴨川と副担任の彩子に助けられてやっと乗り切っていた。

五時を過ぎると、教師たちが続々と職員室へ戻ってきた。以前は日が暮れるまで練習をしている運動部が少なくなく、むしろそれが当たり前のような状態だったらしい。だが、何年か前、児童・生徒が犯罪被害者になる事件が頻発し、変わった。現在は、子どもの身を守ると同時に学校の責任を回避する必要から、

――夏時間の四月から九月までは五時半までに、冬時間の十月から三月までは四時半までに、生徒を全員下校させるように。

という校長の指示が出されていた。

先に戻った鴨川が隣りの喫煙室へ行った後、彩子も帰ってきた。ジャージのパンツに薄地の白いジャンパーを羽織り、テニスのラケットを脇に抱えていた。生徒たちに交じってコートの中を走り回っていたのだろうか、心持ちまだ上気しているように見えた。

彩子のそうした姿を目にしただけで平井の胸の動悸《どうき》は速くなっている。

「お疲れさま」

彩子が平井に言い、パソコンの画面をちょっと覗《のぞ》き込んだ。

彩子は平井より七つ上の三十四歳。バツイチだというが、丸顔のせいか実際の年齢よりかなり若く見える。身体は大きくも小さくもなく、均整が取れていた。ふだんは明るいが、感受性が強いのだろう、悲しい話や感動的な話を聞いたり、そうした出来事に出合うと、涙をぼろぼろ流して泣いた。

「先生こそ、お疲れさまでした」

平井は何でもないように装って応えた。

「あら、私は生徒たちと一緒に楽しく遊んできただけだから、ちっとも疲れてなんかいないわ。むしろ爽快《そうかい》な気分……」

彩子がよく動く大きな目に悪戯《いたずら》っぽい笑みを浮かべた。

平井たちの左手前方、奥の席にいる副校長の西沢《にしざわ》たみ子と主幹の春山《はるやま》功《いさお》が目を上げ、彩子を見た。二人とも苦虫を噛《か》み潰したような顔だ。「生徒たちと遊んできた」という言葉を聞き咎《とが》めたようだ。

が、彩子は気づかない。

ラケットを机の端に立て掛け、コーナーへ行って二人分の茶を汲《く》んできた。

平井の分を「はい」とパソコンの横に置き、椅子《いす》を引いて腰を下ろした。

平井は礼を言って茶碗を取り、ひと口飲んだ。気づかずにいたが、喉が渇いていたらしい。美味《おい》しかった。

「私はこれから、明日の小テストの問題を作らなきゃ」

彩子が茶を飲みながらパソコンの蓋《ふた》を開け、起動させた。

彩子が教えているのは英語である。東京のJ大学英語学科出身の才媛《さいえん》だが、学歴を鼻にかけたようなところはまったくない。平井などと違って、大学を卒業してストレートでR県の教員採用試験に合格し、すぐに勤務校も決まったので、教師になって十二年目という中堅だった。

香西一中では、平井のような経験の浅い教師をクラス担任にし、彩子のような中堅あるいはベテランの教師を副担任としてその補佐役、指導役に配していた。新人を少しでも早く一人前の教師に育てようという管理者の親心らしいが、平井には荷が重い。副担任からスタートしていれば……と思うことがこれまでに何度もあった。

彩子は、平井が真面目《まじめ》すぎるからだと言うのだが……。

――平井先生は何でも完璧にやらなければならないと思うから、気持ちの負担が大きいのよ。失敗したっていいじゃない。もっと肩の力を抜いたら？

平井自身は、完璧にやろうと思っているわけでも、肩に力を入れているつもりもない。が、周囲の者の目にはそう映るらしい。学活のために教室へ向かうときなど、

――平井先生、深呼吸、深呼吸。

と、鴨川にも何度か笑いながら注意された。

平井には桃子《ももこ》という三つ違いの妹が一人いるが、子どものころから、「おまえたちは兄妹でどうしてこうも違うのかね」と、本家の伯父に呆《あき》れ顔をしてよく言われた。足して二で割るか……せめて逆だったら良かったのに、と。

そんなとき、父は気弱そうに笑って一族の長である兄の言葉を肯定していたのに対し、母は、「お義兄《にい》さん、俊ちゃんのどこがいけないんですか？　桃子が少しはお兄ちゃんを見習ってきちんとすればいいんですよ」とむきになって抗議したが、平井自

身、伯父の言うのももっともだと感じていた。平井の場合、学校の宿題が出ると済ませてからでないと遊びに行けないぐらい気が小さいのに、妹は図太く能天気で、少々のことでは動じない性格だったからだ。

それとは少し違うが、平井には、思い込みが強いというか、こうと思ったら周りのものが目に入らなくなり、一直線に突き進んでしまう傾向もあった。中学時代、「正義感が強くてとても立派だが、相手を許す気持ちも持とう」といった所見を通知表に書かれた。これは、自分が正しいと考えると相手をとことん非難、追及してしまったからららしい。また、中学三年のときは市内の別の中学の女生徒を好きになり、連日ストーカーまがいの行動を取って、相手の父親にこっぴどく殴られたこともあった。

こうした経験から、平井は、自分がくそ真面目で融通の利かない性格なのはある程度わかっているつもりだった。

それでいて、なかなか変えられない。

鴨川が職員室へ戻ってきたとき、天井のスピーカーから「平井先生、お電話です」という声が流れた。

勤務時間中は携帯電話の使用が禁じられているので、電源を切ってある。そのため、外から電話がかかると一々事務から呼び出しがあるのだ。

平井は、鴨川が入ってきたドアの横にある電話台まで行き、受話器を取った。

彼が名乗ると、

「愛の郷学園の辻本です」

相手が言った。

余計な挨拶はない。

平井の脳裏に、辻本加奈の整った顔が浮かんだ。

――松崎一也に何かあったのだろうか。

平井が不安を覚えるより早く、

「あの、一也君が何時ごろ学校を出たかわかるでしょうか？」

と、加奈が聞いた。

松崎一也は、平井の担任する一年二組の生徒だった。

「確認したわけではありませんが、三時前後ではないかと思います」

平井は答えた。

一也はクラブ活動をしていないので、終学活が終わった後じきに下校したはずだった。

「三時ですか……」

「まだ帰っていないんですか？」

「ええ」

加奈の声が沈んだ。

すでに五時を十分ほど過ぎている。三時に学校を出たとすれば、二時間以上経っていた。

香西一中から、一也が入所している児童養護施設、愛の郷学園までは歩いて十五分前後。どこかに多少寄り道をしたとしても、まだ帰らないというのはおかしい。

「学校に残っているということはないでしょうか？」

加奈が言葉を継いだ。

彼女は、愛の郷学園の児童指導員である。他の二人の職員と、ホーム〈星の家〉で暮らしている一也たち八人の子どもの面倒をみていた。

「松崎君はクラブ活動をしていないので、それはないと思いますが」

「そうですか」

「あ、でも、念のために捜してみます。もしその間に帰ってきたら、ケータイに連絡してくれませんか」

五月のゴールデンウィークの後、一也がクラスのボスである村上祐介《むらかみゆうすけ》たちに春茅沼の土手下へ呼び出されていじめられたとき、加奈とは互いの携帯電話の番号を登録し合っていた。

わかりましたと応えて、加奈が電話を切った。

平井は自分の席に戻り、鴨川と彩子に事情を説明した。

「それなら、手分けして捜したほうが早いわね」

と彩子が言い、平井がパソコンを終了させるのを待って、一緒に席を立ってきた。

一カ月前、平井はN市の彩子のマンションで彼女とベッドを共にした。が、その後もお互いに以前と変わらないように話し、振る舞っていた。彩子はどうか知らないが、平井はかなり努力して。

平井が校舎内を、彩子が校庭を捜すため、体育館の入口で落ち合うことにして階段の下で別れた。

平井は机の引き出しから出してきた携帯電話のフラップを開き、電源のスイッチを入れた。

メールの着信を知らせる表示があったが、無視してフラップを閉じ、ポケットに突っ込んだ。

まず一年の教室と理科室、図書室などがある二階へ上《のぼ》り、次いで二年と三年の教室がある三階、最後に家庭科室、音楽室、美術室などのある一階へと移動した。その間、鍵の掛かっていない教室は開けて中を覗いてみたが、生徒の姿はどこにもなかった。

予想していたとおりである。

平井の胸に不安がふくらんだ。

一也は痩せていてクラスで一番小さい。中学の制服を脱げば、小学校四、五年生と言っても通るかもしれない。アルコール依存症の母親に育てられ、虐待されていたからか、いつもおどおどと脅えたような目をしていた。知能が低いわけではないのだが、他人と話すのが苦手らしく、親しい友達はいない。しかも、一也が「施設の子」だということで、クラスには差別と偏見の目で見る生徒もいた。

そうした事情が重なって、一也は村上祐介たちにいじめられたのだった。

――また村上たちにどこかへ呼び出され、いじめられているのだろうか。

平井が最悪の場合を考えながら渡り廊下を通って行くと、彩子はすでに体育館の前に立っていた。

平井を認め、首を横に振った。

やはり一也はいなかったようだ。

平井は彩子の前まで行き、校舎内にもいなかったと告げてから、自分の恐れていることを話した。

「最近の村上君たちを見ていると、その可能性は薄いように思うんだけど」

と、彩子がちょっと首をかしげた。

「それならいいんですが」

「平井先生の努力が実り、松崎君に対する差別やいじめは少なくなったみたいだし」

「僕の努力なんてとんでもない。大沼先生のおかげです」

「私は、自分の感じたことを平井先生に時々話す以外には何もしてないわ」

この四月、平井は初めて学級を担任し、毎日決められた仕事をこなすだけで精一杯だった。弱々しい、暗い顔をした一也の存在は多少気になっていたものの、彩子に指摘されるまで、クラスの中に彼に対する差別があることさえ気づかなかった。

そんなときに起きたのが、村上祐介たちのいじめだった。

以来、平井はできるだけ一也に注意し、他の生徒たちが一也をいじめたり殊更《ことさら》に無視したりしないように気を配ってきた。鴨川と彩子の助言、指導を受け、愛の郷学園の辻本加奈や増淵悦夫との連絡を密にして。そうした平井の努力が徐々に実を結び、四、五月ごろに比べると、いまでは一也に対する差別と偏見がだいぶ薄まっていたのだった。

「念のために、村上君の家《うち》に電話してみる？」

彩子が平井の目に問いかけた。

「村上が自宅にいれば、僕が想像したようなことはないというわけですね？」

「そう」

「わかりました。じゃ、してみます」

二人は話しながら職員室へ戻り、鴨川に結果を報告した。

五時半近くになり、三分の一ぐらいの教師はすでに帰るか、帰り支度をしていた。

平井は生徒名簿を見て、村上祐介の自宅に電話をかけた。

就業時間を過ぎていたので、自分の携帯電話をつかった。

母親が出たので、

「ちょっと村上君に聞きたいことがあるのですが、いますか？」

と言うと、母親が「祐介、平井先生よ」とすぐに呼んでくれた。

それで用事は済んだも同然なので、平井は一也の名を出さず、どうでもいい話をして誤魔化《ごまか》した。

祐介はテレビゲームをしていたらしい。

「何だよ、そんなことで……」

と、中断させられた文句を言った。

平井は、「ごめん。悪かったな」と謝って電話を切った。

「村上は家にいたようだな」

電話を聞いていた鴨川が言った。

「はい」

「松崎君、どこへ行ったのかしら?」

彩子が首をひねり、表情をいっそう曇らせた。

「辻本さんから連絡がないということは、まだ学園にも帰っていないのだと思いますが、とにかく電話してみます」

平井は二人に言い、加奈のケータイの番号を表示して通話ボタンを押した。

加奈は待っていたらしい、すぐに出た。

やはり学校にはいないようだと平井が話すと、予想していたのだろう、

「ご面倒をおかけしてすみませんでした」

と、暗い声で応えた。

「まだ帰っていないわけですね?」

「ええ」

「いま、ふと思いついたんですが、お母さんの入院しているN市の病院へ行ったという可能性は……？」

「それはありません。一也君は行ったことがないので、場所を知りませんから」

「そうなんですか」

「あの、誰かにどこかでいじめられているということは考えられないでしょうか？」

加奈が遠慮がちに聞いた。村上たちにいじめられたときのことを念頭に置いての質問だろう。

「クラスの子にかぎって言うと、それはないようです。辻本さんもご存じの村上祐介は自宅にいましたし……」

「そうですか」

「とにかく、これから、一也君の通学路を通ってそちらへ行ってみます。どうするかはそれから相談して決めましょう」

「すみません。私が捜しに行けばいいのですが、離れられないものですから」

平井は電話を切り、鴨川と彩子に事情を伝えた。

「それじゃ、私も一緒に行くわ」

と、彩子が申し出てくれた。

平井は気持ちが軽くなるのを感じた。いつまでも彩子に頼っていては駄目だと思う一方で、彼女がそう言ってくれるのを心のどこかで期待していたようだ。

さっきから胡散臭《うさんくさ》そうな目でこちらを窺っていた西沢たみ子と春山に鴨川が事情を説明しに行っている間に、平井と彩子は帰り支度をした。

「それじゃ、何かわかったら先生のケータイに連絡を入れます」

平井は鴨川に言い、彩子と一緒に職員室を出た。

## 3

執務室の座り机に載っている電話の呼び出しベルが鳴った。

加奈が携帯電話をつかって平井と話した四、五分後、居間で男の子が喧嘩《けんか》を始めたので仲裁に入り、両方の言い分を聞いていたときだ。

時刻は五時半を回り、〈星の家〉の子たちは一也を除いて全員が帰っていた。下は幼稚園の浜田みずきから上は高校二年生の山口大吾《やまぐちだいご》まで、七人である。

愛の郷学園には〈星の家〉のような男女混合の年齢縦割りのホームが九つあり、それぞれのホームには七～九人の児童が暮らしている。

朝食の準備はそれぞれのホームごとでするが、夕食は本部棟の中にある調理室で作られたものがホームへ運ばれてくる。だから、今日のように風呂のない日は、帰宅してから夕食が始まる六時までは、子どもたちは自分の好きなことをして過ごす。

加奈は二人の男の子の手を握り、「いいわね、仲良くするのよ」と言って、隣りの三畳間へ移った。

電話の受話器を取って横座りし、誰かが一也の居所を知らせてきたのかもしれないと期待しながら、

「愛の郷学園、〈星の家〉ですが」

と、応答した。

「……辻本さん？」

若い女性の声が、恐るおそるといった感じで聞いた。

「はい、そうです」

加奈は応えながら、もしかしたら……と一人の少女の顔を思い浮かべた。

と、案の定、

「ああ、よかった、辻本さんで」

加奈の思い浮かべた相手がほっとしたように言った。「私、ゆふです」

「ああ、久保寺さん……。私もそうかなと思ったの」

久保寺ゆふは中学三年生。色白のふっくらとした体付きの少女だった。現在はN市の両親の許にいるが、今年の一月から夏休み前まで、約半年間〈星の家〉で暮らした。優しい性格で、〈星の家〉にいるときは小さな子たちに「お姉ちゃん、お姉ちゃん」と慕われていた。

ゆふが愛の郷学園に入所したのは、母親に対する父親の暴力、ドメスティック・バイオレンス（DV）が原因だった。母親によれば、自分は耐えたとしてもこのままでは娘がどうかなってしまうと思ったので児童相談所に相談したのだという。

その後、ゆふが〈星の家〉で暮らしている間に両親が話し合い、父親が二度と暴力を振るわないと約束したため、ゆふは二人の許へ帰ったのだった。

「元気？」

「はい」

「元気そうな声を聞かせてくれて、ありがとう」

何か用事があって電話してきたのかなと思いながら加奈が言うと、

「あの、松崎君、いますか？」

ゆふが唐突に聞いた。

突然、自分たちの捜している松崎一也の名が出たので、加奈はびっくりした。

「まだ学校から帰ってないんだけど、松崎君が何か？」

「やっぱり」

「やっぱりって、久保寺さん、何か知っているの？」

「少し前に電話があったんです」

「松崎君から久保寺さんに電話？　何て……松崎君、何て言ったの？」

「これから遠いところへ行くから、って。それで、ちょっと気になって……」

「遠いところって、どこかしら？」

「わかりません」

「じゃ、松崎君がどこから電話したかは？」

「それもわかりません。私が聞こうとしたら、さようならって切っちゃったので」

ゆふと一也は、二人とも無口で目立たない子だった。同じ中学に通学していても、女子と男子では一緒に行くこともなかった。それでいて、どこかで通じ合うものがあったのだろう、ゆふは〈星の家〉を出るとき一也に電話番号を教えたらしい。

「……あ、でも、黄色い線の内側までお下がりくださいという放送が聞こえたような気がします」

ゆふが思い出したらしく、言った。

「じゃ、駅ね。香西駅かしら？」

「わかりません。すみません」

「久保寺さんが謝る必要はないわ。知らせてくれて、ありがとう」

「松崎君、どうかしたんですか？」

ゆふの声が不安げな響きを帯びた。

「まだ帰らないんだけど……平井先生や大沼先生も捜してくださっているし、じきに見つかると思うから、心配しないで」

ゆふはまだ何か聞きたそうだったが、加奈はもう一度礼を言って話を終わらせ、受話器を置いた。

それを待っていたように、加奈が腰を上げた途端また呼び出しベルが鳴った。

――今度こそ一也がかけてきたか一也が見つかったと知らせてきたのではないか。

加奈は祈るような気持ちでそう思いながら受話器を取った。

応答すると、相手は警視庁の警察官だと名乗った。

# 4

正門を出てL字状に二百メートルほど北へ行くと、県道との十字路だった。

平井と彩子は、いつもはそこで香西駅のある右（東）へ行くのだが、今日は反対の西へ向かった。二人とも学校に車も自転車も置いていないので、徒歩である。

県道を歩き始めて五分ほどしたとき、平井のポケットで携帯電話の着信メロディーが鳴り出した。

平井は足を止めて電話を取り出し、フラップを開いた。

加奈からだった。

「辻本さんからです。松崎が帰ったのかもしれません」

平井は彩子に言い、通話ボタンを押して「もしもし……」と応答した。

「辻本です。一也君が見つかりました。ご心配をおかけしましたが、無事でした」

と、加奈が言った。

それはさっきの沈んだ声とは違うものの、手放しで喜んでいる声ではなかった。ほっとしているらしい様子の奥にどこか戸惑っているような感じがあった。

見つかったという言い方に、帰ってきたわけではないらしいと思い、どこかから連絡があったのか、と平井は問うた。

「はい、たったいま警察から電話があったんです」

と、加奈が答えた。

「警察から？　松崎君はどこにいたんですか？」

「東京です」

「東京……！」

平井が思わず声を高めると、横で聞いていた彩子も驚いたような目をした。

東京といっても、香西市からそれほど遠く離れているわけではない。香西から県庁所在地のNまで電車で約十五分、N駅で東京行きの快速電車に乗り換えれば、三十分で東京とR県の間を流れている川を渡る。

「東京のどこですか？」

「東京駅の構内です」

「一人で？」

「はい」

「切符はどうしたんでしょう？」

「少しはお金を持っているようですが、切符は買っていません。香西駅では、おとなの人が自動改札を通るとき、すぐ後ろについて入ったようです。新幹線の改札口も同じようにして入ろうとして、駅員に見つかったのだそうです」

「新幹線に乗ろうとしていた？」

「はい。東海道山陽新幹線です」

「どこへ行くつもりだったんでしょう？」

「わかりません。警察官が尋ねても、自分の名前の他には学園の名と場所しか答えないらしくて……。少し前、久保寺ゆふさんに電話があったそうなんですが、そのときも、遠いところへ行くから、としか言わなかったようなんです」

「松崎君が久保寺さんに電話を……」

平井の口から出た久保寺という名に、彩子が怪訝《けげん》な顔をした。

「どこかの駅からかけたようです。警察から電話がかかる少し前、久保寺さんが知らせてくれたんです」

「松崎君の行き先については、辻本さんにも心当たりはない……？」

「ありません。新幹線で行くような場所に親戚があるという話を聞いたこともありません」

加奈の戸惑った顔が目に浮かぶようだった。

「これからどうされるつもりですか？」

「増淵さんは法事で福島の実家へ帰っているので、片瀬さんに連絡を取って東京駅まで迎えに行ってもらおうと思っています」

増淵悦夫と片瀬玲美は平井も知っていた。増淵は平井と同年ぐらいの男性、片瀬玲美はそれより二、三歳若い女性だ。

「片瀬さんも休みなわけですね？」

「はい。増淵さんがいない間、変則的な勤務になっているので、お昼のとき、私と交代したんです」

「それなら、僕が行きます」

平井は言った。乗りかかった船だし、一也の口から今日の行動の理由を早く聞いてみたい。西沢たみ子や春山が聞けば、担任の教師がそこまでやる必要はないと言うだろうが、彩子なら賛成してくれるだろう。

「でも……」

と、加奈が逡巡《しゅんじゅん》した。

「僕じゃ、まずいですか？」

「いいえ、そういうわけじゃないんですが、平井先生にそこまでしていただいてはご迷惑ではと……」

「それなら気にしないでください。今日はもう仕事がありませんし……。これからすぐに香西駅へ行けば、七時半前には東京駅に着けます。松崎君を引き取るときに多少事情を聞かれても、九時ごろには帰ってこられるはずです。片瀬さんに連絡を取って行ってもらうより早いと思います」

「そうですか。それじゃ、お言葉に甘えてお願いします」

平井は、東京駅に着いて一也を引き取った時点で連絡を入れるからと言い、電話を終えた。

彩子に事情を説明すると、

「松崎君が久保寺さんに……！」

と、ちょっと意外そうな顔をした。

その後、彩子は同行を申し出てくれたが、そう甘えるわけにはいかない。

「いえ、僕一人で行ってきます」

と平井は応え、彩子には鴨川への報告を頼んだ。

「わかったわ。じゃ、とにかくN駅まで一緒に行きましょう」

と、彩子が言った。

平井たちは香西駅へ行くため、来た道を引き返し始めた。

平井は東京駅の警察官詰所で一也を引き取った後、駅の構内にあるレストランに入った。

注文したチャーシュー麺《めん》ができるまで、平井は一也の家出の理由を聞き出そうとしていろいろ話しかけたが、一也は視線を下に向けたままぼそっぼそっと小さな声で答えるだけで、ほとんど言葉らしい言葉を口にしなかった。

ただ、腹だけは空いていたのだろう、チャーシュー麺が運ばれてくると黙々と食べ、汁まで綺麗《きれい》に飲んだ。

その後で乗ったN行きの快速電車は勤め帰りの人々で満員。始発なので一也と並んで座れはしたものの、どうして東京へ行ったのか、新幹線でどこへ行こうとしていたのか、といった話などできる状態ではなかった。

そのため、平井が肝腎《かんじん》の話を聞けたのは、香西駅で電車を降り、愛の郷学園に向かって歩き出してからだった。

商店街を抜けると、街灯が立っているとはいっても歩道は薄暗い。しかも、一也の身長は平井の首ぐらいしかないから（平井も大きいほうではないのに……）、俯《うつむ》き加減の顔の表情は平井にはほとんどわからない。逆にそれで一也には話しやすかったのかもしれない。平井に聞かれると、ぽつりぽつりと具体的な話を始めた。

それを要約すると、一也が今日取った行動は、

〈アルコール依存症で入院している母親が近々退院する予定だと聞き、母親が自分を迎えに来る前に逃げようとした〉

ということらしい。

一也は父親の顔を知らず、物心ついたときから母親と二人暮らしだった。母親は何度も入院し、その間、一也は児童相談所の一時保護所や乳児院、児童養護施設に預けられた。幼かったころの一也は母親が恋しくてよく泣いていた。母親が迎えに来る日をどれほど心待ちにしていたかわからない。引き取られて一緒に暮らし始めたとき、どんなに嬉《うれ》しかったか……。が、初めは優しい母親が、しばらくしてまた酒を飲み始めると、一変。「おまえがいるから、好きな人に捨てられたんだ」「こんな惨めな生活を送らなければならないのは、みんなおまえのせいだ」「おまえなんか産まなきゃよかった」「おまえの顔なんか見たくない、どこへでも行っちまえ！」と喚《わめ》きちらし、血が出るほど抓《つね》ったり、殴ったり、お湯や酒を顔に浴びせたりした。そんな母親に脅

えながらも、一也はずっと自分が悪い子だから母親が怒るのだろうと思っていた。だから、母親から引き離されそうになると、もっと良い子になるから連れて行かないでと泣いて頼んだ。

小学校に入学して一、二年したころからだろうか。母親が酒を飲み、赤鬼のような顔をして喚き出すと、一也の身体は瘧《おこり》にかかったようにぶるぶると震え出し、やがて、母親のそうした顔と声を想像しただけで手足の先が冷たくなり、全身が震え出すようになった。

こうした〝発作〟は、愛の郷学園に入所した今年の三月末以後もしばらくつづいたが、夏休みが近づいたころから起こらなくなっていた。

ところが、九月に入り、母親が近々退院する予定だと聞いた。

その話をした増淵は一也を喜ばせようとしたらしいが、一也はそれによって一気に半年前に引き戻され、また〝発作〟に襲われるようになった。

今日、学校から帰るときも、一人で歩いていてその〝発作〟に襲われ、しばらく道端に動けずにいた。そして、それが収まったとき、

――そうだ、逃げよう！　新幹線に乗って遠くへ逃げよう！

と、突然思ったのだという。

誰にも見つけられないように五百円硬貨を鞄《かばん》の底を裂いて隠してあったが、金はできるだけつかわないほうがいいだろう。そう思ったので、香西駅では肥った男のすぐ後ろについて改札口を入った。久保寺ゆふに電話したのは、N駅に着いて東京行きの電車に乗り換える前。ゆふがN市に住んでいるのを思い出し、遠くへ行ってしまう前にゆふに「さようなら」を言おうとしたのだ――。

一也の話はこれほど理路整然としていたわけではないし、彼は瘧や発作といった言葉もつかわなかった。が、平井が多少想像で補ってまとめると、このようになる。

平井にとって一也の話は驚きだった。この痩せっぽちの少年は物心ついたころから自分が想像したこともないような苦難の時間を生きてきたのか、そう思うと胸を締めつけられた。同時に、担任教師として毎日のように顔を合わせていながら、自分が少年の心の内についてまったく無知だったことを思い知らされ、衝撃を受けた。

平井の家庭だってけっして問題がなかったわけではない。特に、母親が兄ばかり可愛がって自分には厳《きび》しいと反撥《はんぱつ》した妹が非行に走ったときは、家の中が滅茶滅茶になった。母親は自分のどこが悪いのかと泣き喚き、父親は為《な》す術《すべ》もなくただおろおろしているだけだったし……。平井は毎日、家へ帰るのが苦痛でたまらなかった。といって、そうした経験も、一也の味わった苦しみに比べたら取るに足りない出来事のように思われたのだった。

## 5

平井と一也が愛の郷学園の〈星の家〉に着くと、年少の子はすでに寝《やす》んでいた。が、中学生の男女一人ずつと高校生の男子一人は加奈と一緒に玄関まで出てきて、「お帰り」と迎えてくれた。

一也はちょっとはにかんだようにもじもじしたが、嬉しそうだった。

それを見て平井は、一也にとってはここが家で、彼らは家族なんだな、と思った。

「松崎君はみんなに心配かけたんだから、謝りなさい」

加奈が優しく言うと、靴を脱いで上がった一也が三人のほうを向いて「ごめんなさい」と素直に頭を下げた。

子どもたちがそれぞれの部屋──一也は皆川《みながわ》聡《さとし》という中学二年生の少年と同室だった──へ引き揚げた後、時間があれば話を聞きたいと加奈が言うので、平井は居間へ上がった。〈星の家〉には何度か来ていたが、居間へ上がったのは二度目だ。八畳の和室の中央に座卓が置かれ、テレビ、玩具や人形の載った棚、漫画や絵本の並べられた本立てなどが配されている。

加奈がインスタントだとことわって、コーヒーを淹《い》れてきた。

加奈は染みひとつない綺麗な肌をしていた。切れ長の目、高くはないが形の良い鼻、小さな口……と美人だが、どことなく翳《かげ》が感じられた。四月に知り合ったころ、この夏で三十三になると言っていたから、彩子より一つ下らしい。一也によると「時々ケイスケ君を連れてくる」という話なので、結婚して子どもがいるようだ。夫が何をしているのか、どういう家庭なのかはわからないが、今夜のように泊まり勤務の晩は当然子どもは誰かがみているのだろう。

平井が、駅からここへ来るまでの間に一也から聞いた話をすると、

「やはりそうでしたか」

と、加奈が深刻げな顔をしてうなずいた。

「やはりということは、想像がついておられたんですか」

平井は少し意外だった。

「初めはわからなかったのですが、東京駅で見つかったという連絡を受けてから、もしかしたら……と思ったんです」

「そうですか」

「ただ、お母さんが近々退院すると知ってから、手足の先が冷たくなって震え出していたなんて、そこまでは想像がつきませんでしたが」

「松崎君は誰にもそうした自分を見せなかったんですね」

「そうだと思います」

「松崎君のいまの気持ちは、それほどお母さんのところへ帰りたくないということなんでしょうか」

「いいえ、一也君には、お母さんに会いたい、お母さんのところへ帰りたい、という気持ちもあると思うんです。それでいながら、暴力を振るわれたときの恐怖の体験が時々フラッシュバックし、本人の意思とは関係なく、先生の言われた〝発作〟に襲われたんだと思います」

「今日はそれが退《ひ》いたとき、思わず、逃げよう、新幹線に乗って遠くへ逃げよう、という気持ちに突き動かされ、東京駅まで行った……？」

「そうだと思います」

「ところで、お母さんが退院して松崎君に会いたいと言ってきたら、どうされるつもりですか？」

　平井は一番気にかかっていた点を質《ただ》した。

「一也君ときちんと話し、一也君が会ってもいいと言うまで、しばらく面会を見合わせてもらおうと思います」

と、加奈が答えた。

「もしお母さんが拒否したら、どうなるんでしょう?」

「その点なら大丈夫です。児童虐待防止法には、児童相談所の所長やうちのような施設の長は児童虐待を行なった保護者と児童との面会、通信を制限できる、という規程がありますから」

初めて聞く話だった。毎日子どもに接する仕事に就いていながら、平井は児童福祉法も児童虐待防止法も読んだことがなかったのだ。

「当然ですが、虐待が再発するおそれが高いと判断されれば、面会だけでなく、一也君を引き取ることも許可されません」

加奈の話を聞いて、平井は気持ちが少し楽になった。

——小さな身体でおとなの何倍もの苦しみに耐えている生徒が目の前にいるというのに、教師の自分にはどうする術もないのか。

そう思って無力感を覚えていたのだが、一也のような子どもを守る法律があるなら安心だった。

彼はコーヒーの残りを飲み干し、

「遅くまでお邪魔しました」

と、座布団から腰を引いた。

「いいえ、こちらこそ遅くまでご迷惑をかけてしまい、お詫《わ》びいたします。今日は本当にありがとうございました」

加奈が膝《ひざ》に両手を置き、頭を下げた。

廊下へ出てから一也を呼びに行こうとしたので、

「今夜はもういいです。明日、学校で待っていると伝えてください」

平井は止め、門の鍵を掛けに一緒に玄関を出てきた加奈に見送られ、愛の郷学園をあとにした。

時刻はまだ十時前だったが、県道へ出ると、さっきより車の往来がぐんと減っていた。香西市は東京やN市へ通うサラリーマンのベッドタウンとしてここ三十年ほどの間に人口が倍増した。とはいえ、市街地を外れれば水田や畑が少なくなく、まだまだ田舎なのだ。

香西駅に着くと、下りの電車は五分ほど前に出たところだった。通勤、通学の時間帯は一時間に四、五本ある電車も、この時間になると三十分に一本ぐらいしかない。

平井は、彩子とは家へ帰ってからゆっくり話すつもりでいたが、時間があったし、彩子の声を聞きたかったので、駅舎の外へ出て電話をかけた。一也を無事に引き取ったことは東京駅から知らせてあったから、その後の事情を話した。

平井が一也から聞いた話をすると、彩子もショックを受けたようだった。しばし無言で考えているようだったが、

「お母さんの度重なる虐待によって、松崎君が心にどんなに深い傷を負っていたのか、私たちは何にもわかっていなかったのね」

と、自分を責めるように言った。

「ええ……」

と、平井も同調した。

その後、平井は加奈と話し合ったことを簡単に報告し、「おやすみなさい」と言って電話を終えた。

切断ボタンを押してからも、彼はすぐにはフラップを閉じずにいた。掌《てのひら》の上の明るい画面を見つめていると、彩子とまだ繋がっているような気がした。

彩子の顔が浮かび、彩子と肌を合わせた夜の記憶がよみがえった。おそらく最初で最後の体験になるであろう……。

発端は、別に何と言うこともない彩子との会話だった。

先月八月十一日の午後のことである。

平井が理科室で実験器具や薬品などの点検、整理をしていると、

――もうじき始まるけど、終わる？

と、彩子が顔を覗かせた。

翌日から土日を入れて六日間の夏期休暇が始まるので――もちろん生徒たちはとっくに夏休みに入っていた――職員室で校長の挨拶があるのだ。

――ええ、だいたいもう済みましたから。

ガラス戸棚の前にいた平井は振り返って応えた。

――どうせ聞いていても聞かなくてもいいような話しかしないのに、遅れるとうるさいでしょう。

彩子がガラス戸を閉め、共犯者のような笑みを浮かべて平井に近づいてきた。

――わざわざ……すみません。

――ううん、わざわざじゃないわ。廊下を通ったら先生の姿が見えたから。

たぶん嘘だろう。平井が副校長や主幹に嫌みを言われないように、知らせにきてく

れたのだと思う。

——それより、平井先生はお盆休み、どこかへ出かけるの？

実験台の反対側で足を止めた彩子が聞いた。

——出かけません。暑いし、どこへ行っても混みますから。食べて飲んで、クーラーをつけた部屋でごろごろしています。

——そう。

——大沼先生は？

——私も同じかな。これまでは大学のときの友達と海か山へ行っていたんだけど、その友達も結婚しちゃったから。

彩子がN市のマンションに一人で住んでいることは平井も知っている。

——前にちょっと話したと思うけど、私にはもう両親がいないから、お盆やお正月に帰る家もないし……。

いつも明るい彩子の顔が少し翳ったように見えた。

——ご兄弟は？

——私は一人っ子なの。

平井の頭にふっと一つの考えが浮かんだ。胸が騒ぎ出した。自分の家へ遊びにこないかと誘ったら、彩子は何と応えるだろうか。失礼だろうか。

――平井先生は？

――えっ？

何を聞かれたかわからずに聞き返した。

――ご兄弟、いらっしゃるの？

――あ、はい、妹が一人います。

――そう。

平井は胸が苦しくなった。もしここで言い出さなければ、彩子を自宅へ招く機会など二度と訪れないかもしれない。

――ふだんは一人のほうが気楽だと思っているけど、こんなときは、親も兄弟もいないというのは少し寂しいわね。

平井は決断した。

――せ、先生。

と、彩子を見つめて呼びかけた。

きっと思いつめた顔をしていたにちがいない。彩子が怪しむような目で見返した。

――お盆に家《うち》へ来ませんか？

平井は思い切って言った。

――平井先生のお宅に……?

彩子がびっくりした顔をした。

――そうです。

――私なんかがお邪魔したら、ご迷惑だわ。

――いえ、迷惑じゃありません。

――先生はそう言ってくださっても、ご両親や妹さんは違うわ。

――フリーターをしている妹は友達と一緒に部屋を借りていて滅多に家へ帰ってきませんし、お袋なら大歓迎です。親父は何もしないので、どうでもいいんです。

平井の家ではおとなしい父親の影は薄く、何事も母親の言う通りだった。

――お母さんが大歓迎だなんて、どうしてわかるの?

――松崎が村上たちにいじめられ、大沼先生のおかげで無事に収拾できたとき、僕が先生の話をすると、一度お会いしたいわね、と言っていたからです。

――えっ、平井先生はお母さんに仕事や同僚の話をされるの?

――あ、いえ、いつもというわけじゃありません。あの日は帰宅が深夜になり、待っていた母親にどうしたのかと聞かれたので話したんです。

母親に尋ねられたのは事実だが、あの晩はなぜか無性に彩子のことを話したかったのだ。

平井はその前から彩子に好意を抱いていた。尊敬、信頼できる先輩教師としてはもとより、憧れの存在として。が、あの日を境に平井は彩子を一人の女性として強く意識し始めたような気がする。

そうした平井の気持ちを母親は敏感に察したらしい。それで一度彩子に会ってみたいと言ったのだろう。

彩子がいまひとつ納得いかなげな顔をして首をかしげ、探るような目を向けた。

平井は顔が赤らむのを感じながら、彩子から視線を逸らし、

――ですから、先生の都合のよい日に家へ来ませんか？

と、話を進めた。

――ありがとう。

彩子は迷っている顔つきだった。

――こんな誘いは迷惑ですか？

――ううん、同僚の先生にご自宅へ招かれるなんて初めてだから、嬉しいわ。

そう言いながらも、彩子はまだ決断がつかないようだ。

——もしいきなり家へ来るのが気が重いようでしたら、こうしませんか？

平井がある考えを思いついて言うと、彩子が問う目を向けた。

——先生は光南神宮にお参りされたことはありますか？

光南神宮は古歌にも詠まれている古い神社で、光南市の観光名所である。一般には初詣客が多いので知られているが、季節を問わず訪れる人が結構いた。

——一度だけ……。でも、まだ小学校へ上がる前だったから、人がいっぱい出ていたという記憶しかないわ。

——それじゃ、光南神宮へお参りにきて、そのついでに家へ寄ってください。もちろん僕が案内します。先生はきっと遠慮するだろうけど僕が強引に連れてくるから、とお袋と親父には言っておきます。

——お盆に神社へ？

——お盆だって関係ないですが、気になるなら十六日か十七日にしましょう。どっちがいいですか？

——ありがとう。それじゃ、十六日の土曜日にお邪魔します。

こうして平井は八月十六日の午後、光南駅の改札口で彩子と待ち合わせ、バスで十五分ほどのところにある光南神宮へ行ってきた後、彼女を自宅へ伴った。

その後は、ビールを飲みながら両親を交えて談笑し、平井が彩子を光南駅まで送って行って終わりになるはずだった。

しかし、終わらなかった。

母親自慢のちらし寿司を食べた後、二人で光南駅へ行ったところまでは予定どおりだったのだが、平井が入場券を買ってホームに下りたことから〝狂い〟始めた。酒の酔いが手伝って大胆になっていたのだろう。彼は彩子と別れがたくなり、発車寸前、同じ電車に飛び乗ってしまった。それだけではない、ドアのそばに彩子と並んで立ち、

――大沼先生ともっと一緒にいたかったんです。

と、自分の気持ちを口に出した。

彩子は悪戯坊主でも見るような目を平井に向け、「仕方ないわね、俊ちゃんは」と笑っただけで、彼の言葉を咎めなかった。俊ちゃんというのは、母親が平井をそう呼んでいたのをひやかしたのである。

電車がN駅に着き、ホームに降り立つと、平井はそこから引き返すつもりで「すみませんでした」と謝った。

ところが、彩子が、マンションは駅から歩いて五分とかからないので寄ってコーヒーでも飲んで行かないか、と言った。

彩子にしてみれば、平井をそのまま帰すのは失礼だと思っただけかもしれない。が、平井の中には〈もしかしたら……〉という期待が生まれた。彩子のマンションへ近づくにつれて息苦しさを感じ始めた。マンションに着き、彩子がオートロックの暗証ボタンを押しながらくすりと笑い、私の誕生年なのと言うのもほとんど耳に入らなかった。

それでも、玄関ロビーに入って、エレベーターで十階へ昇るまでは、自分があんなことをするとは……できるとは、想像もしなかった。

あんなこと……そう、彩子の部屋の玄関に入り、居間へ招じ入れられるや、いきなり彩子を抱き締め、

——僕は先生が好きです。

と、宣言するように言ったのである。

彩子はびっくりしたらしく、反射的に身を引き、平井の腕から逃れようとした。が、平井は腕を解かず、いっそう力を込めた。

——先生が好きで好きでたまらないんです。先生のことを考えると、もう気が変になりそうなんです。

彩子が抵抗をやめて全身から力を抜き、持っていたバッグを絨毯《じゅうたん》の上に落とした。

平井は彩子の顔を上向かせ、唇を押しつけた。唇を割って舌を押し入れても、彩子は拒まなかった。

やがて、平井は彩子から口を離し、耳元で囁いた。

――僕は先生がほしい。

彩子は何も応えなかったが、平井が再度同じ言葉を口にすると、

――それじゃ、ベッドの用意をしておくから、先にシャワーを浴びてきて。

と、言った。

平井は彩子を抱き締めていた腕を解き、彼女に教えられた浴室へ向かった。

平井は携帯電話のフラップを閉じ、駅の構内へ戻った。

電車が来るまでまだ十分ほどあったが、改札口を入ってホームへ下りた。

人のいない薄暗いホームに立ち、あの晩……と平井はまた思った。自分は彩子とひとつになれて、どんなに嬉しかったか……。

が、彩子は違ったようだ。

セックスが終わるや、彩子は「ごめんなさい」と言って何かに急《せ》かされるように浴室へ行ってしまい、戻ったときは、シャワーを浴びながら泣いてでもいたかのように

目を真っ赤にさせていた。

平井は自分の強引さのせいにちがいないと思い、「すみませんでした」と詫びた。

――ううん、平井先生のせいじゃないから、気にしないで。

彩子は言ったが、平井は気になった。

――先生を好きだと言ったのは、けっして一時の感情じゃありません。ずっと、ずっと好きだったんです。

このことだけは言っておかなければならない。自分が欲望に負けたのは事実でも……。

――わかっていたわ。

と、彩子が言った。

――先生は僕が嫌いですか？

――嫌いじゃないわ。嫌いだったら、こんなことしないでしょう。

――じゃ、先生、結婚してください。僕と結婚してください。

平井の口から、自分でも考えていなかった言葉が飛び出した。

といって、けっして思いつきで言ったわけではない。正気だし本気だった。

――結婚……！

彩子は面食らったような顔をした。

また勝手な思い込みと一直線に突き進む自分の性格が出たのだろうか。平井はちらっとそう思ったものの、こうなったら歯止めが利かない。

——さっきも言ったように、僕は先生が好きで好きでたまらないんです。ずっと先生と一緒にいたいんです。ですから、結婚してください。

——平井先生のお気持ちは有り難いけど、結婚はできないわ。

語調はやわらかだったが、彩子がはっきりと言った。

——七つも歳下の僕じゃだめですか？

——歳は関係ないし、相手が平井先生だからっていうわけじゃないの。

——それじゃ……？

——私、大学を卒業してすぐ一度結婚したって前に話したわよね。それでわかったの。私には結婚生活は向いていないんだって。だから、私はもう誰とも結婚する気がないの。

本当だろうか。結婚生活に向いていないから誰とも結婚する気がないなんて、事実だろうか。

——ごめんなさい。

――いえ。

――平井先生の気持ちをわかっていながら、深く考えずにお宅へ伺ったりして、後悔しているわ。

――後悔なんて……！　先生をそんな気持ちにさせ、僕のほうこそすみませんでした。今日は先生が来てくださって、どんなに嬉しかったかわからないのに。

――ありがとう。

平井は、肝腎なことをし残しているような気持ちのまま彩子の部屋を出て、家へ帰った。

月曜日から出勤すると、彩子は何事もなかったかのように平井に接した。以前と変わらない態度で彼に話しかけ、隣りの机で仕事をした。

平井も彩子に合わせ、言葉づかいや態度が変に馴《な》れ馴れしくなったりぎくしゃくしたりしないように注意した。他の教師がいる前では特に気をつけた。

しかし、そんなふうに表面は何でもないように装いながら、平井は苦しくて仕方がなかった。

彩子の本心がわからなかったからだ。

誰とも結婚する気がないと言ったのは嘘ではないか、と思った。本当は自分など恋愛相手として考えたこともないのに、傷つけまいとしてあんな言い方をしたのではないか……。

平井は彩子の本当の心の内を知りたかった。

彼のその思いは、九月になって生徒たちが登校してくるようになってからも薄まらなかった。学校にいる間はともかく、学校を離れれば同じだった。今夜のように忙しさに取り紛れているときはいいが、一人になると否応なくあの晩の彩子の姿と言葉が浮かんできて、彼は焦燥感に似た思いに駆られた。彩子にあらためて質してみようかと何度も思った。が、そんなことをしても、肝腎なことは聞けず、彩子に嫌われるのがオチだろう。

プラットホームの左手ずっと先に光が見え、カーブしている線路の側壁の陰から電車が姿を現わした。

平井は首を振り、あれこれ考えるのはもうよそうと思った。いくら考えたところで、彩子の心の内を覗き見ることはできないのだし、何にもならないのだから。

電車が平井の立っているホームへ滑り込んできた。

# 6

愛の郷学園は小さな小学校ぐらいの広さがあり、そこに本部棟と九棟のホーム（二階建ての家）と独身寮が建っている。ホームの前には花壇や物干し場などが配されているが、敷地の半分近くは子どもたちが自由に遊べるように何もない庭になっていた。

十月十九日（日曜日）の午後三時過ぎ、辻本加奈が〈星の家〉の玄関前で縄跳びをしている子どもたちを見ていると、松崎一也が母親の美里《みさと》と一緒に門を入ってきた。

門は、夜は扉を閉めて鍵を掛けるが、昼は自由に出入りできる。

遊んでいた三人の子どもたち――小学生二人と幼稚園児一人――も一也に気づき、縄跳びをやめた。その場に立って、一也たちが近づいてくるほうへ目を向けている。

加奈からは子どもたちの顔は見えないが、たぶん吸い付けられたように。

加奈には三人の胸の内が想像できた。園に入所している理由はそれぞれ違うが、みな親と暮らせない事情が存在している点は共通している。だから、入園者の誰かを母親か父親――実の親にかぎらずショートステイの里親の場合もある――が訪ねてきたり、誰かが親に送られて帰ってきたりすると、羨《うらや》ましさと悲しさの入り交じった、それでいてフンと無視したいような複雑な気持ちになるのだ。子ども自身には自分の気持ちが説明できないだろうが……。

一也の服装は黄色いジャンパーにグレーの綿ズボンと出かけたときのままだったが、新しいスニーカーを履き、身体の半分ほどもあるプーマのスポーツバッグを肩からたすきに掛けていた。プーマのスポーツバッグは一也が前からほしがっていたものだから、美里に買ってもらったにちがいない。

加奈や仲間の子どもたちに向けられた一也の顔には、いつも眉《まゆ》のまわりに靄《もや》のように漂っていた暗い翳がない。その顔はちょっと照れくさそうだったが、どこか得意げでもあった。彼がこれほど満ち足りた表情を見せるのは入所以来初めてと言ってもいいかもしれない。

その一也の顔と、笑みを浮かべて彼の横を歩いてくる美里を見て、

――うまくいったみたいね。

と、加奈はほっと胸を撫で下ろした。

大丈夫だろうとは思っていたものの、帰ってくるまではやはり気が気ではなかった。

一也は、前々日・金曜日の夕方から、香西市の北に隣接する沼北町《ぬまきたちょう》の母親の家へ泊まりに行っていたのである。

美里が沼北町の町営住宅に入居したのは九月の下旬、アルコール依存症で入院していた病院を出た直後だった。入院する前はN市にある県営住宅に一也と暮らしていたのだが、入院中に県営住宅の建て替え工事が始まったため、代わりとして斡旋《あっせん》されたらしい。

そうした事情はともかく、住む家が決まると美里はすぐに一也への面会を求めてきた。深く後悔しているのでもう二度と虐待はしない、前の埋め合わせをするためにも早く一緒に暮らしたい、というのだった。

そのわずか一週間ほど前、一也は、母親が迎えにくるのを恐れて園を逃げ出し、東京駅まで行った。だから、美里がどう言おうと、加奈たちとしては彼女の要求を簡単に受け容れるわけにはいかない。児童相談所の田丸澄子、一也が愛の郷学園へ入所したときの担当者だった澄子の部下の原島祐司《はらしまゆうじ》らと電話で協議し、まず愛の郷学園の中で短時間会わせて様子を見よう、ということになった。

一也にその話をすると、彼は一瞬脅えの色を目に浮かべたものの、「何かあったらすぐに私たちが飛んで行くから安心して」と加奈たちが言うと、承知した。やはり、心のどこかで母親を求め、会いたいと思っていたのだろう。

こうして、第一段階として、一也と美里は〈星の家〉の居間で五十分ほど二人だけで会った。

美里が帰った後で一也に聞いたところによると、美里がほとんど一人で喋《しゃべ》っていたらしい。美里は、暴力を振るったことを「ごめんね」と詫び、お母さんはもう二度とお酒を飲まないし一也を殴ったりしない、と誓った。そして、一也の嫌がる男の人を部屋へ連れてきたりもしないから、二人で仲良く楽しく暮らそう、と言ったのだという。

ほんの一時間足らずの間母親と一緒にいただけなのに、その後、一也は変わった。これまで何度も裏切られてきただけに、美里の変化にまだ半信半疑で、恐怖心が完全に消えたわけではないようだったが……。

平井俊二に報告すると、学校でも一也の顔色が見違えるほど明るくなった、と彼自身も明るい声で応じた。

加奈も母親である。一也の変化を目の当たりにし、良くも悪くも子どもにとって母親の存在はこれほど大きいのか、とあらためて思い知らされた。

一也が明るくなり、加奈たち職員はもちろん喜んだ。が、美里がこれまで何度も澄子や原島の期待を裏切ってきたのを加奈は知っている。また加奈自身、うまくいきそうだと思っていたら虐待が再発したというケースを何件か見ていた。だから、けっして楽観はしなかった。

美里と一也の二度目の面会は、十日ほどして行なわれた。

今度は迎えにきた美里と一緒に一也は外出し、二時間ほどして戻ってきた。国道沿いにあるファミリーレストランへ行って食事をした後、駅前の電器量販店でゲームソフトを買ってもらったのだという。

母親との二度の触れ合いによって一也はいっそう明るくなり、以前には想像できなかったことだが、他の子どもたちと遊んでいるとき冗談が飛び出すほどになった。

今回は、そうした経過を見たうえでの三度目の面会であり、初めての泊まりだった。

加奈たち〈星の家〉の職員は一泊から始めたほうがいいのではないかと言ったのだが、美里が二泊させてほしいと強く求め、園長が大丈夫だろうと許可した。

そしていま、一也は美里に送られ、(たぶん一也を苦しめるような出来事は起きなかったのだろう) 満ち足りた顔をして園に帰ってきたのだった。

一也はこれから、今回のような泊まりを何度か繰り返し、問題が起こらなければ、園を出ることになる。

それは歓迎すべき事実なのに、加奈は手放しでは喜べなかった。

一也は母親の温もりを求めている。口では何と言おうと、彼の内に母親と一緒に暮らしたいという願望があるのは間違いない。まだ十三歳なのだから当然である。そのため、これまで何度も裏切られているにもかかわらず、美里に優しく扱われ、辛い嫌な過去を忘れてしまったのではないか。いや、忘れてはいなくても、お母さんは変わったのだからもう前みたいなことはない、と半ば無意識的に記憶の奥に封じ込めてしまったのではないか。

そう考えられるだけに、加奈は素直に喜べず、むしろ一也の期待、願いが裏切られたときの反動を想像し、恐れているのだった。

もし今度裏切られたら、小学生のとき以上に一也はいろいろなことを考え、理解できるようになっているだけに、いっそう深く傷つくにちがいない。

といって、美里が児童相談所と愛の郷学園の設けた関門を通過した場合、加奈たちには、一也を引き取りたいという美里の希望を阻《はば》むことはできない。〈美里のアルコール依存症が再発し、虐待が繰り返されるかもしれない〉と恐れても、そうした想像だけでは親権の前に無力である。

一也と美里が加奈たちのすぐ前まで来た。加奈が「お帰りなさい」と言うと、一也が細い腕と身体をくねらせて照れたような笑みを浮かべ、美里は首を竦《すく》めるようにして頭を下げた。その表情はおどおどしているようでもあり、図太く構えているようでもあった。加奈の顔にちらりと走らせた視線の裏には敵意と警戒心が隠れているように感じられた。美里にとっての加奈は、なんだかんだと小難しい理由を付けては我が子を自分から引き離し、奪おうとしている相手の一人なのだろう。

美里は加奈より五つ上の三十八歳。どこか鼠《ねずみ》を思わせるような、小さな丸い目をした女性だ。小柄で相変わらず痩せてはいたが、三週間ほど前に会ったときよりは顔色が良くなったように見えた。

縄跳びをやめていた子どもたちが一也に寄って行き、スポーツバッグに触れては、「どうしたの？」「買ってもらったの？」などと問いかけ始めた。

一也はそれに適当に応えながら、先に立って玄関へ入って行く。

「お母さんもどうぞ」

加奈は美里を促した。

「いえ、私はここで失礼します」

と、美里が腰を引いた。「これから行くところがありますので」

行くところ……などというのは嘘だろう、と加奈は思った。美里は加奈と話すのが苦痛なのだ。

「でも、少しお話を伺いたいんです」

「どんな話ですか？」

「この二日間、一也君とどのように過ごされたのか、また、お母さんが一也君にどんな話をされ、それに対して一也君がどう応えたのか、といったことなどです」

「同じ部屋で寝て、マクドナルドやジョナサンへ行って御飯を食べ、一緒に買い物をしたりしました」

要するに、食事はほとんど外で済ませたらしい。

「どういう話をされたんでしょう？」

「お母さんはスーパーで働くことになったし、生活保護も受けられそうだから、お金の心配は要らない、と話しました。それから、お母さんはもうお酒を飲まないので安心して、とも言いました」

「その話に一也君は何と応えましたか？」

「安心したと応え、早く家《うち》へ帰りたい、家へ帰ってお母さんと一緒に暮らしたい、と言いました」

一也が果たしてその言葉どおりに言ったかどうかは疑問だった。が、一也の気持ちがそう傾いたのはたぶん事実だろう。

「それを聞いて、私は一也が可哀相になり、もうしばらくの辛抱だから我慢して、と言ったんです。できるだけ早くお母さんが迎えに行くから、って」

加奈が玄関の前で美里と立ち話をしていると、家の中で電話の呼び出しベルが鳴り出した。

「すみません。ちょっと待っててください」

加奈は戻ってくるつもりで言った。

だが、美里は「いえ、それじゃ、私は帰りますから」と言いながら一、二歩後ずさった。

電話は切れるか子どもたちの誰かが出たのだろう、呼び出し音が止《や》んだ。

加奈は美里に挨拶し、玄関へ入った。

と、一也と一緒に上がって行った新山智子《にいやまともこ》が居間から顔を出し、「電話、ユミさんから」と言った。

ユミ？　聞いたことがない名前だが、誰だろう。

加奈が首をかしげながら居間へ入って行くと、一也がスポーツバッグから取り出したらしいスナック菓子の袋をひろげ、みんなと食べていた。

「智ちゃん、ありがとね」

加奈は智子に礼を言って隣りの執務室へ入り、机に置かれていた受話器を取った。

「失礼しました。私は〈星の家〉の……」

加奈が言いかけると、

「あの……ゆふです」

と、相手が言った。

智子は久保寺ゆふが出た後で〈星の家〉へ来たので、ゆふを知らない。そのため、ゆふをユミと聞き間違えたらしい。

「ああ、久保寺さん……。ごめんなさい、外にいたものだから。私か誰かに何か用事かしら?」

「辻本さんがいたら、ちょっとお話ししたいな、と……」

「何かあったの?」

「いいえ、何もありません。すみません、忙しいのに」

「ううん、忙しくなんかないわ。久保寺さんの電話なら大歓迎よ」

加奈はわざと軽い調子で言った。ゆふの声がどことなく暗い感じなのが気になっていた。

「あ、そうだ、久保寺さんにはお礼を言わなきゃ。先月、一也君が東京駅まで行った夜のこと……。あのときはありがとう」

ゆふが心配しているかもしれないからと、翌日、一也には電話させた。が、ゆふの母親が加奈たち施設関係者からの電話を嫌《きら》っているので、あの後、加奈はゆふと話していない。

「いいえ」

「実は、お母さんの家《うち》へ泊まりに行っていた一也君が少し前に帰ってきたの。それで、送ってきたお母さんとちょっと立ち話をしていたの」

「松崎君、お母さんのところへ帰るんですか？」

ゆふが真剣な調子で聞いた。

「まだはっきりしないけど、いずれはそうなるでしょうね」

「そうですか」

「何か気になることでもあるの？」

「私と松崎君じゃ違うけど、家へなんか帰らないほうがいいかもしれないと思って……」

「久保寺さん、やっぱり何かあったのね？」

ゆふは応えない。

「何があったの？」

「べつにたいしたことじゃないんです」

「また、お父さんがお母さんに対して暴力を振るうようになったとか……？」

「……」

ゆふの無言は肯定を意味しているようだ。

「そうそう、いつだったか、私がいないときに電話をくれたそうね」

もう半月余り前になるだろうか、片瀬玲美の勤務のとき電話があり、用事があったわけじゃないからと一、二分話して切ってしまったという話だった。

「もしかしたら、私に相談したいことでもあったのかしら？」

「い、いいえ」

もし、そのときの電話が父親について加奈に相談しようとしたのだとすれば、父親のＤＶはそれより前から始まっていたことになる。

いや、ゆふの家庭にあるのは母親に対する父親の暴力だけだろうか、と加奈は疑っている。ゆふが苦しんでいる原因は果たしてそれだけだろうか。もしかしたら違うのではないか……。

その疑念は、ゆふが愛の郷学園へ入所してしばらくしたころ、加奈の内に生まれた。

それはいわば勘であって、他人を納得させられるような根拠はない。ただ、もし自分の勘が当たっていれば、田丸澄子なら当然気づいているだろう。そう加奈が思い、澄子に相談してみようかと考えながらも迷っているうちに、ゆふは退所してしまったのだ。

「話してくれないかしら？」

加奈が促しても、ゆふは迷っているのか、何も言わない。

「ね、話して。もしかしたら力になれるかもしれないから」

事情によってはすぐに澄子に連絡し、ゆふを保護してもらうこともできる。

「いえ、もういいんです。〈星の家〉へ帰りたいなとちょっと思ったんですけど、辻本さんと話して元気になりましたから。ありがとうございました」

ゆふが無理に作ったと思われる明るい声で言い、「それじゃ……」と電話を切りそうになった。

「あ、久保寺さん、待って」

加奈は慌《あわ》てて呼びかけた。

「いえ、長く話していたら辻本さんに迷惑ですから」

「私はちっとも迷惑じゃないわ。でも、久保寺さんがいまは話したくないと言うんなら、携帯電話の番号、教えて。後で私のほうからかけるから」

「私、持っていないんです。中学生にケータイなんか要らないって母が買ってくれないので、これも公衆電話なんです」

「そう。なら、私のケータイの番号を教えておくわ。だから、その気になったらいつでもいいから電話して」

加奈は自分の携帯電話の番号をゆふにメモさせ、もう一度、遠慮しないで電話するようにと念を押した。

受話器を机の電話機に戻しても、加奈の耳の奥では、〈星の家〉に帰りたいと思ったというゆふの言葉が響いていた。

話を聞かずに電話を終わらせてしまったが、これでよかったのだろうか、と加奈は思った。胸に後悔が萌《きざ》した。ゆふから強引に話を聞き出すべきではなかっただろうか。そして必要なら、澄子と相談すべきではなかっただろうか……。

しかし、そう思っても、ゆふの自宅に電話するわけにはいかない。もしゆふと加奈が連絡を取り合っていると母親に知られたら、ゆふは益々心を閉ざしてしまうだろう。

――大丈夫。困ったら、きっとまた電話してくるわ。

加奈は無理やり自分をそう納得させ、まだ他の子たちとスナック菓子を食べていた一也を呼んだ。

一也がスポーツバッグは置いたまま、執務室へ来た。

「どうだった？　お母さんの家、楽しかった？」

加奈が問うと、一也が明るい顔で「うん」とうなずいた。

「一緒に食事に行ったり買い物をしたりしたんだって？」

「うん」

「それじゃ、お母さんと一緒にずっと暮らしていけそうかな？」

今度はすぐには答えが返ってこない。一也は真剣に考えているらしい顔をして首をひねった。

「お母さんは、もうお酒を飲まないって約束したんでしょう？」

「うん」

「お酒さえ飲まなければ、お母さんは一也君に優しいし、それなら大丈夫かな？」

「でも、また飲むかもしれない」

一也がぼそりと言った。

「一也君はまだ安心できないわけ？」

「うん」

一也の眉のあたりに、しばらく消えていた翳が差した。意識の奥に閉じ込めていた記憶がよみがえったのかもしれない。

加奈も一也と同感だった。美里はまた酒浸りになるおそれがある。いまは飲まないと言っていても、けっして安心はできない。アルコール依存症の患者は、治ってしばらくは飲まないでいても、何かのきっかけから一度酒を口にすれば、すぐに元の状態に逆戻りしてしまう場合が多いらしいから。

しかし、そう思っても、一也にそれを言い、彼の不安を煽《あお》るわけにはいかない。

「きっと今度は大丈夫よ」

加奈の立場としては、そう言って一也を励ますことしかできなかった。

一也が真意を探るような、縋《すが》るような目で加奈を見た。

加奈は内心ちょっと狼狽《ろうばい》した。が、そうした心の内を一也に気づかれないように、さりげなく彼から視線を外し、

「お母さん、今度こそ一也君との約束を守ると思うわ」

と、つづけた。

一也は何も応えなかった。視線を下に向け、左右の手の指を互いにいじり始めた。

さっきまでの明るい表情が嘘だったように、以前の暗い顔に戻っていた。

加奈は無力感を覚えた。自分には、一也の不安と恐れを軽くしてやる力も方法もな

いのだった。だから、「きっと今度は大丈夫よ」などと自分でも信じていない言葉を口にし、そうなることを願い、祈る以外にないのだった。

さっき、ゆふの言った、

――私と松崎君じゃ違うけど、家《うち》へなんか帰らないほうがいいかもしれないと思って。

という言葉が浮かんだ。

あれは、ゆふが両親の家へ帰ったことを後悔しているから出てきた言葉であるのは間違いない。

一也にしても、ゆふにしても、何一つ非がないのに、どうして親のためにこれほど苦しまなければならないのだろうか。

そう思うと、加奈はやり場のない悲しみと怒りを覚えた。

# 第二章　超能力

狼の夢を見なくなって間もなく、少女はある事情から祖父母の家で暮らすようになった。

その後も少女は〈どうか狼の夢を見ませんように〉と毎晩寝る前に祈ったが、祈るのを忘れてしまっても狼は夢の中に現われなくなった。そのため、少女はだんだん祈らないで寝てしまうことが多くなり、いつしかまったく祈らなくなった。それでも夢の中に狼が出てこなかったので、少女の中で自分がそうした夢を見たという記憶も次第に薄れていった。

ところが、少女が祖父母の家で暮らすようになって半年ほどしたころだろうか、少女の夢の中に突然また狼が現われた。

少女は恐怖のあまり叫び声を上げそうになった。と、狼ががさがさした大きな手で少女の口を塞《ふさ》ぎ、「声を出すんじゃない。何も怖くなんかないんだから」としゃがれ声で言い、パジャマとパンティの下に手を入れてきた。

少女は、前の狼とは違う狼のような気がしたが、しばらく夢を見なかったので狼は歳を取ったのかもしれないとも思った。

少女が身を硬くしてじっと耐えていると、狼は少女の下腹部を指先で撫でたりつまんだりしていたが、やがて黙って少女から離れ、出て行った。

翌朝、目が覚めたとき、少女は昨夜見た夢を思い出し、しばらく布団の中で動けなかった。恐怖に戦《おのの》きながら、これは自分のせいだ、自分が悪かったのだ、と思った。自分がお祈りするのをやめてしまったから、また狼が現われたのだ……。

少女は、その晩から再び、〈どうか狼の夢を見ませんように〉と寝る前に祈った。

そのせいだろう、しばらくは狼の夢を見なかった。

ところが、十日ほどして、前の晩に祈ったにもかかわらず、少女の夢の中に再び狼が現われた。

少女は怖かっただけでなく、お祈りが効かなくなってしまったのかとショックを受けたが、すぐに、ああ、そうか、前に祖母に言われたように、これは自分の祈り方が弱かったせいかもしれない、と思いなおした。そして、それまでにも増して真剣に、必死になって祈った。

しかし、今度もしばらくは狼の夢を見なかったものの、二週間ほどして、また狼が夢の中に現われた。

少女は、自分には祖母が言ったような特別の力なんてなかったのだ、と思った。では、どうしたらいいのだろう。お祈りしても効き目がないとしたら、自分はどうしたらいいのだろう。

少女は途方に暮れ、祖母に相談した。

初めはどんな相談かと笑みを浮かべていた祖母の顔が、少女が話し出すや苦しげに歪《ゆが》んだ。見るみるうちに血の気が引き、以前少女が初めて狼の夢の話をしたとき以上に怖い表情になった。

祖母は、少女が話し終わってもすぐには口を開かず、何かを真剣に考えているようだった。が、やがて少女にいつもの優しい目を向け、

「もう一度祈ってごらん」

と、静かに言った。「前にも言っただろう。それはおまえの祈り方が弱かったんだよ。おまえは一生懸命に祈ったつもりでも……。それで、おまえの念力がおまえの思ったところまで届かなかったんだよ。だから、もうしばらく祈りつづけてごらん。きっと、おまえの願いは叶うから」

少女は祖母の言葉に励まされ、言われたとおりにした。

と、その後、一度だけ狼が夢の中に現われたが、それ以後はまったく現われなくなった。

そのため、少女は、自分は本当に特別の力を持っているらしい、と思った。

1

玄関の外に自動車の停まる音がして、男の話し声が聞こえた。

ゴルフに行っていた夫の亮《あきら》が、仲間の車に送られて帰ってきたらしい。

久保寺千明《ちあき》はそう思うと、つけてはいても見ていなかったテレビを消し、ソファから腰を上げた。

インターホンのチャイムが忙《せわ》しく二度鳴り、千明が応答すると、案の定、「俺だ」というよいつもの言葉が返ってきた。

千明は「お帰りなさい」と応じ、一度深呼吸してから玄関へ向かった。これ以上逃げているわけにはいかない、今日こそきちんと話し合おう、と思いながら。

時刻は四時を回ったばかりなので、ゆふが塾の日曜講習から帰ってくるまで二時間ほどある。

二時間で決着がつくとは思えないが、とにかくゆふが家にいるとき切り出すわけにはいかない。夫婦の部屋は一階に、ゆふの部屋は二階にあるとはいえ、もし夫が怒鳴り出せば声は筒抜けだからだ。

千明が錠を解くと、夫がドアを引き開け、ゴルフバッグを抱えて入ってきた。「ただいま」でも「いま帰ったよ」でもない。それなら、鍵を持っているのだから自分で開けて入ればいいのに。

「室田《むろた》さんに送っていただいたんですか?」

「ああ」

夫がゴルフバッグを履き物入れに立て掛けた。千明の顔を見ずに靴を脱ぎ、そのまま先に廊下を歩いて行った。千明が何を考えているのか気づき、警戒しているのかもしれない。逃げているのかもしれない。

それならそれでかまわない、と千明は思った。十カ月前の千明とは違う。今度は夫の出方によっては、娘のゆふと二人でこの家を出て行くつもりだった。その覚悟ができていた。

千明が居間で待っていると、夫が着替えをして戻ってきた。黙って千明の前に座り、

テレビのリモコンに手を伸ばしたので、

「テレビをつけないで」

と、千明は少し強い調子で言った。

夫が手を引っ込め、むっとした顔を千明に向けた。

「ゆふがしばらく帰らないから、その間にあなたと話したいことがあるの」

千明は切り出した。

夫の顔が白く強張った。

「私がこう言えば、何の話か、あなたにはもうわかったでしょう?」

「わかるわけがないだろう」

夫が声を荒らげた。が、視線は微妙に千明から逸《そ》らされていた。

「わからなければ教えてあげるけど……」

夫は何も応えない。

「あなたは私に約束したことを破ったわね」

「何の話だ?」

「私の口から言わせるつもり?」

夫の目に脅えと居直りの意思が交じり合ったような色が浮かんだ。

「いったい、あなたは……」

千明が言いかけるや、夫が腰を上げた。

「どこへ行くの？」

「どこだっていいだろう」

「座ってよ。大事な話をしようとしているんだから」

「おまえのばかばかしい話になんか付き合っていられるか」

「聞かないうちから、どうしてばかばかしい話だなんてわかるの？」

「想像がつく」

夫は断ち切るように言うと、ソファを離れ、千明に背を向けた。

「待ってよ」

千明も立ち上がった。

夫は千明の言葉を無視し、居間から出て行った。自分の部屋へ行ったようだ。

「そりゃ、想像がつくわよね。話の内容はばかばかしいどころか、逆だけど」

千明は廊下へ出て、夫に聞こえるように大きな声で言った。

夫からの反応はない。

「出てきて！　もし出てこないんなら私が行くわよ」

千明が言うより早く夫が廊下に姿を見せた。出かけるつもりか、ジャージのズボンをチノパンにはきかえ、ポロシャツの上にベージュのジャンパーを引っ掛けていた。

彼は千明のそばまで来ても足を止めず、彼女の顔も見ない。前を通り過ぎ、玄関へ向かう。

「どこへ行くのよ?」

千明は追いかけた。

夫は無言。

「逃げるの?」

千明は夫の腕をつかんだ。

その手を夫が邪険《じゃけん》に振り払った。

「逃げるなんて卑怯《ひきょう》よ」

「卑怯?」

夫が足を止め、千明に向きなおった。目に凶暴な光が浮かんでいる。

千明は一瞬怯《ひる》んだが、

「だって、そうじゃない」

と、相手から目を逸らさずに言った。

「貴様！」

言葉と同時に夫の右手が千明の左頬に飛んできた。

不意の衝撃に千明はよろけ、片膝と右手を床についた。

夫は手加減しなかったらしい。痺《しび》れるような痛みが顔全体に広がった。

千明は打たれた頬に片手を当て、身体を起こした。十カ月前もそうだった、と思いながら。

去年の十二月、千明の指摘に夫は暴力で応酬した。そのため、千明はゆふを安全なところへ避難させ、それから夫と何度も話し合ってきた。そして〝約束〟させた。

しかし、甘かった。今年の一月……と千明は思う。ゆふを児童養護施設に入れる代わりに、自分がゆふと一緒に、当時住んでいたマンションを出ていれば、今回のようなことにはならなかったのだ。

――今度こそ後悔しないようにしよう。ゆふを連れてこの家を出て行き、離婚しよう。もうそれしかない。

千明があらためてそう決意を固めていると、

「何だ、その顔は？　文句があるのか」

夫が憎々しげな目を向けてきた。

千明を見くびっているのは間違いない。自分が何をしようとこの女は離婚できない、俺から離れては暮らしていけない、と侮《あなど》っているのだ。千明自身の前の選択が、彼にその自信を付けさせてしまったのだろう。

それならいまは侮らせておこう、と千明は思った。千明がここで離婚したいと口にしようものなら、逆上してどんな酷《ひど》い暴力を振るわれるかわからなかったし……。

暴力も怖いが、この男に自分のしたことの意味を思い知らせてやるためには、ゆふと一緒に突然消えたほうがいい。男が勤めに出ている間に。そして、あとはすべて弁護士を介して交渉するのだ。

千明がそんなふうに考えているとは想像がつかないからだろう、夫は馬鹿にしたようにに鼻先でフンと笑い、千明に背を向けた。

わざと足音をたてて玄関まで歩いて行き、サンダルを引っ掛けて外へ出て行った。

千明のほうを一度も振り返らずに。

パチンコに行ったにちがいない。

## 2

そろそろ布団に入ろうかと思っていた宮川和春《みやがわかずはる》に出動を促す電話がきたのは、間もなく十一時になろうというときだった。

宮川はすぐにパジャマをスーツに着替え、ネクタイはせずに玄関へ急いだ。

彼が靴を履き終わるのを待って、妻の充子《みつこ》がショルダーバッグを手渡し、

「気をつけてね」

と、言う。

気をつけろと言われても何にどう気をつけたらいいのか、宮川にも判然としない。ただ、夫の安全を祈る妻の気持ちはわかったので、彼はいつものように「うん」と応えた。

警察官の妻になって十八年になる充子は、たいていのことでは驚いたり狼狽《うろた》えたりしなくなっていた。深夜の午前二時、三時に電話で叩き起こされても冷静に応対した。しかし、胸の内は、宮川に見せている顔ほど平静ではないらしい。事件が起きて夫を送り出すときはいつも不安に襲われる、と宮川の姉に漏らしていた。

その点、二人の息子は親のことにまで気を回す余裕がないのだろう、宮川が部屋を覗いて「事件が起きたので出かけるからな」と言っても、高校生の高志《たかし》はイヤホンをつけたままうなずき、中学生の春彦《はるひこ》はゲーム機から目を上げずに、「ああ」と素っ気ない返事をしただけだった。

宮川はR県警察本部捜査一課殺人班の刑事である。階級は巡査部長。二十九歳で巡査から巡査部長になったのはいいが、四十三歳の現在もそのまま。ここ数年は警部補へ昇進するための試験を受けていなかった。

刑事としての仕事が忙しくて勉強する時間がない、というわけではない。閑《ひま》ではないが、その気になればどうにでもなる。が、勉強が嫌いというか、性《しょう》に合わないというか……法律の参考書を開くと、十分もしないうちに眠くなってしまうのだ。

受験勉強は苦手でも、では刑事として優秀かと言えば、それもノーである。同僚たちと比べて劣っているとは思わないが、特に優秀でもない。事勿《ことなか》れ主義ではないものの、かといって特に仕事熱心というわけでもない。宮川自身そう思っているし、上司の評価もたぶん同じようなものだろう。つまり、可もなく不可もなし、というところか。

ただ、宮川は〝ずる〟をするのだけは嫌いだった。やってもいないのにやっているように上司に見せかけたり、他人の手柄を横取りしたり……。そういう例をずいぶん見てきたが、自分はそれだけは為《す》まいと思ってきた。

宮川の住まいは、エレベーターの付いていない五階建て官舎の四階である。

彼は階段を下まで降り、表通りへ出てタクシーを拾った。

男が殺されていたという現場はN市稲生《いなお》区朝日台《あさひだい》の路上。同じN市内でも、官舎があるのは緑川《みどりかわ》区なので、タクシーで二十分ほどかかった。

宮川は、朝日台公園の百二、三十メートル手前の丁字路でタクシーを降りた。料金を払って左へ入ると、何台ものパトカーと野次馬たちが道を塞ぎ、その先に青いビニールシートが張られていた。

辺りは、地名からも想像がつくように、新興の——といっても二、三十年は経っているだろうか——住宅地である。ただ、現場の道の左右には人家がなく、宮川から見て右側はツツジと思われる低い植え込みに囲まれた公園、左側は空き地だった。

空き地は整地されているようだから、景気の動向を見ていずれ分譲されるのだろうが、いまはおとなの膝ほどの高さに雑草が茂っていた。

午前零時に近いというのに、野次馬が少なくない。十月も終わりに近いが、外に立っていてもまだ寒くないからだろう。

近づくと、ビニールシートは道路の一点を檻《おり》のように囲んでいるのがわかった。そして、その檻から三十メートルほど離して、野次馬や報道関係者の進入を阻止するテープが張られていた。

宮川が張り番の制服警官に身分と名前を告げてテープをくぐったとき、ビニールシートの合わせ目から二人の男たちが出てきた。

一人は所轄・N北警察署の刑事課長である村内《むらうち》、もう一人は顔と名前だけは知っている大杉《おおすぎ》という警察医だった。

宮川が二人に黙礼すると、大杉は黙礼で返し、村内は、

「ああ、宮さん、早いね」

と、わずかに顔をほころばせた。

早いねと言うから、上司の葛城《かつらぎ》警部や葛城班の刑事たちはまだ着いていないらしい。

村内は、目の細い、小でっぷりした男である。歳は宮川より二つか三つ上でしかないはずだが、額から頭頂にかけて綺麗に禿《は》げていた。

彼が大きな革鞄を提げた大杉を見送り、宮川のそばへ戻ってきた。

「大杉医師《せんせい》が視《み》て死亡が確認されたので、いま現場鑑識が始まった」

県警本部の鑑識課員たちは、たいがい宮川ら捜査一課の刑事たちより一足早く現場

へ駆けつける。というのは、宮川たちが検視官（刑事調査官）の説明を受けながら死体を調べる前にひととおり現場の観察、資料の収集・保全をしなければならないからだ。

村内の部下である所轄の刑事たちの姿が見えないのは、近くの聞き込みに動いているからにちがいない。

「死因はわかったんですか？」

宮川は聞いた。

「いや、はっきりしない」

と、村内が首を横に振った。

「頭から血を流して倒れていた、という話でしたが」

「頭を鈍器で強打されたらしく、頭蓋骨が陥没して出血していた。それは確かだが、首にも紐《ひも》状のもので絞められた痕《あと》があった。だから、頭を殴って気を失ったところで首を絞めたのか、すでに死亡していたにもかかわらず、死んだかどうかわからずに首を絞めたのかは、見ただけではっきりしない」

「被害者の身元はわかったんですか？」

「それはわかった。二十分ほど前、奥さんが来て確認した。クボデラ・アキラ……」

村内が久保寺亮という漢字を説明し、ここから四百メートルほど離れたところに住んでいる四十六歳の会社員だ、と言った。

「発見者は？」

「自転車で通りがかった近所に住む高校一年の男の子だ。酔っぱらって寝ているのかと思ったが、念のために自転車を降りて声をかけても返事がないので、持っていた携帯電話で一一〇番した、そう言っている。一一〇番通報が入ったのは十時十二分、それからN北署《うち》に連絡がきたので、近くの交番の警官と宿直の刑事たちが飛んできた」

「犯行現場はここですかね？」

「アスファルトに付いた血液と、ガイシャが朝日台駅前のパチンコ屋へ行っていたらしいという奥さんの話から考え、そう見て間違いないと思う」

「パチンコを終えて、家へ帰ろうとしていた途中で襲われた？」

「ああ。ガイシャの自宅はこの奥の街区だし……」

R電鉄の朝日台駅からここまでは歩いて十分ぐらいだろうか。

「ただ、パチンコ店を出た後、別の場所で殺され、車で運ばれて遺棄された、という可能性もゼロではないがね」

「この辺り、人通りはどうなんですか？」

「見てのように近くに人家がなく、寂しい道なので、夜ともなると歩いている人はあまりいないらしい。といっても、奥の街区に六、七十軒の住宅があり、朝日台駅方面との近道なので、自転車や車は結構通るそうだ」

「では、発見が十時十分だったとして、死体がここに存在するようになったのは、それよりさほど前ではない……？」

「たぶんな。大杉医師によれば、どこで殺されたにしろ、死後二時間とは経っていないという話だった」

「被害者が持っていたと思われる財布などはどうだったんですか？」

「盗《と》られていなかった。財布も腕時計も携帯電話も……。パチンコで勝ったのか、財布には六万円近い現金が入っていた」

「すると、物盗りの犯行ではない？　……あ、いや、犯人が被害者の持っていた特定の物を狙った可能性はありますね」

「それはないと思う」

村内が即座に否定した。

はっきりとそう言うからには、犯行の動機を示すものでも見つかったのだろうか。

宮川がそう思って問うと、

「そうなんだ」

と、村内が答えた。「被害者の着ていたジャンパーの背中に、エクスクラメーションマーク付きで〝殺人者には死を〟と書かれた紙が貼《は》られていた」

「殺人者には死を！　……」

宮川は思わずオウム返しにつぶやき、村内の顔を凝視した。「久保寺亮という被害者はこれまでに人を殺しているんですか？」

「まだわからない。奥さんは、殺人なんてとんでもないと否定したが」

「ということは、奥さんが知らないだけか、あるいは『殺人者には死を！』という言葉に実体的な意味はなく、犯人が悪戯か捜査を混乱させる目的でそうした言葉を残したか……？」

「そういうわけだ」

もし前者で、被害者がこれまでに誰かを殺しているとわかれば、犯人に行き着くのはそれほど難しくないだろう。一方、後者だった場合は無差別殺人だった可能性もあり、捜査は難渋するかもしれない。

宮川がそうした予測を述べると、

「不謹慎かもしれないが、ガイシャが誰かを殺していることを祈るよ」

村内が言って、ニヤリと笑った。

宮川は村内との話を切り上げ、ビニールシートの合わせ目に身体を滑り込ませた。シートの中では鑑識課員たちが写真を撮ったり、足跡やタイヤ痕を採取したり、犯人の遺留品と思われる物を捜したり……と忙しそうに立ち働いていた。

宮川は邪魔をしないように離れたところから死体を見やっただけで外へ出た。

その間にも葛城班の刑事たちが続々と駆けつけ、午前零時を回ると葛城係長、石川《いしかわ》管理官、山田《やまだ》検視官と相次いで着いた。

宮川たちは山田警視の説明を受けながら死体観察に移った。

死体は白のチノパンツとベージュのジャンパーを身に着け、右の頬をアスファルトにつけて俯《うつぶ》せに倒れていた。左腕は顔の横に、右腕は頭の斜め上に、それぞれ肘《ひじ》を曲げて投げ出されている。ジャンパーの襟に少し血が付いていたものの、着衣に目立った乱れは見られなかった。ただ、被害者が履いていたと思われるサンダルは両方とも脱げ、片方は左足から十数センチ、もう一方は右足から四、五十センチ離れたところに転がっていた。

傷は、頭頂部よりやや後ろに寄ったところに頭蓋陥没と裂傷が見られ、首に紐状のもので絞められたと見られる痕があった。

傷口の状態から見て、殴打されたのは一回らしく、出血はそれほど多くなかったようだ。それでも傷の周辺の髪の毛が糊《のり》で固められたように貼り付き、顔の下のアスファルトにも拳大の黒い模様ができていた。

索条痕は、皮膚が少し剝がれて黒紫色に変色していたものの、外出血した形跡はなかった。もしその傷に生体反応があれば、まだ生きているうちに首を絞められたのであり、なければ死亡してから絞められたことになる。どちらだったのかはいずれはっきりするだろう。

ジャンパーの背中には、

**殺人者には**
**死を！**

と、横二行に黒く書かれた縦十四、五センチ、横二十一、二センチの白地の紙——文字はたぶんワープロで打たれたものだろう——がガムテープで留められていた。

犯人が犯行の後で貼り付けたものであるのは間違いない。

単なる悪戯か、捜査を混乱させる目的で意味ありげなものを残したか。そのどちらかだった可能性もあるが、宮川は〝殺人者〟という強い意味を持った言葉に引っ掛かった。さっき村内と話したときはそこまでは考えなかったが、たとえ被害者が実際に人を殺していなかったとしても、その言葉には犯人の動機を解明する鍵が隠されているような気がした。

死体観察が済むと、宮川たちはこれまでに判明した事実について村内の説明を受けた。

その後、石川や葛城は特別捜査本部の設置が決まったN北警察署へ移動したが、宮川は同じ葛城班の田矢《たや》刑事と一緒に被害者宅を訪ね、妻の千明に会った。村内たちは、遺体の確認をした千明に簡単に事情を聞いた後、自宅へ送り届けていたからだ。

玄関へ出てきた千明は目の下にそばかすの散った痩せた女性だった。いまにも倒れそうな真っ青な顔をしていたが、泣いていたような跡は見られない。「どうぞ」と静かに言い、宮川たちを居間へ通した。

居間には、母親にあまり似ていない色白の可愛い顔立ちの娘がいて、宮川たちを見て、ソファから腰を上げた。

身体は千明より大きいが、歳は十五、六だろうか。血の気を失った顔をしているのは母親と同じだったが、突然襲いかかった悲劇に打ちのめされているというよりは、わけがわからずに放心しているように見えた。

「長女のゆふです」

と千明が紹介すると、娘が黙って頭を下げた。

「高校生ですか？」

「いえ、身体は大きいんですが、まだ中学三年生です」

宮川の問いに千明が答えた。

「お子さんはお一人ですか？」

「はい」

母娘は夫と父親の死を実感できず、泣くこともできずに居間のソファで身を寄せ合っていたのだろうか。

ゆふからも一応事情を聞く必要があるだろうと宮川は思ったが、それは明日にして、今夜は自室へ下がらせた。

ゆふが出て行った後、千明がお茶を淹れてこようとしたので、宮川たちは断わり、久保寺亮の今日の行動と千明が遺体の身元を確認するまでの経過から尋ねた。

千明の話は村内から聞いている話と重なる部分が多いだろうが、念のためである。

夫は早朝会社の同僚とゴルフに行き、午後四時ごろ帰った、と千明は話し始めた。

「ですが、着替えをして、すぐに……四時半ごろにまた出かけたんです。そのとき、主人はちょっと出かけてくると言っただけで、どこへ行くとは言わなかったんですが、サンダル履きのラフな格好で出かけるときはたいていパチンコなので、朝日台駅近くのパチンコ店へ行ったにちがいない、と思いました」

その後、ゆふが六時ごろ朝日台駅前にある学習塾から帰ったので先に夕飯を食べさせ、しばらくして自分も食べたが、十時を過ぎても亮は帰らなかったし電話もなかったのだ、と千明は言った。

そのため、何度か携帯電話にかけてみようとしたが、いまに帰ってくるだろうと思ってテレビを見ていると、十時四十分ごろ電話がかかってきた。発信先が亮の携帯電話だったので、当然夫だろうと思って出たところ、相手は警察で、この携帯電話を所持していた男性が路上で死亡していたので見てほしいと言われた。千明はびっくりしたものの、とにかくゆふを家に残し、迎えにきたパトカーで朝日台公園横まで行き、死んでいたのが夫の亮であることを確認した——。

千明の説明に特に怪しい節はなかったが、宮川はいくつかの点で腑《ふ》に落ちないものを感じた。

久保寺亮は早朝からゴルフに行ってかなり疲れていたと思われるのに、帰宅してわずか三十分後に出かけた点、それも妻に行き先を告げずに出て行き、夕飯どきを数時間過ぎても電話一本かけて寄越さなかった点、一方、千明も、夫がパチンコに行ったと思ったとはいえ、どこで何をしているのか、何時ごろに帰るのかと一度も問い合わせなかった点、などである。

宮川はそれらを順に質した。

すると千明は、夫は疲れていてもパチンコだけは億劫《おっくう》がらずに行くし、黙って行くのも珍しいことではない、と答えた。また、夫はパチンコに夢中になると帰る時間など考えないし、いつ帰るのかと問い合わせたりすると、「そんなことで一々電話するな！　帰るときには帰る」と怒鳴るので、気になりながらも電話しないでいた、と言った。

一応もっともらしい説明だったが、宮川は胸の内で首をかしげた。

千明の言うとおりだとすると、久保寺亮という男は相当な亭主関白で、千明はいまどき珍しい従順な妻だったことになる。

もちろん、そうした夫婦がないとは言えないが、久保寺夫妻がそうした夫婦だった可能性よりは、二人の間に口論でもあった可能性（例えば、休日にゴルフにばかり行っていてと千明が非難して……）のほうが高いのではないか、と宮川は思ったのだ。そう考えると、ゴルフから帰ってすぐに行き先も告げずに出て行き、電話一本かけて寄越さなかった亮の行動だけでなく、やはり夫に電話しなかった千明の対応もより明快に説明できる。

しかし、宮川がその想像を口にすると、千明は、自分は夫を責めたりしていないし喧嘩もしていない、と言った。

宮川は納得したわけではなかったが、もし二人の夫婦関係が事件に関係している疑いが窺えたらそのときあらためて質せばいいと思い、「そうですか」と引き下がった。今夜は久保寺亮に関するひととおりの情報を得るのが目的なので、彼の経歴や勤務先、交友関係に質問を進めた。

亮はR県の北部に位置する白川町《しらかわ》の出身で、現在四十六歳。郷里にはまだ両親が健在で、農業をして暮らしているという。東京の私大を卒業した後、五年ほど都内の証券会社に勤めていたが、知人の引きで県下第二の都市・梅橋市《うめはし》に本社を置く浅井《あさい》スポーツ株式会社――県内にスポーツショップを二十店近く持っている――に転職。二年後に千明と結婚し、現在は本社の営業課長だった。

千明によると、社交的で如才なく、誰とでもうまくやっていくタイプなので、人に強い恨みを買うようなことがあったとは思えないという。家では亭主関白などころはあったが、自分にも娘のゆふにも優しく、家庭内にこれといった問題はなかった。

現在の家に越してきたのは三カ月半ほど前の七月初旬。それまではN市羽沢《はざわ》区のマンションに住んでいたが、手狭になったのでそれを売り、中古の一戸建てに買い換えたのだという。

宮川は最後に、ジャンパーの背中に貼られていた紙に書かれた「殺人者には死を！」という言葉について何か思い当たることはないかと聞いた。

「ありません。さっきも別の刑事さんに尋ねられましたが、どういう意味なのか、まったくわかりません」

と、千明が目に困惑の色を浮かべ、強い調子で否定した。「主人が人を殺したなんて絶対にありませんし」

「そうですか」

と、宮川はあっさりと引いた。

久保寺亮が過去に人を殺しているかどうか――。

それは、今後の調べで明らかになるだろう。千明が本当に何も知らないのか、知っていて隠しているのか、も。

宮川たちは、千明が夫を殺したのではないかという疑いも念頭に置いている。身近な人間を疑うのは捜査の常道だからだ。

亮が殺されたと考えられる十時前後、千明は自宅の居間でテレビを見ていたと言っている。が、ゆふは二階の自室にいたらしいから、三十分ぐらいならゆふに気づかれずに外出するのは可能だっただろう。

また、亮が何時に帰ってくるかわからなかったというのは千明の言葉にすぎない。もし彼からだいたいの帰宅時刻を聞いていたとすれば、少し早めに朝日台公園へ行き、植え込みの陰に隠れて待っていればよかったはずである。そうして、駅のほうから歩いてきた亮の背後へそっと回り、用意して行った鈍器（鉄材のようなものと思われるがはっきりしない）で頭を殴りつけ、倒れたところで首を絞めた――。

鈍器で頭を殴りつけるという荒っぽい手口は、一見、男の犯行であるかのように見える。が、犯人が乱暴な人間なら、首を絞めるといったまどろこしい方法は採らず、何度も頭を殴りつけた可能性が高い。と考えると、鈍器で殴打したのは一回だけで、その後相手が息を吹き返さないように首を絞めたと見られる本件は、女の犯行であったと見てもそれほど違和感はない。

しかし、それは千明を容疑者から排除しないというだけで、いまのところ彼女の犯行を疑わせる具体的なものは何もない。また、千明が犯人だった場合、「殺人者には死を！」と書いた紙を現場に残した意図も不可解だった。

宮川たちは深夜の訪問を詫び、久保寺家を辞した。

3

十月三十一日午後一時過ぎ、宮川はN北署の若い刑事、柴貴之《しばたかゆき》とともにJR浜浦線の香西駅で降りた。

N北署に特別捜査本部が開設された後、宮川は柴と組んで主に被害者の家族の事情について調べてきた。そんな彼らのもとに昨日別の刑事たちから意外な情報がもたらされ、真偽を確かめるために今朝久保寺千明を訪ねると、さらに意外な事実が明らかになった。

そこで宮川たちはいま、その事実に関連した事情の聞き込みに歩いているのだった。

浜浦線は、N市とR県東端の浜浦市を結んで県中央部を東西に走っている鉄道である。香西はN駅から四つ目の駅だった。

香西市は人口約十二万人。この辺りの中心都市で、南に県立・香西風土記が丘公園、北に春茅沼がある地として知られていた。

宮川たちは南口広場から県道へ出ると、商店街を西（右）へ向かって歩き出した。これから訪ねようとしている児童養護施設「愛の郷学園」は香西駅から歩いて十五分ほどだ、とN市児童相談所の田丸澄子に聞いてきたからだ。

明日から十一月だというのに、天気予報によると九月中旬の陽気だという。上着を脱いで腕に掛けていたが、日射しの下を歩いていると顔に汗が噴き出た。

柴は二十八歳。捜査係の刑事になって二年目で、本部事件に関わるのは初めての経験だという。だからだろう、捜査一課の部長刑事と組んで、初めはしゃちほこばっているようだった。が、二日、三日と経つうちにだいぶ緊張がほぐれたらしく、宮川の下手な駄洒落《だじゃれ》——息子たちには馬鹿にされている——にも反応を示すようになった。県警本部の刑事といっても、たいしたことないじゃないか、とわかったのかもしれない。

特別捜査本部が設けられて今日で五日である。まだ容疑者は浮かんできていなかったものの、この間に死因、死亡時刻、凶器などがはっきりした。また、犯人ではないかと思われる人物の目撃者が複数見つかり、一方で被害者の妻と家庭に関わる重要な事実も明らかになった。

まず、死因。解剖の結果、被害者は鈍器で頭を殴られた時点では死亡しておらず、首を絞められたことによる窒息、と判明した。次いで、死亡推定時刻は《十月二十六日の午後十時三分〜十時十分》と明確になった。

死亡時刻がそれほど短い間に限定されたのは、事件が起きた夜の十時前後に現場を通った車が複数台見つかったのに加え、被害者の出血の状態や現場の状況から、他の場所で殺されて移動された可能性はないと判断されたからである（ただ、捜査の参考になりそうな犯人の遺留品は見つからなかったし、タイヤ痕や足跡も明確ではなかった）。

事件の前に現場を通った車は九時五十五分ごろに一台、十時二、三分ごろに二台と合計三台あり、それらを運転していた者は、自分が通ったとき人間の身体のような大きな物体は道になかった、もしあれば轢いていただろう、と言明した。

被害者の頭を殴った鈍器は、傷の形状と傷口に付着していた錆《さび》から、直径四センチ前後の鉄の棒と判明。また首を絞めた紐は、索条痕の周辺皮膚に付着していた微量の繊維から、麻とビニールを縒《よ》り合わせたロープであろう、と推定された。

被害者が、事件当日の午後五時ごろから九時半ごろまで朝日台駅前にあるパチンコ店「ナインスター」でパチンコをし、その後、店に隣接した景品交換所で景品を五万円に換金した事実が、複数の目撃者の証言からはっきりした。

被害者が所持していた携帯電話には、夕方以降は発信・受信の記録が一件もなく、〈被害者が四時半ごろ家を出た後、被害者と一度も話していない〉という千明の話は事実だった、と裏付けられた。

被害者の背中に貼られていた「殺人者には死を！」と書かれた紙は、K社製のA4印刷用普通紙を半裁にしたもので、文字はワープロソフトのワードで打たれた七十二ポイントの「AR明朝体U」であると判明した。

被害者は「殺人者……」と指弾されていたにもかかわらず、殺人はおろか逮捕・起訴された経歴もなく、これまで被害者の周辺で不審な死を遂げた者もいなかった。また、友人や知人、会社の同僚、部下は、被害者は人を殺すような人間ではない、人を殺しているわけがない、と異口同音に答えた（というわけで、「殺人者には死を！」という言葉が示す意味、そのメッセージを残した犯人の意図は不明である）。

事件が起きる数日前の晩に二度――四、五日前から二週間前ぐらいまでの間だというが日にちははっきりしない――、久保寺家の前の道に見慣れない乗用車が停まっていたことが判明した。目撃したのは近所の住民三人で、三人の話を総合すると、乗用車は白かシルバーのセダンらしい。暗くて顔の詳細ははっきりしないが、運転席にメガネをかけた女が乗っていたという。また、事件当日の午後にも、久保寺家の門から六十メートルほど離れた路上に白っぽいセダンが停まり、紫の大きなサングラスをかけた、それまで近辺で見かけたことのない女が運転席に座っていた。こちらは日曜日の昼だったからだろう、目撃者が五人もいて、そのうちの一人は「車はT社のジュピターだった」と言い、別の一人は「自分と目が合うと女は慌てて下を向いた」と言った。因《ちな》みに、その日、久保寺家の近所の家へ車で来た女性の客はなかった。

事件に関係しているのではないかと見られるこうした目撃情報の一方で、被害者の妻・久保寺千明に関しても、夫を殺してもそれほどおかしくない事実が判明した。被害者が妻を受取人にして死亡時三千万円の生命保険に入っていた事実と、被害者が妻に対して日常的に暴力を振るっていた事実である。つまり、事件の起きた晩、千明は宮川たちに〈家庭は円満でこれといった問題はなかった〉と言ったが、嘘だったのだ。

被害者のドメスティック・バイオレンス（ＤＶ）については、一家が前に住んでいた羽沢区のマンションの住民の話がきっかけで明らかになった。

初め、隣家の主婦が、今年に入ってからドアの外まで響いてくるような大声で喧嘩していることが何度かあった、と話した。そのとき亮は怒鳴り、千明は泣き喚いているようだった、と。主婦が言うには、夫婦仲は悪くないように見えたし、亮はいつも笑顔で挨拶し、温厚そうだったから、人というのは外から見ただけではわからないものだなと思ったのだという。

この時点では、部屋の中で亮が千明に暴力を振るっていたのかどうかまでは判然としなかった。主婦は多少激しい夫婦喧嘩をしていると思っただけのようだし、聞き込んだ刑事たちも同様だった。

次に主婦は、そのころ娘のゆふが家にいなかった、と言った。

――家にいなかったとは、別居していたという意味ですか?

刑事がちょっと気になって尋ねた。

――ええ。

――期間はどれぐらいでしょう?

――正確にはわかりませんが、今年の正月ごろから七月に引っ越して行かれるまで、半年ぐらい見えなかったんじゃないかと思います。

――半年も!　どこへ行っていたのかはわかりますか?

――春ごろ、最近お嬢さんの姿が見えないけど、どうしたのかしら、と私が尋ねると、奥さんがちょっと戸惑ったような顔をして、身体をこわしたので入院していると言っていました。

——どういう病気かは話しましたか?

——自律神経失調症のようなものだと言っただけで、はっきりとは……。

——それで半年も?

——あ、いえ、引っ越される少し前、お嬢さんの入院、ずいぶん長いようですがご心配ですね、と私が言うと、いまは退院してご主人の実家で静養させているのだと、そんなふうにおっしゃっていました。

——どうして自宅で静養させず、ご主人の実家でさせていたんでしょう?

——さあ……。

——奥さんも仕事をしていて忙しかったとか……?

——知り合いのやっている小料理屋で仲居さんをしているとかで、週に何日かは夕方から出かけていましたが、そのためかどうかはわかりません。あまり話したくないようでしたので、私も詳しくは尋ねませんでしたから。

昨夜、久保寺家の前住地の聞き込みをしていた刑事たちからこうした報告を聞いたとき、宮川は、「円満だった」はずの夫婦がかなり激しい喧嘩をしていたらしい点と、ゆふが半年も入院していたらしいという話に引っ掛かった。

事件当日、亮がゴルフから帰ってわずか三十分後に外出している点、しかも、そのとき千明に行き先を告げなかったという点、と宮川はこれまでも亮の行動と千明の話に不審を感じていた。亮が死亡時三千万円の生命保険に入っていた事実も気になっていた。事件の何日か前と事件当日、久保寺家の近くに車を停めていた女の件があるとはいえ、千明にも夫を殺すのは不可能ではなかったし、たとえ自分で直接手を下さなくても、誰かに頼むことができたからだ。ただ、これまでのところ、亮の死亡時刻の前後に千明が外出したという証拠はなく、千明が殺人を依頼したと思われる人間も浮かんできていなかったが……。

刑事たちの話は、久保寺家には何か表に出したくない事情が存在しているらしいことを想像させた。

その事情が事件に関係しているかどうかはわからないにしても、無視するわけにはいかない。明らかにする必要がある。

宮川たちはそう考え、今朝一番に久保寺家を訪ねた。

一昨日、亮の葬儀が終わったので、親類なども帰ったのだろう、久保寺家はひっそりとしていた。

玄関へ出てきた千明は相変わらず顔色が悪かった。暗い目をしていたし窶《やつ》れてもいた。それでいて、これまで何度か会ったときとは微妙に違って感じられた。葬式が済んで一段落したせいかもしれないが、どことなくすっきりしたような、さばさばしたような印象を受けた。

千明は宮川たちを居間へ通し、紅茶を淹れてきた。

家の中に娘のゆふのいる気配がしないので、「お嬢さんは?」と宮川が聞くと、

——休んでいてもやることがないからと今日から学校へ行きました。

と、千明が答えた。

——実は、今日はゆふさんのことでちょっとお尋ねしたいんですが……。

宮川が言いかけるや、千明の顔に緊張の色が走り、紅茶を掻き混ぜていたスプーンがかちかちっと音をたてた。

千明の示した反応は意外だった。

宮川は、ゆふに関する件は亮と千明の夫婦関係へ話を進めるための取っ掛かり程度にしか考えていなかった。だから、千明がそれほど驚くとは予想していなかったのだ。

とにかく彼は考えていた質問をした。

——ここへ越してこられる前、ゆふさんは入院されたりご主人の実家で静養されたりしていたそうですね?

――……はい。

と、千明が宮川の目を見ずに答えた。

その質問の先を恐れているような、警戒しているような様子が窺えた。

――どこが悪かったのですか?

――自律神経失調症というか、軽いうつ病のような……。

――入院していたのはどこの病院ですか?

――N市内の病院です。

――何という病院でしょう?

千明は答えない。

――教えていただけませんか。

――ゆふが何という病院に入院していたかなんて、主人が殺された事件に関係があるんですか?

千明が抗議するように言った。

――ないかもしれません。ですが、一応参考までにお聞きしたいんです。

――そんな関係のないこと、教えられません。

千明がはっきりと拒否した。

宮川はなぜだろうと思い、強い興味を引かれた。ゆふの入院した病院を隠すからには、当然知られたくない理由があるにちがいない。

――どうしてでしょう? ゆふさんの入院していた病院を知られると、何か都合の悪い事情でもあるんですか?

――ありません。

――だったら、教えていただけませんか。

――教えられません。

――それじゃ、ゆふさん本人か亮さんのご両親に会って聞く以外にありませんね。

――やめてください!

千明が金切り声を出した。

――そんなこと、やめてください。

――それなら、あなたが教えてください。

――ゆふの病気は主人の殺された事件に何の関係もありません。関係しているはずがないんです。

――それは、聞いてから私たちが判断します。そして、関係がないとわかった場合、外へは一切漏らしません。ですから、教えていただけませんか。

――……。

――どうしてもあなたが話さないというのなら、これから学校へ行って直接ゆふさんに聞きますよ。

千明は俯いて唇を噛んでいた。

いくら考えても結論は一つしかないはずなので、宮川はもう何も言わなかった。

案の定、千明はやがて心を決めたらしく宮川たちのほうへ目を上げ、

――実は、娘は病気じゃなかったんです。

と、言った。

――では、ゆふさんは半年間もどこへ行っていたんですか？

予想外の話に宮川は驚きながらも、質問を継いだ。

――香西市にある児童養護施設、愛の郷学園です。

――どういう理由から児童養護施設に入られたんでしょう？

千明が苦しげに顔を歪めて答えた。

――主人が私に暴力を振るうようになったからです。

円満な家庭というのは虚偽だった、と認めたのである。

――そのころ、私は週に三回、夕方から十時ごろまで知人がやっている小料理屋を

手伝っていたんですが、たまには時間が延び、帰宅が深夜になることもありました。そんなとき、主人は初め不機嫌な顔をしていただけでしたが、去年の秋ごろから暴力を振るい始めたんです。それがどんどんエスカレートし、ちょっと気にいらないことがあると私の顔が腫《は》れあがるほど殴るようになり、挙げ句は私を投げ飛ばし、蹴《け》ったり、髪の毛をつかんで引き回したりするようになったんです。

――昨今、大きな問題になっているDVですね。

――はい。

――ご主人はゆふさんに対しても暴力を振るったんですか？

――いえ、ゆふには振るっていません。

千明が強く首を横に振り、否定した。

――それなのに、どうしてゆふさんを他所《よそ》へ預けたんでしょう？

――主人の暴力が始まると、ゆふが脅えて石のように固まってしまうようになったからです。それを見て、このままでは私より先にゆふがどうかなってしまうと思い、取り敢《あ》えず正月休みの間……事情は話さずに、ゆふを主人の実家に預け、松が明けてから市の児童相談所へ相談に行ったんです。

――その結果、児童養護施設に入所された？

——はい。児童相談所の一時保護所に一週間ほどいて、移りました。一時保護所にいる間は学校へ行けないので、長くなったらと心配だったんですが、運良く愛の郷学園にすぐに入れたんです。……あ、いまは児童養護施設がどこもいっぱいなんだそうです。

——あなたはどうしてご主人から逃げようとされなかったんですか？

——ゆふを連れて逃げよう、主人と離婚しようと何度思ったかわかりません。ですが、私にはもう両親がいませんし、家を出たら行くところがありません。シェルターのことは知っていましたが、一時的にそこに身を寄せても、その後ゆふと二人でどうやって暮らしていったらいいのかと考えると、決心がつかなかったのです。それに、私がしばらく我慢すれば主人の暴力も収まり、また三人で仲良く暮らせるのではないか、と思ったのです。

それで娘だけ避難させた、というわけらしい。

一人娘を児童養護施設に避難させなければならないほど激しかった夫の暴力——。

これは、千明が亮を殺してもおかしくない動機になりうる。

宮川はそう考えながら、質問を進めた。

——半年後にゆふさんが家へ帰ってきたということは、ご主人の暴力は収まったわけですか？

――一度は収まりました。主人はゆふを愛していたので、自分が悪かったと反省し、二度と私に暴力を振るわないと約束したのです。

千明が答えた。

――一度は……ということは、しかし再び始まった？

――はい。七月の初めにこの家へ引っ越し、学校が夏休みに入るのを待ってゆふを迎え、三人で新しい生活を始めたのですが、それから二月《ふたつき》も経たないうちにまた始まりました。

――ご主人があなたに暴力を振るい出したとき、ゆふさんは？

――前のように石みたいに固まることはありませんでしたが、絶望したような表情をしてじっと耐えていました。

――それを見て、あなたはどう思いましたか？

――これ以上この子を苦しめるわけにはいかないと思いました。

――ゆふさんをまた施設に避難させようと思ったわけですか？

――いいえ。私ももう我慢できませんでしたから、ゆふを連れて出て行こうと決心しました。

――あなたの考えをご主人に話されましたか？
――実は、主人が殺された日に話そうとしたんです。主人がゴルフから帰ってきたとき、ゆふが塾へ行っていたので、いい機会だと思って。ところが、私がその話をしかけると主人は自分の部屋へ入ってしまい、出てきたときには着替えをしていたんです。そして、話を聞いてほしいと頼む私の腕を乱暴に払いのけ、どこへ行くとも言わずに出て行ってしまったんです。

そこまで聞いて、宮川はこれまですっきりしなかった、〈亮が行き先も告げずに出て行き、その後彼と千明が連絡を取り合わなかった〉という話に合点がいった。また、千明が夫の死をあまり悲しんでいるように感じられなかったことも……。

宮川たちは久保寺家を辞すと、バスを乗り継いで県庁の近くにあるN市児童相談所へ行き、千明の相談に乗った田丸澄子という職員に会った。

バスに乗っている間に柴が携帯電話をつかってネットで調べたところ、R県内には児童相談所が六カ所あり、五カ所が県の機関、一カ所が政令指定都市・N市の機関だとわかった。

田丸澄子は、歳は四十ちょっと前ぐらいだろうか。児童福祉司の資格を持った、見るからに優しそうな顔をした女性だった。顔も身体もふっくらした印象だが、それほど肥っているわけではない。当然ながら、久保寺亮が殺された事件については知っていて、心配そうに表情を曇らせ、ゆふさんとお母さんが一日も早く元気になってくればいいのですが……と言った。

ゆふが愛の郷学園へ入所した経緯は、千明から聞いたとおりのようだった。

田丸澄子の説明によると、

二〇〇〇年（平成一二年）の五月に「児童虐待の防止等に関する法律（児童虐待防止法）」が制定されたが、そのときは第二条〈児童虐待の定義〉に家庭内の暴力（ＤＶ）は入っていなかった。

が、二〇〇四年の改正によって、その中に、

《……児童が同居する家庭における配偶者に対する暴力……その他の児童に著しい心理的外傷を与える言動を行うこと》

という項が付け加えられた。

つまり、〇四年の四月から児童虐待の定義が広がり、監護している児童に対して保護者が直接加える暴行、暴言、猥褻《わいせつ》行為、充分な食事を与えないなどの養育拒否《ネグレクト》だけでなく、ＤＶも、児童を苦しめ、児童の心身の発達を損なう〝虐待〟と見なされるようになった。

そのため、千明の相談を受けた児童相談所は、千明に対する亮の暴力もゆふに対する〝虐待〟と考え、

《しばらくゆふを両親から離し、児童養護施設へ入所させる》

という措置を決めたのだという。

児童と聞いても、宮川は何歳から何歳までの子どもを指すのか知らなかったので、その点を尋ねると、

――児童というと小学生以下の子どもだと思われている方も少なくないようですが、児童福祉法では十八歳未満の者はみな児童なんです。

と、田丸澄子がにこやかな笑みを浮かべて答えた。

因みに、保護者とは〈親権を行なう者だけでなく児童を監護しているすべての者〉、配偶者とは〈婚姻届を出しているいないにかかわらず事実上婚姻関係にある者〉だという。

澄子はさらにゆふが入所していた愛の郷学園について説明し、宮川が礼を述べたところでふっと表情を引き締め、聞いた。

――殺された久保寺さんの背中に「殺人者には死を！」と書かれた紙が貼られていたのに、久保寺さんには殺人に関係したようなことはなかったとか……？

――そのとおりです。

と、宮川は認めた。すでに新聞やテレビで報道されている事柄だったからだ。

――では、その言葉はどういう意味だったのでしょうか？

――わかりません。

――そうですか……。

――何か気づかれるか思い当たることがおありですか？

――あ、いえ、そういうわけじゃないんですが。

澄子がどこか慌てたように答えた。

どうしたのだろう、と宮川は思う。やはり何か思い当たることでもあったのだろうか……。

宮川はちょっと気になった。

が、家族さえわからないことを児童相談所の職員が知っているはずはないだろうと思いなおし、礼を言って腰を上げた。

## 4

宮川たちは愛の郷学園の前に着いた。

市街地から外れ、周辺は一戸建ての住宅や低層のマンション、アパート、プレハブ造りの工場などが多かったが、畑もかなり残っていた。施設ができたのは四十年近く前だというから、そのころは畑のほうが多かったのかもしれない。

学園の敷地は塀と柵《さく》で囲まれ、鉄の門扉が閉まっていた。

だが、鍵は掛けられていなかったので、宮川たちは勝手に開けて中へ入り、すぐ左手の本部棟らしい建物で〈星の家〉の場所を聞いた。

久保寺ゆふは敷地内に建っているホームの一つ〈星の家〉で暮らしていた、と田丸澄子に聞いたからだ。

児童養護施設と一口に言っても様々な運営形態があり、それを建物で分けると、一つの大きな建物に大勢の子どもたちが一緒に暮らす大舎制、中程度の建物に十二〜十六人ぐらいの子どもたちが生活する中舎制、そして一般の民家程度の家に七、八人の子どもが暮らす小舎制とあるのだ、という。

——小舎制がもっとも家庭に近い形態で、児童にとっては望ましいのですが、施設には様々な事情……特に経営上の問題があり、なかなかそうはいかないんです。大舎制、中舎制、中舎制と小舎制の混合といった形態が多く、小舎制だけというのは全国的に見ても数が少ないんです。

と、澄子は言った。

愛の郷学園は、そうした恵まれた施設の一つなのだという。

——というのは、愛の郷学園には、設立されたときからバックアップしてくれる大地主の篤志家がいたからなんです。本人は数年前に亡くなりましたが、遺言によってその資産の一部が継続的に寄付されるようになっているんです。

〈星の家〉は、間に広い庭を挟んで門のほぼ正面に建っている家だった。

かなり古い感じの二階家だ。

玄関のドアは開け放たれ、右の空き地に張られた物干し用の紐の下ではひと目で子どものシャツやパンツとわかる沢山の洗濯物が太陽の光を浴びて揺れていた。

子どもたちが学校や幼稚園へ行っている時間だからだろうか、どこからも人の声が聞こえない。

宮川たちが玄関の外に立って、「ごめんください」と声をかけると、「はーい」という返事がして、廊下の奥に一人の女性が現われた。

田丸澄子より幾分ほっそりしているが、身長は同じ百六十センチ前後だろうか。水色の半袖ポロシャツにジーパンという格好だった。

外を歩いてきた目には中は薄暗く、初め顔がよくわからなかったが、訝《いぶか》るような表情をして上がりがまちに立った女性は、歳は三十少し過ぎぐらい、形の良い鼻と切れ長の涼しげな目をしていた。

「失礼します。警察の者です」

宮川は告げ、柴と二人、玄関へ入って名刺を差し出した。

警察と聞き、女性の顔が一瞬強張った。

だが、久保寺亮の殺された事件を思い浮かべたのだろう、すぐに合点のいったような表情に変わった。

「この七月までこちらにいた久保寺ゆふさんをご存じですね」

「はい」

「ゆふさんのお父さんが殺された事件については……?」

「新聞で見て知りました。ちょうど勤務と重なって、お通夜にもお葬式にも行けなかったんですが」

「その件でちょっと話を伺いたいんですが、いまよろしいですか？」

「はい」

それでは、こちらへどうぞ、と女性は宮川たちを二間つづきの和室へ案内した。

そこが八畳、襖《ふすま》が開け放たれた隣りが三畳のようだ。三畳間には電話やバインダーなどの載っている文机《ふづくえ》のような台が見えるから、職員の執務室らしい。

八畳間には中央に座卓が置かれ、テレビもあった。子どもたちが集まってテレビを見たり遊んだりする居間なのだろう。

宮川がそんなふうに思っていると、女性が廊下の反対側にあるらしい台所でお茶を淹れてきた。

彼女はそれを宮川たちの前に配った後、座卓を挟んで正座。〈社会福祉法人・愛の郷学園　児童指導員〉の肩書の付いた名刺をテーブルに置き、

「辻本加奈と申します」

と、自己紹介した。

宮川は名刺を手に取って見ながら、

「辻本さんは〈星の家〉を担当しておられるんですか？」

と、聞いた。

「はい。私とあと二人……三人の職員で担当しています」

と、加奈が答えた。

「この家では何人の子どもたちが暮らしているんでしょう？」

「一人、二人増えたり減ったりすることがありますが、現在は八人です」

一番下は三歳の女の子、一番上は高校二年生の男子だ、と加奈は言った。「八人のうち、久保寺さんがいたころからのメンバーは五人で、あとの三人は久保寺さんが出てから入ってきた子です」

「それだけ年齢の違う子どもたち八人を、三人で二十四時間みているわけですか？」

「そうです。三人といっても交代なので、二人が同時に勤務している時間は日に数時間しかありません」

「そりゃ、かなり大変ですね」

「これでもまだ恵まれているほうなんです。もっと大きな家に十五、六人の子どもたちが暮らし、それを三、四人の職員でみているところが沢山ありますから」

それが中舎制ということらしい。

「久保寺ゆふさんは約半年間、ここで辻本さんたちの世話になって暮らしながら学校へ通っていたわけですね」

宮川は本題へ入った。

「そうですが……あの、ゆふさんが、お父さんの殺された事件に何か関係があるんでしょうか？」

加奈が不安げな顔をして聞いた。

「直接の関係はないと思いますが、被害者の事情として家庭、家族の問題を知っておく必要があるんです。ゆふさんがここへ来ることになった事情は当然ご存じですね？」

「はい」

「参考までにお尋ねしますが、子どもたちの入所の事情は主にどういうものなんでしょう？」

「児童養護施設……以前はただ養護施設と言ったんですが、かつてそこに入所していたのは経済的な事情などから親と一緒に暮らせなくなった子が大半でした。ですが、現在は親や同居人から虐待を受け、避難の目的で入所した子が多いんです。愛の郷学園も例外ではなく、三分の二はそうした事情の子です。すでに退所しましたが、母親の内縁の夫に体中痣《あざ》だらけになるほど殴られていた子、真冬にシャツ一枚でベランダに出されたり逆さ吊りにされたりしていた子、実の両親にろくに食べ物を与えられず、骨と皮ばかりに痩せ細った子などが入ってきたこともありました。そうした子たちはもう少し放置されていたら死亡していたかもしれず、病院で治療を受けてからうちへ入所したんです」

虐待はそれほど多く、酷《ひど》いのか、と宮川は驚いた。子どもの虐待については時々新聞やテレビのニュースで見て知っていたが、それらは氷山の一角だったらしい。

「ゆふさんは、お父さんとお母さんについて辻本さんか他の職員の方に何か話しましたか？」

宮川は質問を進めた。

「いいえ、まったくと言っていいほど話しませんでした。本人から話し出さないかぎり、私たちも尋ねませんし……」

「辻本さんから見て、ゆふさんはどんな様子でしたか？」

ここでのゆふの生活や様子が、父親の殺された事件に関係している可能性は薄いだろう。そう思いながらも、宮川は気になった。千明がゆふの件を自分たちに隠していた事実が引っ掛かるのだ。千明にはゆふに関してまだ自分たちに話していないか嘘をついていることがあるのではないか、そんな疑いが拭《ぬぐ》いきれない。

「心にとても深い傷を負っているように見えました」と、加奈が答えた。「ここへ来て一カ月ぐらいは本当に暗い目をしていて、私たちが話しかけても『はい』とか『いいえ』とか答えるだけでしたし、他の子たちともほとんど口をききませんでした。学校でも同じだったらしく、いつも他の生徒たちから離れて一人でいたようです」

「一カ月ぐらいは……ということは、その後変わったわけですか?」

「はい。テニス部に入り放課後テニスをしてくるようになって……前にいた学校でテニスをしていたのを知った顧問の先生が入部を勧めてくださったんですが、それから顔つきが少しずつ明るくなり、ホームでも他の子たちと一緒にテレビを見たりするようになりました」

「そうですか。それはよかったですね」

「ええ……」

と、加奈が返事とは裏腹な表情をした。

「他にも何か問題があったんですか?」

「いえ、そういうわけではなく、私たちがほっとして喜んだのも束の間……二年生から三年生に進級して間もなく、また逆戻りしてしまったんです」

「それはどうしてでしょう?」

「時々訪ねてきていたお母さんから、家へ帰る話が出始めたからのようです。お母さんは私たちにも、夫が反省して二度と自分に暴力を振るわないと言っているのでもう少し様子を見てゆふを引き取りたい、そんなふうに言い出したんです」

「ゆふさんは家へ帰るのが嫌だった？」

「帰りたい気持ちと両方だったと思います。虐待を受けた子の多くは気持ちが分裂してしまうんです。親にどんなに酷い目に遭わされても、ほとんどの子は親を慕い、家《うち》へ帰りたいと思っています。ゆふさんの場合も、家へ帰りたい、でも、帰ってまたお母さんに対するお父さんの暴力が始まったら……そう考えると、怖くてどうしようもなかったんだと思います。ゆふさんは話さないので、私の想像ですが」

「二年生から三年生になるときの環境の変化がゆふさんの状態に影響した、という可能性はないんですか？」

「ゆふさんが通っていた香西一中では二年から三年になるときはクラス替えがないので、それはないと思います」

「そうですか」

「あの……今度の事件が起きる前、お父さんがお母さんに対してまた暴力を振るうようになっていたらしいのはご存じですか？」

加奈が聞いた。

「知っていますが、辻本さんはどうしてそれを？」

「事件の一週間ほど前、ゆふさんから電話があったんです」

「また父親の暴力が始まったと？」

「いえ、ゆふさんは私と話をしたかったと言っただけでした。でも、様子が変なので私が尋ねると、否定しなかったんです。私と話したら元気になったからと言って、結局何も話さなかったのですが……」

「そうですか」

「ゆふさんの問題とお父さんの殺された事件は関係ないと思います。ですが、そのときゆふさんから無理にでも話を聞き出し、児童相談所の田丸さんに相談すべきではなかったか、と後悔しています」

ゆふ自身は事件に関係なくても、ゆふの問題が関係なかったとは言い切れない。宮川はそう思っていた。

亮のＤＶが再び始まり、ゆふが苦しんでいるのは、千明にはわかりすぎるほどわかったはずである。千明は、ゆふを自宅へ帰らせたことを深く後悔したにちがいない。その気持ちは、自分に対して理不尽な暴力を振るう夫に対する怒りと憎しみを増大させただろう。それに、夫が死んだ後三千万円の保険金が手に入ると思えば、殺人の実行者を雇うこともできる。

本命はやはり千明だろうか、千明が犯人なのだろうか……。

しかし、そう考えながらも、宮川は千明を犯人と断定するのには躊躇《ためら》いを覚えた。事件の数日前と事件当日、被害者宅の近くに車を停めていたメガネをかけた女、紫の大きなサングラスをかけた女の件があるからだ。その女――同一人と見ていいだろう――は事件に関係なかった可能性もないではない。が、もしそうなら、マスコミが〝不審な女〟の存在についてかなり大きく報じているのだから、自分は事件に無関係だと名乗り出るか、氏名は明かさなくても、自分はこれこれこういう事情で被害者宅の近くへ行っていた、と警察に電話してくるのではないだろうか。

千明と挙動不審な女――宮川はそのどちらがより怪しいという判断を下せないまま、とにかく千明についてはもう一度よく調べなおす必要がある、と思った。特に彼女が殺人を依頼した可能性のある人物について。

宮川は最後に、「殺人者には死を！」と書かれた紙が被害者の背中に貼られていたことを知っているか、と尋ねた。

はい、と加奈がうなずき、

「でも、ゆふさんのお父さんには、これまでに殺人に関係したようなことはなかったとか……？」

と、心持ち首をかしげた。

「そうなんです」

「では、それはどういう意味だったんでしょう？」

「それがわからないんです。で、お尋ねしたいんですが、その言葉から、何か気づくか思い当たられたことはありませんか？」

「私が？　いいえ、ありません」

加奈が、どうしてそんなことを自分に聞くのかと訝るような表情をした。

「失礼しました。実は、児相《じそう》の田丸さんがその言葉を気にされていたようなので、辻本さんに伺えば何かわかるかもしれないと思ったものですから」

「田丸さんは、その言葉のどこを気にされていたんでしょう？」

加奈が興味を引かれたらしい目を宮川に向けた。

「何となくそう感じただけで、はっきりしたことはわからないのですが……」

宮川が答えたとき、加奈がハッとしたような表情をした。

「何か気づかれましたか？」

「い、いいえ」

加奈が宮川から目を逸らして否定した。何か気づくか思い当たることがあったのは確実に思えた。

「どんなことでも結構です。気づかれた点があったら、教えていただけませんか」

「何もありません。田丸さんと聞いて、ちょっと別の件を思い出しただけです」

本当だろうか。

宮川は引っ掛かったが、相手がないと言う以上どうにもならない。

「お役に立てなくて、すみません」

と、加奈が頭を下げた。

宮川は柴を見やり、他に聞くことはあるかと目顔で問うた。

柴が小さく首を横に振った。

「他の職員の方は、今日は何時ごろ出勤されるんでしょう？」

宮川は加奈に視線を戻した。

「あと一時間ほどしたら増渕という職員が出勤してきます。お待ちになりますか？」

加奈が聞き返した。

「その方に会えば、ゆふさんに関して、いま辻本さんに伺った以上の話を聞けそうですか？」

「わかりません。ですが、増淵は男性なので、その可能性は薄いかもしれません」

「男性なので、とは?」

「お父さんが念頭にあったからでしょうか、ゆふさんには、おとなの男の人を怖がっているようなところが見られたんです」

「それなら結構です」

と、宮川は応えた。十分ぐらいならともかく、一時間も時間を潰したくない。

「さっきも申し上げたように、私は、ゆふさんとお父さんの殺された事件は関係ないと思います」

と、加奈が言葉を継いだ。「ですが、刑事さんたちがゆふさんについてもっとお知りになりたいのなら、ゆふさんが通っていた学校、香西一中へ行かれたらいいと思います」

「担任の教師なら、辻本さんのご存じない事情を知っているかもしれない?」

「いえ、担任の先生ではなく、テニス部顧問の大沼彩子さんという先生です」

「ゆふさんをテニス部に誘ったという……?」

「そうです。ゆふさんは大沼先生を慕っていましたから、私たち職員には言いづらいことを話しているかもしれません」

「その先生はいくつぐらいのどういう方ですか？」

「歳は私と同じ……三十代の前半だと思います。明るく聡明な方です。〈星の家〉に松崎一也という中学一年生の男の子がいるんですが、大沼先生はその子の副担任もしているので、私もお会いしたことがあるんです」

加奈が言ったとき、外から子どもたちの「バイバイ」と言い交わす声が聞こえてきた。

宮川が加奈に問う目をやると、

「学園の子どもたちです。小学校低学年の子たちが帰ってきたんです」

と、加奈が言った。

「それじゃ、私たちは失礼します」

宮川は言い、柴がメモしていた手帳を閉じた。

「ただいまぁー」

玄関で女の子の元気な声がしたかと思うと、廊下を駆けてくる足音がした。一人のようなので、外で他のホームの子たちと別れたのだろう。

加奈が宮川たちより先に立ち上がって廊下へ出て行き、

「智子ちゃん、お帰りなさい」

と、大きな声で迎えた。

## 5

香西市立第一中学校は、香西駅にほど近い市街地の裏にあった。愛の郷学園からだと、駅のほうへ県道を十分ほど戻り、南へ少し入ったところである。

宮川たちが事務室で名刺を出して大沼彩子に面会したいと告げると、隣りの応接室へ通された。

お茶を運んできた女性事務員と入れ替わりに、名刺に主幹の肩書が入った春山功という四十歳前後の男が現われ、宮川たちに探るような視線を向けて、大沼先生にどういうご用件ですかと尋ねた。

宮川は、夏休み前までこの中学にいた久保寺ゆふの父親が殺された事件を知っているかと聞いた。

知っている、と春山が答えた。

その事件の捜査で、ゆふが入っていたテニス部の顧問の大沼彩子に参考までに話を聞きたいのだ、と宮川は説明した。

「担任だった教師ではなく……？」

「そうです。久保寺さんは大沼先生を慕っていたそうなので」

春山がどこか警戒するような目をしながら、

「大沼先生はいま授業に出ていますから、それじゃ終わったらすぐに寄越します」

と言って、引き下がった。

大沼彩子は、それから二十分ほどして宮川たちの待つ応接室へ入ってきた。

一人ではない。黒縁のメガネをかけた若い男と一緒である。

二人の顔を見て、宮川はオヤッと思った。

二人とも見覚えがあったのだ。

いつ、どこで見たのだろうと考えていると、女性がテニス部顧問の大沼ですと名乗り、メガネの男を同じテニス部の副顧問をしている平井先生ですと紹介した。

宮川たちは腰を上げ、二人に名刺を差し出した。

「刑事さんがテニス部の顧問をしている私に話を聞きにいらしていると伺ったので、それなら平井先生も一緒のほうがいいかと思い、来ていただきました」

彩子が言ったとき、宮川はいつ二人を見たのかを思い出した。久保寺亮の通夜のときだ。二人は前後して焼香をしていた。

「大沼先生と平井先生は、久保寺さんの通夜の晩、見えてましたね」

向かい合って腰を下ろしたところで、宮川は確認した。

はい、と彩子が答えた。

「お葬式の日は平井先生も私も授業があったので、お通夜にだけ参列させていただきました」

彼女は、丸顔の目の大きな女性だった。背丈は辻本加奈とだいたい同じぐらいだが、テニスをしているからだろうか、腕や胸のあたりが加奈より肉付きがよく、がっしりしていた。白い磁器を思わせるような綺麗な肌をしていた加奈と違い、顔も日に焼けている。加奈が少し冷たい感じのする美人なら、こちらは健康的で陽性な印象の美人と言えるかもしれない。

彩子の横でしゃちほこばっている平井は、色の白い、どこか神経質そうな感じの男だった。身長は百六十六、七センチ前後とあまり高くなく、体付きもほっそりしていた。年齢は三十少し前だろうか。

彩子も緊張しているようだが、平井は彼女以上にこちこちになっているように見えた。心持ち顔を俯けてじっとテーブルの一点を見つめている姿は〝おたく〟の印象だった。

「私の名は久保寺ゆふさんからお聞きになったんでしょうか?」

彩子が聞いた。

「いいえ、愛の郷学園の辻本加奈さんに伺いました」

と、宮川は答えた。「辻本さんによれば、ゆふさんは大沼先生を慕っていたようだったという話でした。それで、ゆふさんが、辻本さんたちにも話していないことを大沼先生には打ち明けているのではないか、と思ったんです」

「久保寺さんが辻本さんに何を話していたのか、何を話していなかったのかは知りませんが、たぶんそれはないと思います。私と久保寺さんが二人きりで話したことは、それほど多くありませんし」

それならそれで仕方がない。宮川はとにかく質問に入った。

「先生方も、ゆふさんが自分の家から離れて愛の郷学園で生活するようになった事情はご存じですね?」

「知っています。私や平井先生は、久保寺さんの担任になった荒木《あらき》という教師から間接的に聞いたんですが。久保寺さんが二年生の三学期に転校してきたとき、荒木先生は学年主任と一緒に辻本さんたち愛の郷学園の職員から説明を受けたんです」

愛の郷学園へ入所した転校生があるたびに、学校と学園の間で多少揉《も》めるのだ、と彩子は言った。生徒の事情を知らないでは学校として適切な対応、指導ができないため、当然説明を求める。それに対し、学園側は個人情報の問題があるので話すのを渋るのだという。

「先生方が聞かれたのは、どういう事情でしたか?」

「お母さんに対するお父さんの暴力が酷いため久保寺さんを避難させる必要が生じたという話でしたが、違うんでしょうか?」

「いいえ、そのとおりです。で、そうした事情から転校してきたゆふさんを、一カ月ほどして大沼先生はテニス部へ誘われた?」

「はい」

「それはどうしてでしょう?」

「私は週に三度、久保寺さんたちのクラスで英語を教えていたんですが、いつも暗い目をして黙って座っているだけの久保寺さんが気になっていました。そんなとき、久保寺さんが前の学校でテニスをしていたらしいと荒木先生に聞いたからです。申し送り事項に書いてあったのだと思います。それならと思い、平井先生とも相談して、授業が終わった後で久保寺さんを職員室へ呼び、話してみたんです」

「そうしたら、ゆふさんは先生方の誘いに応じた?」

「いえ、考えさせてくださいと言って帰り、翌日断わってきました」

「それなのに入部したのは、どうしてでしょう？」

「このままではいけないと思い、入らなくてもいいから一度見にきてと言って、久保寺さんと同じクラスにいた副部長の女生徒にコートまで連れてこさせたからです。その子とラリーをさせてみたところ、久しぶりにラケットを握ってボールを打ち、気持ちが好《よ》かったんでしょうね、『どう、仮入部というかたちで練習に出てみない？』と誘うと『はい』とうなずいたんです」

「テニス部へ入ってからのゆふさんの様子はいかがでしたか？」

「初めのうちは他の部員たちと馴染《なじ》めない様子でしたが、副部長の子に誘われてみんなの会話に加わるようになると、時々笑顔を見せるようになりました。英語の授業のときも……相変わらずこちらが指名しないかぎり口を開きませんでしたが、表情はだいぶ明るくなったように見えました」

「それは二年生の終わりごろですね」

「はい」

「それがしばらくして、また暗い表情に戻ったということはありませんか？」

「そうなんです。春休み中は練習にも参加してそんな様子はなかったんですが、三年生に進級して間もなくのころから……」

「辻本さんによると、時々訪ねてきていたお母さんから家へ帰る話が出始めたからだというんですが、ご存じでしたか？」

「私たちはそこまでは聞いていないので知りませんでした。どうしたのだろうと心配はしていたのですが」

「ゆふさんが大沼先生に相談を持ちかけたことはなかったんですか？」

「ありません」

「平井先生にはいかがでしょう？」

宮川は、入ってきてから一度も口を開かずにいた男に尋ねた。答えはわかっていたが念のためである。

突然自分に質問が向けられたからか、

「あ、ありません。僕は副顧問といっても、ほとんど名前だけですから」

平井がどぎまぎした様子で答えた。

宮川は最後に、被害者の背中に貼られた紙に書かれていた「殺人者には死を！」という言葉に関して何か気づくか思い当たることはないか、と二人に聞いた。

ないと彩子が答え、「僕もありません」と平井がつづけた。

宮川は礼を述べた。

宮川たちが腰を上げると、彩子と平井も一緒に立って、送ってきた。

「大沼先生は松崎という子の副担任もされているそうですね」

玄関へ向かいながら、宮川がさっき加奈に聞いた話を出すと、

「はい。松崎君のいる一年二組は平井先生が担任で、私が副担任なんです」

と、彩子が応えた。

宮川たちはこれといった収穫もなく、久保寺ゆふが夏休み前まで通っていた学校をあとにした。

## 6

八日後の夜――。

七時近くなり、刑事たちが続々と捜査本部の部屋へ帰ってきた。使い古した木綿布のような彼らの顔を見れば、一日で今日の首尾がわかった。何か獲物を手に入れた刑事は、肉体的にどんなに疲れていてもそんな顔はしないからだ。

少し前に帰って、捜査報告書を書いていた宮川は、時々顔を上げて彼らを見やり、

自分も同じような顔をしているにちがいない、と思った。

十一月に入って一週間が経ち、捜査本部が開設されて二度目の土曜日が巡ってきたというのに、宮川たちは容疑者を特定できないだけではない。犯人に迫るための手掛かりも得られないでいた。犯行につかわれた凶器は見つからなかったし、「殺人者には死を！」というメッセージを残した犯人の意図も、〝殺人者〟の意味も不明のままだった。

動機から見た場合、妻の千明は依然として容疑者の最右翼である。

だが、いくら調べても、久保寺亮が殺された時刻の前後に家の外で千明を見た者は見つからなかったし、彼女が殺人を依頼した可能性のある人物も……男であれ女であれ、浮かんでこなかった。

一方、事件の何日か前と事件当日、被害者宅の近くに車を停めていた女に関しても、捜査の進展はなかった。目撃者はさらに何人か見つかったものの、車のナンバーを記憶にとどめていた者はなく、女を突き止めるための手掛かりにはならなかった。当然、被害者の女性関係については徹底的に洗ったが、多少なりとも動機がありそうな女にはアリバイがあり、結果はシロと出た。

この間、宮川と柴は、千明が犯行を依頼した可能性のある人物を捜し出す捜査に加わってきたが、このセンはないのではないかという考えに傾いていた。

となれば、あとは、被害者宅の近くに車を停めていたメガネをかけた女、紫のサングラスをかけた女のセンである。

宮川は、その女を突き止めるための鍵は「殺人者には死を！」というメッセージにあるのではないか、と思った。メッセージの意味と犯人がそれを残した意図を解明できれば、犯行の動機が明らかになり、犯人も浮かんでくるのではないか……。

しかし、そう考えても、何を糸口にしてメッセージの意味と犯人の意図を読み解いたらいいのか、という肝腎な点がわからないのだった。

捜査会議の開始時刻が予定より一時間遅れるとかで、デスク担当の原《はら》警部補に報告書を出しても、始まるまで五十分ほどあった。

夕方、駅で立ち食いそばを食べたのであまり腹は空いていなかったが、ここでお茶を飲んでいても時間の無駄である。

宮川は、どうしようかと柴に声をかけた。

「そうですね。何か食べてきましょうか」

と、柴が時計を見て応えたとき、音を止めておいた携帯電話が宮川のポケットで振動し出した。

宮川は取り出し、フラップを開いた。

発信者の番号を見ても、相手が誰かわからない。

とにかく、はいと応じると、女性の声が「先日お会いした香西一中の大沼ですが」

と名乗った。

「ああ、大沼先生……」

宮川の脳裏に、小麦色の肌をした目の大きな女性の顔が浮かんだ。

何か参考になりそうなことを思い出すか気づくかしたら知らせてほしい、そう言って名刺の裏に携帯電話の番号を書いてきたから、それを見てかけてきたのだろう。

柴にも相手がわかったらしい、興味を引かれたような目を宮川に向けた。

「その後、何か気づかれたことでも……？」

宮川は聞いた。

「いえ、刑事さんにちょっとお尋ねしたくてお電話したんです」

それほど期待していたわけではなかったが、宮川はなーんだと思った。

といって、あまり無愛想にもできないので、

「どういうことでしょう？」

と、問い返した。

「犯人の目星は付かれたんでしょうか?」

彩子が言った。ちょっとお尋ね……どころの問題ではない。核心の質問だった。

「申し訳ないんですが、そういったことは教えられないんですが」

宮川は自分の口元が自然に歪むのを感じた。

「そうですか……。すみませんでした。それじゃ、もう一度よく考えて、またお電話するかどうかを決めます」

「ま、待ってください」

彩子が電話を切りそうになったので、宮川は慌てて言った。彼女の言い方が気になったのだ。

「事情によっては、大沼さんの質問に答えます。ですから、どうして犯人の目星が付いたかどうかを知りたいのか、教えてくれませんか」

「実は、先日お話ししなかったことがあるんです」

思いがけない返答だった。

宮川は生唾《なまつば》を呑み込んだ。

「理由は二つあって、一つは事件に関係しているとは思われなかったからです」

彩子が言葉を継いだ。「そしてもう一つの理由は、私の一存でお話しするわけにはいかなかったからです。もし、すでに犯人の目星が付かれたのなら、それは刑事さんたちに必要のない事柄です。ですが、もしまだだったら、お話ししたほうがいいのかもしれないと……」

宮川の胸は騒ぎ始めた。ぜひ彩子の話を聞きたい。

「わかりました。そういう事情なら、お話しします」

彼は近くの椅子に腰を下ろした。

緊張した顔を向けている柴に目顔でうなずき、電話の向こうの彩子に言った。

「残念ながら、犯人の目星はまったく付いていません」

「そうですか……」

「先日、先生が私たちに話してくれなかったのは、どんなことでしょう?」

宮川はメモを取る準備をし、肝腎な質問へ進んだ。

「いま、ここ……N市中央区にある私のマンションに久保寺ゆふさんがいるんです」

彩子が唐突に言った。

宮川は思わず、〈えっ!〉と驚きの声を漏らしそうになった。

彩子の言葉は、宮川の質問に対する答えにはなっていない。が、彼の好奇心を掻《か》き立てた。

「久保寺さんはお父さんが殺された後、ずっと苦しんでいたんです」

彩子がつづけた。「そして、もう自分一人ではどうしたらいいかわからなくなり、私に相談にきたんです。刑事さんに本当の事情を話したほうがいいのかどうか、話すべきなのかどうか、と」

「本当の事情？　それは、先日、先生が私たちに話してくれなかったことと関係しているんですか？」

「同じです。私の一存で話すわけにはいかなかったというのは、久保寺さんの承諾なしには、という意味だったんです」

「それは、いったい……いや、これからすぐにそちらへ伺います」

宮川は言った。電話より、彩子とゆふに会って話を聞いたほうがいい。彩子のマンションの正確な場所はわからないが、中央区なら、パトカーを飛ばせば十五分とはかからないだろう。

彼がマンションの名と所在地を尋ねると、

「いえ、待ってください」

彩子が慌てたように言った。

「どうして……」

「久保寺さんが、電話でなら刑事さんと話してもいいが、会って話すのは嫌だと言っているからです」

「なぜです？」

「男の人を目の前にしては話しにくい事柄なんです」

どういうことだろうか？　宮川はいっそう強い興味を引かれた。

「わかりました」

と、彼は引いた。益々面と向かって話を聞いてみたいと思ったが、やむをえない。

「では、電話で結構ですから、話してくれませんか」

「はい。それじゃ、私が先にひととおりの経緯を説明しますから、その後で久保寺さんと話してください」

と、彩子が言った。


「結論を先に申し上げます」

と、彩子が言葉を継いだ。

宮川は携帯電話の受話口を左耳に押しつけ、生唾を呑み込んだ。

「結論は、久保寺さんに対するお父さんの虐待は間接的なものではなかったということです」

「つまり、亮さんの暴力は奥さんに対するものではなく、娘のゆふさんに対するものだった？」

「ええ。それも、普通の暴力ではなかったんです」

傍らにゆふがいることもあってか、彩子の声は辛そうだった。

そこまで言われれば宮川にもわかったが、確認した。

「性的な虐待ですね？」

はい、と彩子が肯定した。

宮川は自分の顔が歪むのを感じた。想像するだけでも痛ましく、おぞましかった。殺されて路上に横たわっていた男の顔が浮かんだ。いまはその男に同情も哀れみも感じなかった。代わりに怒りと嫌悪を覚えた。

「亮さんはゆふさんの実の父親ですよね」

宮川たちが調べても、亮がゆふの継父だという事実はなかった。

「そうです」

「それなのに……？」

「はい」

「ゆふさんの母親は、ゆふさんに対する父親の性的虐待を、どうして自分に対するDVだと言ったんでしょう?」

「お母さん自身に対する暴力もありましたし、児童相談所へゆふさんの保護を頼みに行くとき、ゆふさんのためにもお父さんのためにもそう説明するのが一番傷が小さくて済む、と考えられたようです。また、そう話す以外には、お母さんが児童相談所へ行くのをお父さんが許さなかった、とも考えられます。もし娘に対する性的虐待が公になればお父さんは徒《ただ》では済みませんから。後の理由はお母さんがゆふさんに話したわけではありませんが、たぶん間違いないと思います。いずれにせよ、ゆふさんもお母さんに説得され、お父さんに性的虐待を受けていた事実については児童相談所でも愛の郷学園でも一切話さなかったんです」

「なるほど。しかし、ゆふさんは信頼していた大沼先生にだけは本当のことを打ち明けていたわけですね」

「ゆふさんが愛の郷学園から香西一中へ通っていたときに、という意味なら、違います。私がゆふさんから話を聞いたのは、ゆふさんが愛の郷学園を出ていまの家《うち》へ帰ってからですから」

「いつごろでしょう?」

「十月二日ですから、事件が起きる三週間半ほど前です。ゆふさんは一人でさんざん苦しみ悩み、辻本さんか私に相談しようと迷った末、私に電話してきたようです。そうは言いませんでしたが、ゆふさんは辻本さんを私以上に信用し、頼りにしていましたから、もしかしたら辻本さんとうまく連絡が取れなかったのかもしれません」

「話は電話で聞かれたんですか？」

「いいえ。とても電話で済むような話ではないと思われたので、夕方N駅で待ち合わせ、私の部屋へ来てもらいました」

「十月二日という日には何か意味が……？」

「実は、それより十日余り前、お母さんが親戚のお葬式に行って留守だった晩、お父さんがまたゆふさんを襲っていたんです」

「ま、また……！」

宮川は思わず驚きの声を上げた。電話で聞いただけでも、なんて男だろう、と怒りで身体が熱くなった。

「それは酷い」

「ええ。そのため、やっと癒《い》え始めていたゆふさんの心の傷は前以上に深く剔《えぐ》られ、ゆふさんはいつまた襲われるかと恐怖に戦きながら暮らすようになっていたんです」

「母親は知らなかったんですか？」

千明は、夫が約束を破ってまた自分に対する暴力が始まった、と言った。あれは、亮が再び娘のゆふに性的虐待をしたのを知っていて、言い換えたように思われる。

「いえ、知っていました」

案の定、彩子が答えた。「お葬式から帰り、ゆふさんの様子が尋常でないのを見て、すぐに気づいたそうです。そのため、お母さんがお父さんを責め、新居に移ってからは収まっていたお母さんに対する暴力も再び始まったのだそうです。それもあって、ゆふさんは自分一人ではどうしたらいいかわからず、私に電話してきたんです」

「ゆふさんが先生に電話してきた経緯はよくわかりました。それで先生はゆふさんを自分の部屋へ伴って話を聞いた後、どうされたんですか？」

「何もしてあげられなかったんです」

彩子が自分を責める口調で言った。

「何も……？」

「お母さんと話し合って児童相談所へ行き、一日も早くゆふさんは家を出たほうがよい、とは申しました。もしゆふさんがお母さんに話せないなら私がお母さんに会って話してもいい、と。ですが、お母さんには自分で話すから自分に相談されたという話を絶対にお母さんにしないでほしいとゆふさんに言われ、それきりにしてしまったんです」

「ゆふさんは、家を出たい、児童相談所へ行きたい、と母親に話さなかったんですか？」

「いえ、話しました。迷っていたため、何日か経ってからだそうですが」

「話した結果は？」

「そんなことをしたらお父さんのしたことが表に出てしまう、今度は隠しきれない、それでもあなたはいいのか、とお母さんに強く言われ、ゆふさんは黙ってしまったようです」

充分に考えられる話だった。

「さっき、その話を聞き、私が悪かったのだと思いました。そしていま、ゆふさんの相談を受けたとき、何としてもゆふさんを説得し、お母さんか児童相談所に私が直接話していたら、と後悔しているんです」

「どうしてでしょう？　もし先生がそうしていたら、今度の事件は起きなかったとでも……？」

「いえ、違います」

と、彩子が声に力を込めた。「そうは思いません。ゆふさんのお父さんが殺された事件と、お父さんがゆふさんに対してした行為が、関係しているとは思えませんから」

「では……？」

「ゆふさんが余計な想像をして苦しまなくて済んだのではないか、と思うからです」

「余計な想像？　ゆふさんは何を想像して苦しんでいたんでしょう？」

「一つは、ゆふさんはいま刑事さんが言われたように考えてしまったんです。つまり、私に相談した後、お母さんに何を言われても児童相談所へ行き、家を出ていたら、お父さんは殺されなかったのではないか、と……。それからもう一つは、ある事情から、お父さんは自分のせいで殺されたのではないか、自分が間接的にお父さんを殺したのではないか、と思い込んでしまったんです。そのため、事件の後、ゆふさんは後悔すると同時に自分を責めていたんです。ずっと一人で苦しんでいたんです。そして耐えきれなくなり、警察に本当のことを話さなければいけないだろうか、と今夜私のところへ電話してきたんです」

「先生はゆふさんに、話すように勧めてくださった？」

「勧めたのか止めたのか、どっちだったのかしら……」

「……？」

「私は初め、ゆふさんが家を出ていようといまいとお父さんの殺された事件には関係ない、ゆふさんが私に打ち明けたある事情に関しても、そんなことはあるわけがない、と申しました。だから、自分を責めないように、と。でも、ゆふさんは不安そうな、脅えたような目をして黙っていました。それで私は、ゆふさんの気持ちがどうしても晴れないのなら思い切って刑事さんに話してみたらどうか、と言ったんです。もし事件に関係がない場合は新聞やテレビに出ることはないはずだから、と」

「そのとおりです。何を聞いても、事件に関係していないかぎり、私たちはけっして外へは漏らしません」

宮川は強調した。

「それじゃ、これからゆふさんに電話を代わります」

「あ、ゆふさんが先生に打ち明けたある事情とはどういう事情でしょう？」

宮川は慌てて質した。

「それは、ゆふさんから聞いてください」

彩子が応え、手にしていた電話の子機をゆふに渡したようだ。奥からゆふを励ましている声が聞こえてきた。

——頑張って。でも、どうしても話したくないことは話さなくてもいいのよ。

それに対してゆふがはいと応え、

「もしもし、久保寺ゆふです」

恐るおそる……といった感じで電話に出た。

「久保寺さんの家を訪ねたとき、ゆふさんとも二度ほど会っている宮川ですが、わかりますか？」

宮川は名乗った。

「はい」

「本当のことを話す気になってくれて、ありがとう」

「いえ……」

「大沼先生にも言いましたが、事件に関係がなければ絶対にどこにも漏らしませんから、安心して話してください」

宮川は言うと、ゆふに対する亮の性的虐待がいつから、どのようにして始まったのか、という点から質問に入った。

## 7

宮川の質問に対して、ゆふは何度も黙り込んだ。その度《たび》に、宮川は言葉を換えて聞きなおした。聞いている宮川が辛くなることも度々だった。そうしたときは、「もういいよ、話さなくても」とゆふに言ってやりたかった。こんな話はたぶん事件に関係ないだろう、それなら、無理して聞き出す必要はないのではないか、と思った。が、一方で、そんな考えは甘い、刑事として聞けるかぎりのことを聞いておかなければならない、と自分を戒めた。事件とどこでどう繋がっているかわからないのだから。

宮川が二十分ほどかけてゆふから聞き取った話を要約すると――。

亮が初めてゆふの下着の下に手を入れてゆふの胸に触ったのは、ゆふが中学二年になって間もなくだった。当時、千明は週に三回知人の小料理屋で働いていたので、夕方、ゆふと亮の食事の用意をして出かけ、帰ってくるのは深夜になることもあった。そのときも千明が不在だった土曜日の夜で、亮は居間で酒を飲み、ゆふはテレビを見ていた。ゆふはお父さんが好きかと亮が言うので、ゆふが大好きだと応えると、亮は、お父さんもゆふがこの世の中で一番好きだ、お母さんよりも好きだ、と言って、ゆふを抱き寄せた。亮は一人娘のゆふを可愛がっていたし、ゆふも小さいころからお父さん子だった。が、父親の膝の上に乗ったり一緒に風呂に入ったりしたのは小学校二、三年生ごろまでなので、遠い昔である。父親の突然の行動にびっくりすると同時に、ゆふはこれまでの父親からは感じたことのない何かを感じた。それが何なのかははっきりしなかったが、娘の自分をただ可愛くて抱き寄せたのではないような……。とにかくゆふは、「テレビを見ているんだから、やめて!」と、父親の腕から逃れようとした。

しかし、亮はゆふを放さない。いっそう強く抱き締め、お父さんと二人だけなんだからテレビなんか見なくたっていいじゃないかと言い、テレビを消した。

ゆふの気持ちは混乱した。いつもの父とは明らかに違う。怖くなって、ゆふが強く抗《あらが》えないでいると、「お父さんのことが好きなんだろう?」父親は言って、頬ずりした。「好きなら、そう、そうやってじっとしているんだ」父親の手がゆふのジャージの部屋着をまくり、お腹のあたりに入ってきた。「お父さんもゆふが好きなんだよ。だからね、だから、こうしているんだよ」父親の大きな手は、自宅で寛《くつろ》いでいるときにブラジャーをするほどにはふくらんでいないゆふの胸をゆっくりと撫で始めた。

ゆふはもう石膏像《せっこうぞう》のように硬くなり、父親の為《な》すがままにされていた。

父親はひとしきりゆふの肌を撫で回すと、手を部屋着の下から出し、裾を元のように整えた。「どうだ、気持ち良かっただろう?」とゆふの顔を覗き込んでニヤリと笑い、「このことはゆふとお父さん二人だけの秘密だから、お母さんには内緒だよ」と言った。「お母さんが知ったら、焼き餅を焼いて怒るからな」

ゆふはショックのあまり返事をすることができなかった。黙って父親の腕から逃れると、そのまま自分の部屋へ入った。

ゆふは、母親に父親の行為を話すことができなかった。母親が焼き餅を焼くとは思えなかったが、話したら家と家族が滅茶滅茶になるような気がしたのだ。

その後、ゆふはできるだけ父親を避け、夕食を終えるとすぐに自分の部屋へ引き揚げるようにした。とはいっても、母親が勤めに出た夜、さほど広くないマンションにどうしても二人だけになる。ある晩、酔って帰った父親がゆふの部屋へ入ってきて、「ゆふ、お父さんはゆふが好きなんだ。世界で一番好きなんだ。ゆふのことが好きで好きでたまらないんだよ」と言いながら、ゆふに抱きついてきた。ゆふは逃れようとしたが、すぐに父親の太い腕に抱き竦《すく》められた。

父親はそのまま、ゆふをベッドに仰向《あおむ》けに押し倒した。「ゆふ、お父さんはこんなにゆふが好きなんだよ」酒臭い息を吐きかけ、上からのしかかってきた。「やめて!

お父さん、やめて！」ゆふは叫び、暴れるが、父親の大きな身体にがっしりと押さえつけられているのでどうにもならない。「ゆふ、ゆふだってお父さんが好きなんだろう？　だったら、二人は何をしたっていいんだよ。お母さんのことなんか考えなくたっていいんだよ。お母さんはゆふとお父さんを放っておいて、勝手なことをしているんだから」父親がゆふのパジャマのズボンに手をかけた。ゆふは激しく足をバタつかせ、「やめて！」と叫ぶ。だが、結局ズボンを脱がされ、パンティを剝ぎ取られた。

ゆふは身体から力を抜いた。いや、抜いたというより抜けたのだ。ゆふにも漫画や友達の話から得たセックスについての知識があった。だから、父親が何をしようとしているのか、想像がついた。何だかとても悲しく、惨めだった。自分だけでなく、自分にこんなことをする父親も。そして、お父さんがそんなに望むのなら……と思った。「そう、それでいい。ゆふは良い子だ。お父さんの宝だ。だから、大事に大事にするからね」父親は言って、灯りを消してきた。ベッドの横でズボンとパンツを脱ぐ。机の上のスタンドがそのままなのでわかった。

だが、その後のことは、ゆふはほとんど記憶にない。父親の大きな身体が覆い被さってきて、全身を刺し貫くような激しい痛みに襲われたこと、涙をボロボロ流しながら石のように身体を硬くしてただ時間が過ぎるのを待っていたこと、ぐらいしか……。

ゆふに対する亮の行為は、だいたい週に一回の頻度でそれから半年以上つづいた。ゆふはもちろん嫌で嫌でたまらなかったが、自分さえ我慢して黙っていればお父さんとお母さんは喧嘩しないのだからと思い、耐えた。

ゆふに対する亮の行為が始まる前は、両親の言い争いが絶えなかった。母が夜遅く帰るたびに父が怒り、母も負けじと、自分は働いているのだ、それでマンションのローンだって滞りなく返せているんじゃないか、と言い返すからだ。ところが、ゆふとセックスをするようになってからの父親は、母親が酒の臭《にお》いをさせて遅く帰っても怒鳴らなくなっていた。

こうした状態を千明は初め喜んでいたが、だんだん怪しみ出した。ゆふは後で聞いたことだが、ゆふが無口になり、いつも暗い顔をしておどおどし、母親と視線を合わせるのを避けるようになっていたかららしい。

千明は、それでも亮が実の娘を相手にセックスしているとまでは想像しなかった（というより想像できなかった）。が、心の声が彼女に囁いたのだという。亮とゆふが二人でいるところへ不意に帰ってみろ、と。

千明は、今夜は遅くなるからと二人に言っておき、そのとおりにした。亮の帰宅が八時前後だと聞いていたので、九時少し過ぎに帰り、音をたてないように玄関の鍵を開け、中へ入った。話し声もテレビの音も聞こえない。千明は高鳴り出した胸の動悸を鎮めるように一呼吸おき、そっと居間を覗いた。誰もいない。千明は居間へ入り、足音を忍ばせてゆふの部屋の前まで行った。

まだ、二人を疑う気持ちと〈まさか〉と否定する気持ちが半々だった。

だが、ドアに耳を近づけたとき、中からウウッウウッという声が聞こえた。

亮の声のようだ。

瞬間、千明は全身から血が退いていくような感覚に襲われた。何も考えられない。手が勝手に動いてノブをつかみ、ドアを引き開けた。「何をしているの！」と怒鳴っていた。

ベッドの上でゆふの身体にのしかかっていた亮が、バネ仕掛けの人形のように身体を起こした。

それからどうしたか、どうなったか、千明は覚えていないと言うが、ゆふは覚えている。千明は部屋へ入ってきて、棚や机の上にあったものを手当たり次第に亮とゆふに投げつけ、泣き、喚き、最後は亮に殴りかかった。亮はというと、初めは千明の為すがままにされていたが、やがてベッドから下り、千明を殴り飛ばした。

千明に対する亮の暴力が始まったのは、このとき以後である。亮が脱いであった衣類を手にドアの外へ消え、しばらく床に突っ伏して泣いていた千明も出て行った後、二人の間にどういう話し合いがあったのか、なかったのか、ゆふは知らない。ただ、それ以来、夫婦喧嘩は言い争いだけでは収まらなくなり、何かというと千明が泣き喚き、亮が暴力を振るうようになった。

ゆふが千明に「ごめんなさい」と謝ると、千明は「おまえのせいじゃないよ」と言い、ゆふを責めなかった。ただ、責めはしなかったものの、「辛かっただろうね」とゆふに優しい言葉をかけてもくれなかった。それだけではない。ゆふは時々、冷たい憎々しげな目で自分を見ている母に気づいた。

亮のDVが始まって二カ月ほどしたころ、ゆふは、両親の間でどういう話し合いがあったのか知らされないまま、おまえはしばらく家を離れて暮らしたほうがいいと千明に告げられた。そのとき千明はゆふのためであるかのような言い方をしたが、自分のためにゆふを亮から引き離そうとしたのかもしれない。いずれにしても、誰かに事情を聞かれた場合、亮の性的虐待については絶対に触れないように、と釘を刺された。この措置はあくまでも妻に対する夫の暴力、DVから娘を避難させるためのものなのだから、と。

こうして、ゆふは冬休みの間中、父方の祖父母の家に預けられ、その後、児童相談所の一時保護所に一週間ほどいて、愛の郷学園へ移った。

自宅マンションにいたときのゆふは、父がまた母の目を盗んで自分の部屋へ入ってくるのではないかと思うと、怖くてたまらなかった。毎日、脅えて暮らしていた。愛の郷学園へ入所してからも、心の奥に住み着いた恐怖の記憶は一朝一夕には消えず、しばらくゆふを苦しめた。夜中に何度も魘《うな》され、自分の叫び声で跳ね起きたりした。が、二週間、三週間と経つうちに、もう父親に襲われることはないのだと思うと恐怖は少しずつ薄らいでいき、それと並行して、なかなか馴染めなかった〈星の家〉での生活にも慣れ始めた。また、一月《ひとつき》ほどして彩子に誘われてテニス部に入ったころから学校にも話をする友達ができ、毎日が少しずつ楽しくなり始めた。

ところが、それも束の間、時々訪ねてきていた千明から、〈親子三人で再び一緒に暮らす〉という計画が語られた。千明と亮はじっくりと話し合い、その結果、亮は二度とゆふに対して性的な行為をしない、千明にも暴力を振るわない、と誓ったのだという。

心機一転をはかるため、現在住んでいるマンションを売って別の家を買う、新居に引っ越したらゆふを引き取る、千明は小料理屋の仲居をやめ、昼の間だけのパートの仕事を探す——以上が計画の骨子だった。

それを聞いて、ゆふは喜びよりも不安を覚えた。薄れかけていた恐怖が再びじわりと胸の奥に広がるのを感じた。〈星の家〉の生活に慣れてきたとはいっても、自分の家とは違う。様々な制約を受けるし、職員や同居している子たちに気兼ねもしなければならない。だから、自宅へ帰れるのは嬉しい。が、その一方で、同じ一つ家の中で父親も一緒に暮らすのだと思うと怖かった。想像しただけで手足の先が冷たくなった。〈星の家〉に残りたいのか両親の家へ帰りたいのか、自分がどちらを望んでいるのか、ゆふ自身はっきりしないまま計画は進められ、学校が夏休みに入ると同時にゆふは愛の郷学園を退所。両親がN市稲生区朝日台に購入したばかりの一戸建ての家へ帰り、地元の朝日台中学校へ転校する手続きを済ませた。

それまでの一年余り、ゆふは勉強どころではなかったので、翌年の高校入試を心配し出した千明に勧められ、進学塾の基礎コースへ通い始めた。千明は近くのクリーニング工場に昼だけのパート仕事を見つけ、亮は自宅の居心地が悪いのか、酒を飲んで夜遅く帰ることが多くなり、休日もたいがいゴルフかパチンコに出かけた。

ゆふはまだ父親が怖かった。物心ついてこの方、何があっても自分を護《まも》ってくれるものと無条件で信じていた父親——。その父親に性的な関係を強いられたのだ。ゆふはいまだに半ば信じられないような気持ちながら、父親が近くへ寄ってきただけで身体が竦んだ。だから、家にいるときはできるだけ下へ行かず、二階の自分の部屋で過ごした。

こうして、何事もなく二カ月近くが過ぎた。心に刻まれた傷が徐々に癒え始め、ゆふは無意識のうちに少しずつ安心し始めていたような気がする。

そうした気持ち、油断は千明にもあったのだろう。心配しながらも、伯母の葬式に参列するために一泊の予定で広島へ出かけた。

その晩、ゆふは千明に言われたとおり早めにシャワーを浴び、一人で夕飯を食べた。亮が帰宅する前に自室へ引き揚げ、ドアに鍵を掛けた。

十一時近く、物音から亮が帰宅したらしいとわかった。

ゆふは少し緊張したものの、階段を上ってくる気配はないし、亮が風呂に入ったらトイレへ行ってきて寝《やす》もうと思った。

実際にそうしてベッドへ入り、十分ほどしたときだった。

階段を上ってくる足音がした。

ゆふは恐怖に心臓を鷲づかみにされ、タオルケットを抱き締めて身体を丸くした。

足音はゆふの部屋の前に止まった。

軽いノックの音につづき、「ゆふ」と呼びかける父の声。

ゆふの全身が意思に関わりなく震え始め、歯ががちがちと鳴った。呼吸が止まるのではないかと思われるほど息が苦しい。

――ゆふ、起きているんだろう？　話があるんだ。開けてくれないか。

ゆふは応えない。たとえ応えようとしても、声が出なかっただろう。

――ゆふ、開けてくれ。ゆふとはもう長い間、話らしい話をしてないだろう。だから、きちんと話したいんだよ。

――……。

――ゆふはお父さんを避けているし、お母さんは監視するような目で見ているから、いくらお父さんがゆふとゆっくり話したいと思っても、ずっとできないでいたんだ。

そんなふうに私とお母さんをしたのはお父さんじゃないか、とゆふは思った。みんなお父さんのせいじゃないか。

――ゆふ、起きているんだろう？　起きていたら、返事だけでもしてくれないか。

ゆふには返事をする気はない。

――ゆふ……。

父親の声がどこか悲しげに響いた。

ゆふは少し心を動かされた。返事だけでもすべきだろうか……。

――ゆふ、お願いだ。鍵を外して、ドアを開けてくれないか。このままじゃ、お父さんは辛いんだ。ゆふだって嫌だろう?

それは嫌だ。同じ家の中でいつも父親を避け、父親を警戒して暮らすなんて。

――だから、お父さんは、お母さんがいない今夜、ゆふとゆっくりと話し、ゆふと仲直りしたいんだよ。

ゆっくりと話し、仲直りする――。本当にそれだけだろうか。

――ゆふ、お願いだよ。

父親の哀願するような声に、ゆふの気持ちはぐらついた。

――ゆふ、お願いだ。

亮がもう一度繰り返した。

ゆふの中で、父親を恐れる気持ちよりも可哀相に思う気持ちのほうが勝《まさ》った。

――待って。

ゆふは言うと、ベッドから下り、部屋の灯りを点けた。パジャマの裾をズボンの中に入れ、鏡に顔を映して髪の乱れをなおした。

錠を解いてドアを開けると、バスローブ姿の亮が立っていた。

ゆふの中に恐怖の記憶がよみがえり、全身に鳥肌が立った。後悔した。が、すでに遅く、亮が「ありがとう」と言って部屋へ入り、ドアを閉めた。

――ゆふ、お父さんはどんなにゆふとこうして会いたかったか。

亮がいきなりゆふを抱き締めた。

――やめて！

ゆふは叫んだ。

――やめて、お父さん。お父さんは私と話したいと……。

ゆふは必死で抗いながら抗議したが、その口を父親の口で塞がれた。

――ゆふ、ゆふ、お父さんはゆふが好きで好きでたまらないんだよ。

ひとしきりゆふの唇を吸った後で、亮が言った。

――もう気が狂うほどなんだ。だから、またゆふと前のようにしたいんだ。今夜だけでいい。今夜だけ、ゆふがお父さんとしてくれたら、もう二度とゆふの部屋に来ない。約束する。

その後もゆふは必死になって抵抗した。しかし、いくら叫ぼうと、助けにきてくれる人はいない。結局ベッドの上に組み敷かれ、最後はもうどうなってもいいやと思い、父親の望むとおりにさせた。

お母さんが知れば悲しむだけだから言わないようにと口止めされ、ゆふはそのとおりにした。

だが、帰ってきた千明は、亡霊のようなゆふの顔——鏡を見てゆふ自身そう思った——をひと目見て、何が起きたのかわかったようだ。目を吊り上げ、「お父さんは約束を破ったんだね？」と聞いたので、ゆふは黙ってうなずいた。

その晩、亮が帰宅すると、ゆふは自分の部屋のベッドに突っ伏し、両手で耳を塞いでいた。それでも、千明の罵《のの》り声と悲鳴が、何かがぶつかり合うような音が、響いてきた。ゆふは気が狂いそうになり、顔を上げて絶叫した。枕をドアに投げつけ、壁を両拳で殴りつけた。死んでやると思った。もう生きてなんかいたくない。ベッドを下り、窓を開けた。そのとき、物音を聞きつけた両親が駆け上がってきた。母親が「ゆふ、ゆふ」と叫びながら鍵の掛かっているドアを激しく叩いた。その声にゆふはハッとし、飛び下りるのだけは思いとどまった……。

翌日から、亮はほとんど午前零時を回ってから帰るようになり、休日は前以上にどこかへ出かけ、家を留守にした。亮と千明の間には不気味な冷戦がつづき、時々、罵声と暴力の応酬になって爆発した。

母の監視の目が強いので、父が自分の部屋へ来ることはないだろうと思いながらも、ゆふは怖かった。脅えながら暮らした。

また、ゆふは父を憎んだ。二度までも娘の自分を騙《だま》し、肉体だけでなく心までもボロボロにして平然としている父を憎悪した。幸せだった家庭を壊し、しかも母に暴力を振るいつづける父なんかいなくなればいい、と思った。どこかへ行ってしまえばいい……。

そうした思いはやがて、〈父が私と母の前からいなくなりますように〉という願い、祈りに変わった。その底には、父なんか死んでしまえばいいという気持ちがあるのにゆふは気づいていたが、容認していた。そんな自分を咎め、責めそうになると、私と母を裏切って、あれだけ酷いことをしたのだから当然じゃないか、と反論した。

それにしても、こんな生活がいつまでつづくのかと思うと、ゆふは絶望感に打ちひしがれそうになった。

そんなとき、ゆふの脳裏に、辻本加奈と大沼彩子の顔が浮かんだ。両親の許へ帰る前、「困ったことがあったらいつでも電話して」と二人は言ってくれたからだ。二人とも口先だけでないことはわかっている。それなら、とゆふは思った。すべてを話すかどうかはともかく、二人のうちのどちらかに話を聞いてもらったらどうだろうか。少しは気持ちが楽になるのではないだろうか。そして、成り行きによっては、思い切って自分に対する父親の性的虐待について打ち明けてもいい。家族の重大な秘密を他人に知られるのは抵抗があるが、加奈と彩子なら信用できる。他人に漏らすおそれはないだろう。また、加奈であっても彩子であっても、きっと親身になって相談に乗ってくれるにちがいない。

ゆふはそう思って心を決め、まず〈星の家〉に電話してみた。

だが、加奈は休みだった。

ゆふは、加奈の自宅と携帯の電話番号は聞いていなかった。彩子に電話してもし彩子が出なかったら明日また〈星の家〉に電話しようと思い、彩子の携帯電話にかけた。

と、彩子がすぐに出て、ゆふが非常に重大な問題に直面しているとわかったらしい。ゆっくり話を聞きたいから会えないかと言い、N駅の改札口を指定した――。

あとは宮川が彩子から聞いたとおりだった。

ゆふは、彩子のマンションの部屋へ行ってすべてを打ち明け、〈母親に話して児童相談所へ行き、一日も早く家を出たほうがいい〉と勧められた。

ゆふはそれからしばらく逡巡した末、思い切って千明に話した。と、千明が、実の父親が娘に性的虐待をしていたなんて知られたら外を歩けなくなる、自分が必ず何とかするからもう少し待つように、と怖い顔をして言った。そのため、ゆふがそれ以上の行動を起こせずにいたとき、亮が殺されてしまった。

「それで、あなたは、大沼先生に言われたとおり児童相談所へ行って家を出ていたらお父さんが殺されなかったのではないかと思い、苦しんだ。そして、警察に本当のことを話すべきではないかと考えながらも判断がつかず、また先生のところへ相談にきた、そういうわけだね？」

宮川は優しく聞いた。

ゆふが電話の向こうで「はい」と答えた。

「お父さんの件なら、大沼先生の言われたとおりだから、あなたは自分を責める必要はない。あなたが先生のアドバイスに従って家を出なかったからといって、それでお父さんが殺されたわけじゃない。私たちはそう考えている」

宮川は言いながら、自分は嘘をついている、と思った。千明が犯人だった場合……「自分が必ず何とかする」と言った千明が亮を殺した場合は、そうは言い切れないからだ。

が、たとえそうだったとしても、もちろんゆふには何の落ち度も責任もないが……。

ゆふは何も応えなかった。

宮川はつづけた。

「それからもう一点、〈ある事情から、お父さんは自分のせいで殺されたのではないか、自分が間接的にお父さんを殺したのではないか、とゆふさんは思い込んでしまった〉そう大沼先生は言われたが、それは、あなたがお父さんなんかいなくなればいいと思ったということかな？」

「はい。……あ、いいえ、私はそう思っただけでなく、私と母の前から父がいなくなりますように、と祈ったんです。父なんか死んでしまえばいい、と思ったんです」

ゆふが思い詰めたような調子で答えた。

「それこそ、お父さんの殺された件とはまったく関係がない」

宮川は語調を強めた。今度は自信を持って言い切れる。

「心の中で願ったり祈ったりしたからといって、人は死なないし殺せない。それで殺せたら、私なんかこれまでに何人の人間を殺したかわかりゃしない。一片の反省もない凶悪殺人犯を捕まえたときなど、こんな人間は死んだほうがいい、できれば殺してやりたい、と何度思ったか……。だが、一度も死んだことがない」

ゆふは応えない。

「そうそう、あなたと同じ中学生のとき、本気で他人の死を祈ったことがあった」

宮川は話を継いだ。ここは何としてもゆふの気持ちを軽くしてやりたかった。父親に暴行されたうえ、そんなことで苦しんでいたのでは可哀相すぎる。

「一人の男の教師に生意気だと目の敵《かたき》にされ、ちょっと口答えしただけで殴られた。それも拳固で思い切り……。だから私はその教師を恨み、こんなヤツは死ねばいい、交通事故にでも遭って死んでくれ、と祈った。しかし、私が卒業するまで、その教師は怪我ひとつしなかっただけじゃない。もうじき九十歳になろうというのにぴんぴんしている。だから、あなたが何を祈ろうと願おうと、そんなことはお父さんが亡くなったこととは何の関係もない」

ゆふはやはり何も言わなかった。が、それは前の無言と違い、少しは宮川の言うとおりかもしれないと思い始めたからのような気がした。

宮川は考えを事件に戻した。

いまの彩子とゆふの話により、千明にはこれまで宮川たちが考えてきた以上に強い夫殺しの動機があることが明らかになった。

亮は、千明に対して暴力を振るうよりも前に実の娘に性的虐待を加えていた。しかも、二度としないと約束し、親子三人で新しい生活を始めてから、再び襲いかかった。

千明がそんな夫を許せないと考えても不思議はない。

そこから出てくるのは、やはり千明が犯人ではないかという推定であろう。

ところが、宮川はその推定に落ちつけないのだった。

理由ははっきりしている。

これまでさんざん調べても、千明自らが殺した証拠も見つからなければ、彼女が殺人を依頼した可能性のある者も浮かんでこなかった事実、現場に「殺人者には死を！」という意味ありげなメッセージが残されていた事実、それに、被害者の行動を探っていたとしか思えない女の存在があるからである。

では、どう考えたらいいのだろうか。ゆふに対する亮の性的虐待は、彼の殺された事件とは何の関係もないのだろうか。

その可能性もある……というより、その可能性が高いかもしれない。ゆふの件は衝撃的な事実ではあっても、事件とは関係ないのかもしれない。

しかし、そう思う一方で宮川は引っ掛かっていた。具体的には想像がつかないが、両者はどこかで関わり合っているような気がするのだ。

いますぐに答えが出る問題ではないので後で柴とよく話し合ってみよう、と宮川が思っていると、

「でも……」

と、ゆふがつぶやくように言った。

でもと言うからには、宮川の話に納得しきれていないらしい。

「でも、何だろう？」

宮川は話の先を促した。

ゆふは応えない。

「気になることがあったら、遠慮しないで何を言ってもいいんだよ。お父さんの死を祈ったということにまだこだわっているのかな？」

「はい。……あ、でも、もういいんです。きっと、刑事さんの言われたとおりだと思いますから」

ゆふが途中から心持ち明るい声で言った。

こだわりが完全に吹っ切れたとは思えないが、自分と話したことで少しでも彼女の気持ちが軽くなったのならいいのだが……と宮川は思った。

# 第三章　夢の裏側

狼の夢を見なくなって四カ月ほどして、少女は小学校へ入学した。

その後、少女は二度と狼の夢は見なかったが、小学校の高学年になったころから時々わけのわからない恐怖に襲われ、どこにいようとその場に凍りついたように動けなくなった。

少女が「狼の夢」の裏に性的虐待という忌《い》まわしい事実が隠されていたらしいことに気づいたのは、中学二年生の夏である。市立図書館の閲覧室で恐怖の発作に襲われ、それが解けた直後だった。

少女は再び動けなくなり、周りのものが目に入らなくなった。〈そんなこと、あるわけがないわ！〉少女は冷や汗を流しながら否定したが、頭の奥から返ってきたのは〈あってもおかしくない。いえ、そうにちがいない〉という声だった。

と、次の瞬間、少女は別の衝撃に襲われた。

今度は、自分が「狼の夢」を見なくなったことと別の事実との符合に思い当たったのだ。

少女は恐怖にうち震えた。後悔し、自分を責めた。ああ、自分が狼の夢を見ないようにと祈ったばかりに……！　自分に具《そな》わっている特別の力は二人、いや、三人の命を奪ってしまったらしい。

このとき、少女ははっきりと決意した。これからはよほどのことが起きないかぎり、自分の持っている〝力〟をつかってはならない、と。さもないと、とんでもない結果を引き起こすおそれがある……。

それまでも少女は、自分の特別な能力に漠とした恐れを感じていた。だから、やたらにつかってはいけないと祖母に戒められていたこともあり、狼の夢を見なくなってからはずっとつかわずにきた。ただ、このとき、少女は明確な意志を持ってその〝力〟に枷《かせ》を嵌《は》めたのである。

それから数年間、少女は枷を解くことがなかった。親友の死という事件が起きるまでは。

# 1

加奈は駐車場からミラを出すと、駅の東側にある香西中央病院へ向かった。

時々雲の間から太陽が顔を覗かせるものの、その光は弱々しい。

フロントガラスの向こうに、「痛い、痛い」と泣いている一也の顔が浮かび、加奈は急かされるようにアクセルを踏んだ。

電話で呼んだ片瀬玲美が出勤してくるまで、最年長者の山口大吾——少し乱暴なところはあるが頼りになる少年だった——に頼んできたから、〈星の家〉の子どもたちのことは心配ないだろう。

それよりは、一也の容態がやはり心配だった。軽い火傷《やけど》で済んでくれればいいのだが……。

一也の母親、松崎美里から〈星の家〉に電話がかかってきたのは、昼食を終えて加奈が子どもたちと一緒に後片付けをしているときだった。

今日は十一月九日。日曜日なので、子どもたちは、母親の家へ行っている一也と里親の家へ行っている新山智子を除いて、揃っていた（七日が県民の日で、県内の公立小・中学校が休みだったから、一也も智子も六日の晩から泊まりに行き、今日の夕方帰ってくる予定になっていた)。

加奈が執務室へ行って受話器を取り、「愛の郷学園の〈星の家〉ですが……」と言いかけると、いきなり電話の奥から「一也が、一也が……」という声が聞こえてきた。美里だった。一也が火傷をして救急車で病院へ運ばれたらしいが、このまま死んでしまうのではないかと美里は泣いていて、話の要領を得ない。

落ちつくように言って加奈がやっと聞き出したところによると、一也は台所で躓《つまず》いて転び、火から下ろしたばかりのフライパンに入っていた焼きそばを頭から被ってしまったのだという。

——松崎さんはいまどこにいるんですか?

——病院の廊下です。一也だけ処置室へ入れられ、閉め出されたんです。

それじゃ、とにかくすぐに行くから、と加奈は言い、病院の名を聞いた。その後、増淵と玲美に電話をかけ、連絡が取れた玲美に来てもらうことにして、〈星の家〉を飛び出してきたのだった。

加奈は病院の駐車場にミラを駐め、救急口から中へ入った。

廊下にも待合室にも美里の姿はない。看護師に尋ねたところ、一也の処置はすでに終わり、小児科の入院病棟へ移ったという。

どうやら、火傷の程度は美里が騒いだほどには酷くなく、手術をする必要はなかったらしい。

看護師の話に、加奈はひとまずほっと胸を撫で下ろした。

が、それも束の間だった。

ミラを運転してここへ来る間に頭に浮かんだ疑念と、その疑念が生み出した新たな不安が、加奈の胸でこれまで以上に大きくふくらんできた。

美里は、一也が自分で熱々の焼きそばを頭から被ってしまったように言ったが、あれは本当だろうか。火傷は、美里が負わせたのではないだろうか。

いまや、その可能性のほうが高いように思えた。

加奈はその新たな不安を抱えながら、エレベーターで五階へ昇り、一也のいる六人部屋を訪ねた。

一也のベッドはドアを入ったすぐ左手だった。頭から顔にかけて半分以上を白い包帯で包まれた一也が仰向けに寝て目をつぶり、その左横には真っ赤なセーターを着た、痩せて小柄な美里が青い顔をして腰掛けていた。

加奈に向けられた美里の丸い小さな目に一瞬救われたような色が浮かんだが、それはすぐに身構えるような硬い表情に変わった。

美里はパイプ椅子から腰を上げ、

「わざわざすみません」

と、加奈の視線から逃れるように頭を下げた。

一也は眠っていたわけではないらしい。身体も頭も動かさず、目だけ開けて加奈を見た。捕獲された動物のように、絶望の色を湛《たた》えた悲しげな目をしていた。

それを見て、加奈は自分の不安が的中したのをほぼ確信した。一也がもし自分の不注意から火傷を負ったのだったら、こんな表情はしないだろう。

加奈は一也の枕元に近づくため、美里と場所を入れ替わった。

瞬間、アルコールの臭いが鼻先をかすめたが、〈やはり、そうか……〉と思っただけで、驚きはなかった。

美里の座っていた椅子に掛け、一也の顔に自分の顔を近づけた。

「具合はどう？　痛い？」

言うべき言葉が見つからず、ありきたりの問いかけをした。

一也が枕の上の首をかすかに横に動かした。痛いのに我慢しているわけではなさそうだ。麻酔か痛み止めが効いているのかもしれない。

一也が肉体的な苦痛に苛《さいな》まれているわけではなさそうだとわかり、加奈はほんの少し気持ちが楽になった。心に大きな傷を負わされ、そのうえ肉体の痛みに呻《うめ》いていたら……。想像するだけでも胸が苦しくなった。

一也がもぞもぞと右手を動かし、遠慮がちに布団から出した。

美里がどんな顔をして見ているか想像がついたが、加奈は無視し、黙ってそれを両手で握り締めた。

助けを求める一也の無言の声が、その小さな手から加奈の掌に、腕に、心に伝わってきた。

恵介と二人で食べていくために就いた仕事とはいえ、こうしたときは、この子たちのためにできるかぎりのことをしてやらなければならない……してやろう、と加奈は心の底から思う。

何も言わず、じっと一也の目を見つめ、結び合った手を通して自分のメッセージを返した。

――わかったわ。わかったから安心して。あなたはもう何も心配しないで、あとは私たちに任せて。

一也の目と手が〈うん〉と応えたのが加奈にはわかった。

加奈は、一也の手をそっと布団の中へ戻してやり、

「私はこれから外でお母さんとちょっとお話をしてくるわね」

言いながら立ち上がった。「話が済んだらまた戻ってくるから」

加奈は、一也の目に諒解《りょうかい》の色を認めてから美里のほうへ向きなおり、

「それじゃ、詳しい話を聞かせてくれませんか」

と、部屋から出るように促した。

美里は一瞬ふて腐れたような顔をしたが何も言わず、先に廊下へ出た。

二人は、ゴムの鉢植えとプラスチックの椅子が三脚置かれた一角へ行き、並んで腰を下ろした。

「電話では、いまにも一也君が死んでしまいそうだといった話でしたが、思ったよりは軽い火傷だったようですね」

加奈は前置きなしに本題に入った。

「ええ」

と、美里が前を向いたまま硬い声で答えた。加奈が何を言い出すかと警戒しているのだろう、顎《あご》のあたりが強張っていた。

「お医者さんから、詳しい説明を聞きましたか？」

「一応……」

「どういう話でしたか？」

「フライパンの当たった頭は、髪は焼け焦げたが、皮膚の火傷はそれほど酷くない、という話でした。また顔は、焼きそばが掛かってすぐに払い落とされたので、火傷の程度はやはり軽いそうです」

「電話では、熱々の焼きそばを頭から被ったという話でしたけど、フライパンも頭に当たったんですか？」

美里が「ええ」と小さな声で肯定した。

焼きそばの入ったフライパンで美里が一也を殴ったのは間違いないようだ。

「入院の期間は？」

「一週間ぐらいで退院できるんじゃないかという話でした」

「お医者さんは、火傷の痕《あと》がどうなるかということも話したと思うんですが？」

「顔は綺麗になり、痕は残らないそうです。頭も、髪の毛が生えてくればわからなくなるそうです」

「そうですか。それは不幸中の幸いでしたね。ほっとされたでしょう？」

加奈が美里の顔を覗き込むようにして言うと、美里が、

「え、ええ……」

と、戸惑ったように答えた。「ほっと」という言葉に込めた〈あなたがやった行為の結果が軽く済んで〉というニュアンスを感じ取ったようだ。

「火傷の原因ですが、一也君の過失というのは嘘じゃありませんか？」

加奈は前置きなしにぶつけた。

美里がびくんと小さな身体を震わせ、

「な、何を言っているんですか？」

加奈に顔を向け、目を吊り上げた。

加奈は黙ってその目を見返した。

「う、嘘のわけがないじゃないですか」

美里が声を荒らげ、いかにも怒っているといった表情をした。

加奈は何も応えず、美里をじっと見つめていた。

と、美里が加奈から目を逸《そ》らし、

「もし嘘だと思うんなら、一也に聞いてください」

と、言った。

「一也君に聞いても、本当のことはわからないはずです。一也君はお母さんを庇《かば》って嘘をつくでしょうから」

「私を庇う？　それじゃ、私が一也を火傷させたと言うんですか？」

「そうです」

加奈は言い切った。「一也君はお医者さんにも自分でやったと話したはずです。救急車が到着する前に、そう言いなさいとあなたが指示したために。違いますか？」

「ち、違います。違うに決まっているでしょう」

語気は荒いが、美里の視線は落ちつきなく動き、加奈にとどまることがない。

「これまでの経緯を知らないお医者さんは騙せても、私は無理です。あなたが焼きそばを作っていたフライパンで一也君の頭を殴り、中に入っていた焼きそばを掛けたんです。あなたはそれほど重大な結果になるとは思わずにやったのかもしれませんが、一也君は『熱い熱い、痛い痛い！』と飛び跳ねながら泣き叫んだはずです。それであなたは驚き、慌てふためいて救急車を呼んだんです」

加奈の想像が的中したのだろう、美里は声を呑んだように黙っていた。

「あなたは、どうしてそんなことをしたのでしょう？」

加奈は言葉を継いだ。「お酒を飲んだからですね？」

「お酒なんて……お酒なんて、飲んでいません！」

美里が叫ぶように言った。

加奈は今度もまた黙って美里を見つめていた。

と、美里は沈黙に耐えられなくなり、加奈に食ってかかった。

「証拠があるんですか？　私がお酒を飲んだという証拠があるんですか？」

「あなたは、救急車を呼んでから慌ててうがいをしたり牛乳を飲んだりしたのかもしれませんが、さっき病室で臭いました」

「そんなの錯覚です。私は飲んでいないんですから、臭うわけがない」

「約束を破ってアルコールに手を出したことを認めないわけですね？」

「飲んでもいないのに、認められるわけがないでしょう」

「そうですか。それではやむをえません。これから警察に連絡します」

「け、警察って、何ですか？」

美里の目に脅えの色が浮かんだ。「お酒を飲んだかどうか、警察が調べるんですか？」

「お酒についてはわかりませんが、一也君がどうして頭と顔に火傷を負ったかについては調べます。電話すれば、すぐに刑事さんが来て、一也君の治療をした医師とあなた、それに一也君から事情を聞くでしょう」

「そんなことしたって、一也は自分でやったと言いますよ」

「最初はそうかもしれません。でも、刑事さんは私やお医者さんとは違います。あなたの話と一也君の話の矛盾を見つけ出し、一也君から本当のことを聞き出すはずです」

美里は苦しげだ。加奈の言うとおりだとわかったからだろう。

そうなれば、と加奈はつづけた。

「あなたは一也君の頭を焼けたフライパンで殴って、入院しなければならないような火傷を負わせたんですから、その場で逮捕されると思います。そうなってもいいというんでしたら、お酒なんか飲んでいないと言い張っていてください」

加奈には警察を呼ぶ気などない。そんなことをして一也を苦しめる気はない。できるなら、相手を脅迫するようなこんな方法は採りたくなかった。

だが、一也を美里の虐待、暴力から護《まも》るためにはやむをえない。

もし、美里の言うように、〈一也に火傷を負わせていないし酒も飲んでいない〉というのが事実なら、彼女のアルコール依存症は治癒《ちゆ》したと判断され、一也を引き取って一緒に暮らしてもよい、ということになる。愛の郷学園と児童相談所が協議し、そう結論せざるをえなくなる。

そうなれば、一也は退院した後一度は〈星の家〉へ戻ったとしても、年内には母親の許へ帰されるだろう。

その結果、一也の身に何が起きるかは、火を見るより明らかだった。一也を待ち受けているのはまたアルコールに心を蝕《むしば》まれた母親の虐待であり、一也は肉体だけでなく心もずたずたにされ、回復不能になってしまうかもしれない。

そうさせないためには、田丸澄子や原島祐司と話し合い、一也が自分の力で美里の虐待に対抗できるようになるまで——あと半年もすれば小柄な美里より一也のほうが大きくなるだろう——彼を美里から引き離し、護ってやる以外にない。

「それじゃ、私は警察に電話しますが、いいんですね？」

加奈はバッグから携帯電話を取り出した。

美里は強張った顔を苦しげに俯け、応えない。何とか言い逃れる方法はないかと考えているようだ。

「じゃ、かけますよ」

加奈は携帯電話のフラップを開いた。

「ま、待ってください」

美里が加奈のほうへ顔を上げた。

「お酒を飲んで、一也君の頭をフライパンで殴ったことを認めるんですか？」

美里は無言。目には、なおもまだ逃げ道を探しているような色があった。

「考えても、他の道はありません。あるのは、あなたが自分のしたことを認めるか、私が警察へ電話するか、この二つだけです」

「………」

「どちらを選びますか？」

「警察に電話しないでください」

美里は、加奈が想像していたとおりの選択をした。

「ということは、お酒を飲んで、焼けたフライパンで一也君の頭を殴った事実を認めるんですね？」

「……はい」

と、美里が観念したようにうなずいた。

「それじゃ、これからどうしたらいいか、わかりますね？」

「いえ」

「一也君があんなに脅えているのがわからないんですか！　あれは、あなたがそばにいるからなんですよ。これから私と一緒に病室へ行って、一也君に謝ってください。

謝ったら、入院の手続きだけして、帰ってください。あとは私たちが田丸さんたちと連絡を取り合って一也君をみますから、一也君に会いにこないでください」

「あ、あんたに、そんなことを言う権利があるの？　あの子は私の子なのよ！　私はあの子の母親なのよ！」

美里が加奈に食ってかかった。

「親なら、自分の子どもに何をしてもいいんですか？　子どもの頭を焼けたフライパンで殴り、子どもの顔に熱々の焼きそばを掛けてもいいんですか？」

加奈の身体は小刻みに震え出していた。

自分の横に座っている女に激しい怒りを覚えた。

加奈は、かつて父が母と自分に暴力を振るったとき、父が死んでくれたらと祈ったことがあったのを思い出した。そして一也の場合も、美里のような母親ならいっそいないほうがいいのではないか、と思った。母親がいない寂しさはあっても、そのほうが一也は苦しまずに済むのではないか……。

「どうなんですか？」

美里が、加奈の勢いに気圧《けお》されたように目を逸らした。

「子どもは物じゃないんです。親の所有物じゃないんです」

加奈は言葉を継いだ。「どんなに小さくても、一個の独立した存在、魂を持った人間なんです。ですから、たとえ親であっても、子どもに危害を加えるような親は、無条件で子どもに会うことはできないんです」

言いながら、自分はずいぶん立派なことを言っているな、と加奈は思った。同時に、自分がどんどん田丸澄子に似ていくような気がした。澄子ほど立派ではないし、児童養護の仕事に澄子のような定見や信念を持っているわけでもないのに……。

しかし、ここは多少背伸びをしてでも前へ進む以外にない。

「そのことは前にもお話ししたはずです。忘れましたか?」

覚えている、と美里が消え入るような声で認めた。

「でしたら、一也君の入院中、私たちに無断で病院へ来ない、と約束してください」

美里が上目遣いに加奈を見た。恨めしげだった。

「約束してくれますね」

美里は応えない。

「もし約束できないなら……」

「しますよ。すればいいんでしょう」

美里が捨て鉢な調子で加奈の言葉を遮った。

「ありがとう」

加奈が礼を言うと、美里がふて腐れた顔を横に向けた。

「それじゃ、約束を守ってくださいね。もしあなたが約束を破ったら、私が一也君を護るために警察に連絡しなければならなくなりますから」

加奈は最後に釘を刺し、美里とともに一也の病室へ戻った。

一也が不安そうな、問うような目を加奈たちに向けてきた。

加奈は、大丈夫よと目顔で伝えた。

美里が枕元に寄って「一也」と呼びかけるや、一也の顔がピクリと痙攣《けいれん》した。が、「あとのことは辻本さんに頼んだから、お母さんは帰るからね」と美里がつづけると、彼は安心したように「うん」と応えた。

その一也の様子を見て、加奈もほっとした。美里にきついことを言いながらいまひとつ自信がなかったのだが、自分の採った行動は間違っていなかったらしい、と思った。

## 2

平井は終学活を終え、一年二組の教室から職員室へ戻った。

ついさっき平井が出て行くときにはいた鴨川と彩子の姿はなかった。

鴨川はどうせまた喫煙室だろうが、彩子はどこへ行ったのだろう、と思う。テニス部の指導に行くにはまだ早かったし……。

平井はちょっと気にしながら腰を下ろし、パソコンのスイッチを入れた。

Ｗｉｎｄｏｗｓが起動するのを待っている間に机の上を片付け、茶を汲んできた。

味も香りもない出涸《でが》らしの茶を半分ほど飲んでから、昨日から作り始めた期末試験の問題を呼び出す。

問題は大きく分けて六問。簡単な穴埋めと択一問題にした一、二問はすでにできていたし、残りの四問についても出題する箇所はすでに決めてあった。

平井は、三問目は少し難しい記述式にするつもりで、引き出しから種本の参考書を取り出した。

種本を引き出しに入れておいたのは、生徒に見られないように用心したのである。今週から生徒は無断で職員室へ入るのを禁止されていたが、それでもいつ入ってくるかわからないからだ（教師のほうも、作りかけの問題を机の上に放置したりパソコンに表示したまま席を離れないように、と注意されていた）。

平井が、付箋《ふせん》を付けておいた種本のページを開き、設問の仕方を考えていると、

「先生！　平井先生……」

と大声で呼びながら二人の女生徒が職員室へ駆け込んできた。

二人とも一年二組の生徒だ。

平井が「何だ、どうした？」と言いながら立ち上がるより早く、

「勝手に入るんじゃない！」

左手の奥から春山の怒声が飛び、入口に近い席で談笑していた二人の男性教師が生徒たちの前に立ちはだかった。

平井は参考書もパソコンもそのままに、生徒たちのところへ飛んで行った。

「どうした、何かあったのか？」

「松崎君が、変なおばさんに、連れて、行かれ……」

二人の教師にドアの外へ押し出されながら、女生徒たちが切れぎれに訴えた。

彼女たちにつづいて平井も廊下へ出た。

女生徒たちは興奮と恐怖がない交ぜになったような顔をして、正門前を出たところで松崎一也が中年の女につかまり、無理やりどこかへ連れて行かれそうになっている、と先を争うように言った。

平井は、自分の後ろで話を聞いていた二人の教師に、

「とにかく行ってみます」

と言い、女生徒たちと一緒に廊下を駆け出した。

昇降口を出て正門へ向かいながら、「変なおばさん」というのは母親の松崎美里にちがいないと思った。他に考えられない。

それにしても、美里はいったいどういうつもりなのだろう、と平井は胸の内で首をかしげた。美里の行動が理解できなかった。

今日は十一月二十日、木曜日。火傷で入院していた一也が〈星の家〉へ戻って一週間も経っていない。

一也が火傷を負ったのは先週の日曜日、九日だ。酒を飲んだ美里に、火から下ろしたばかりのフライパンで頭を殴られ、熱々の焼きそばを顔に掛けられたのである。一也は美里を庇い、自分の過ちだと医師には説明した。だが、一也を見舞った辻本加奈がぴんときて、事実を話さなければ警察に通報すると美里を追及すると、自分がやったと認めたのだった。

そのとき加奈は、入院中も退院して〈星の家〉へ戻った後も無断で一也に会わない、と美里に約束させた。

もし約束を破ったら警察へ届けると仄《ほの》めかしたのが効いたらしい。入院中、一也の病室へ美里は姿を見せなかった。

しかし、一也はというと、

――もうお母さんは来ないから、安心していいのよ。

と加奈が言っても、すぐには恐怖から解放されなかった。夜は魘《うな》されて大声を上げ、昼はいつ母親が病室へ入ってくるかとびくびくしていたらしい。三日後の夕方、平井が見舞いに行ったときも、うとうとしていた一也は来訪者の気配に一瞬恐怖に顔を引きつらせた。

ただ、そうした脅えも退院するころ――火傷は思ったより軽く六日で退院した――にはだいぶ薄れ、今週の月曜日から学校へ来始めると、表面を見るかぎり一也の様子は火傷する前とほとんど変わらなくなった。

だから、平井はひとまず安堵《あんど》していたのだった。

そんなとき、女生徒たちに〝一也の急〟を告げられたのである。

平井が想像したとおり、「変なおばさん」はやはり美里だった。

彼が正門に近づくと、門の外に生徒たちが三十人ほど集まり、その向こうで、美里が一也の腕を取り、少し離れたところに停まっているタクシーのほうへ強引に連れて行こうとしていた。

美里の服装は、薄汚れた黒っぽいコートに色褪《いろあ》せたピンクのコーデュロイのズボン。肩の下まである髪はばさばさだった。

平井は門を出ると、生徒たちの群れを分けて二人のそばへ走り寄った。

一也は腰を落として足を踏ん張り、「嫌だ、嫌だよ！」と泣きながら抗っていた。

一也の声に、平井は身体がカッと熱くなり、

「お母さん、一也君の手を放してください！」

と、怒鳴った。

美里の手首をつかみ、一也を解き放そうとした。

だが、美里はいっそう強く一也の腕を握り締め、

「先生、邪魔しないでください。私はちょっと一也と話をするだけなんだから」

と、空いているほうの左手で平井の手を払った。小柄で痩せているのに、びっくりするほどの力だった。

「話をするんなら、腕なんか取らなくてもできるでしょう」

「一也が逃げ出そうとしたから、引き止めたんだよ」

「引き止めた？　無理やりタクシーに乗せようとしているんじゃないんですか」

平井は、三十メートルほど左方、歩道に頭を突っ込んで停まっているタクシーを顎

で指した。

「そりゃ、人が大勢見ているこんなところじゃ落ちついて話ができないからね。ファミレスにでも行って、何か美味しいものでも食べさせながら話をしようとしたのが、悪いのかい？」

「でも、一也君は行きたくないと言ってるんですよ。それに、松崎さんは、辻本さんたちに断わりなく一也君に会わないと約束したんじゃないですか」

「先生、そんなこと、おかしいでしょう！」

美里が憎々しげな目で平井を睨《ね》めつけ、声を荒らげた。「私は母親だよ。お腹を痛めてこの子を産んだ母親だよ。母親が自分の産んだ子どもに会うのに、どうして他人に断わらなければならないんだい？」

「いくら母親だって……」

「子どものいない先生には、親の気持ちはわからないよ」

美里が吐き捨てるように言った。

「そうかもしれませんが……」

「だったら、黙っていてください！」

親、親、親……。なんて都合のよい言葉だろう、と平井は思った。親の権利を言うならその前に義務を果たせ、と怒鳴り返したかった。最低限の義務さえ果たさないだけでなく、子どもの心と身体を傷つけ、痛めつけている人間に、親だと言う資格があるのか。何かあると、二言目には「腹を痛めて産んだ」と鬼の首を取ったように言うが、産むだけならどんな動物にだってできる。要は〝産んだ後どう育てるか〟なのだ。自分の意思に関わりなくこの世に生を受けた子どもにとっては、それがすべてなのだ。それなのに、この手の人間は子どもがどういう思いでいるか、全然わかっていない。想像してみようともしない。

「黙ってはいられません。僕は一也君の担任教師ですから」

生徒たちが見ている前で美里と喧嘩するわけにいかないので、平井は怒りを呑み込み、できるだけ穏やかな調子で言った。

そのとき、彩子や鴨川が駆けつけてきた。美里が一瞬怯んだような表情をした。が、彼女はすぐに内心の動揺を押し隠すように声を高めた。

「ここは学校の外でしょう。先生は関係ないわ」

「いえ、学校の外でも、そうはいきません」

と、鴨川が口を挟んだ。「相手が誰であっても、生徒が乱暴されていれば、教師は見過ごすわけにいきません」

「私は乱暴なんかしてないわよ」

「だったら、息子さんの手を放しなさい」

年長の鴨川に言われ、美里がふて腐れたように一也の手首を握っていた指を解いた。

平井は一也を自分と鴨川の背後へやり、彩子に託した。

彩子が「大丈夫？」と聞くと、一也が俯いたまま「うん」と小さくうなずいた。

彩子たちにつづいてきた教師たちが、集まっている生徒たちに家へ帰るように促し始めた。

タクシーから降りた運転手が、片手をポケットに突っ込んだまま近づいてきて、

「どうすんの？」

と、ぶすっとした調子で美里に問うた。

「すみません。もうちょっと待ってください」

美里が応えてから、「私は自分の子どもをファミレスへ連れて行こうとしただけなのに、この人たちが邪魔するんです」と加勢を求めるように言った。

だが、タクシーの運転手は関わり合いになりたくないからだろう、美里の言葉を無視し、

「あと五分だけだからね」

と言って、背を向けた。

美里は当てが外れて動揺したのか、平井たちに戻した目を落ちつきなく動かし、

「運転手さんもああ言っているので、一也を返してください」

と、言った。

「だめです。一也君が行きたくないと言っているんですから」

平井ははねつけた。

「そんなことないわよね、一也？　そんなことないでしょう？」

美里が一也のほうへ首を伸ばし、猫撫で声を出した。

一也は母親のほうを見ずに、首を横に振った。

「一也……」

「帰ってください。そして後のことは辻本さんたちと話し合ってください」

「辻本さんなら、もうじき来られると思うわ。電話したから」

彩子の言葉に平井がタクシーの向こうを見やると、丁字路の角から加奈の運転する軽乗用車が姿を現わした。

「あ、見えたわ」

彩子が言うと、美里は加奈と会うのは都合が悪いのだろう、

「じゃ、お母さんは帰るから、一也、元気にしているんだよ」

いかにも子どもの身を心配している母親といった言葉を一也にかけ、そそくさとタクシーへ向かった。平井たち教師には一言の挨拶もなしに。

美里のためにタクシーのドアが開かれたのと、平井たちのいる歩道の反対側に軽乗用車が着いたのはほとんど同時だった。

軽乗用車には加奈の他にもう一人、女性が助手席に乗っていた。

その女性も加奈と一緒に降りた。背丈は加奈と同じぐらいだが、顔と身体は加奈より幾分ふっくらしていた。年齢は四、五歳上だろうか。

ジャンパーを羽織っただけの加奈と紺のスーツを着たその女性が、「松崎さん」と呼びながら美里に駆け寄った。

だが、美里は無視してタクシーに乗り込むと、出すように運転手に言ったにちがいない。加奈たちの六、七メートル先でドアが閉まった。

タクシーはバックして方向を変え、加奈たちの来たほうへ走り去った。

加奈が女性と一緒に平井たちの前まで来た。

「ご面倒をおかけして申し訳ありません」

と頭を下げ、脅えている一也の肩に軽く手を置き、「大丈夫よ」と励ました。

それから、スーツの女性をN市児童相談所の職員、田丸澄子だと紹介し、平井と彩子を澄子に紹介した。

澄子はこれまで加奈の話に何度か出てきたので、平井も名前だけは知っていた。

彩子が〈星の家〉に電話したとき、澄子は愛の郷学園を訪れ、美里が一也を火傷させた件で加奈たちと話し合っていたのだという。

平井が簡単に事情を説明すると、加奈と澄子は一也を軽乗用車に乗せ、帰って行った。

## 3

町営住宅は二階建てで、上と下に三戸ずつの部屋が並んでいた。

加奈が階段を上って、西端の部屋のチャイムを鳴らすと、中から「誰?」と問う声が返ってきた。

しゃがれているが、美里にちがいない。

加奈は、愛の郷学園の辻本ですと告げた。

「ああ、それなら、鍵が掛かっていないから勝手に開けて入って」

美里が投げやりな調子で応えた。

近づいてくる気配がしないから、手が放せないことでもしているのかもしれない。

——夜、鍵も掛けずに不用心だな。

と思いながら、加奈はノブを握ってドアを引き開けた。

その途端、アルコールの臭いを含んだ空気に迎えられた。

加奈は思わず顔をしかめそうになったが、意識して抑え、「失礼します」と言って狭い玄関へ入った。

玄関から上がったところがダイニングキッチンで、奥に二部屋あるようだ。

美里はその一つ——四畳半だろうか——に置かれた炬燵《こたつ》に入っていた。赤い半纏《はんてん》を着た上体をひねり、濁ったような目を加奈に向けている。

酒瓶は美里の陰になっているのか、見えないが、酒を飲んでいる最中のようだ。炬燵板の上に裂きイカでも入っているらしい袋とコップが載っていた。

加奈が唖然《あぜん》としながら、かけるべき言葉を探していると、

「そんなところに立ってないで、上がってきて」

と、美里に促された。

加奈はコートを脱いで上がり、美里のそばまで行って、「今晩は」と挨拶した。

どういう意味かわからないが、美里が「うふん」と笑って返した。

やはり、彼女の横には三分の二近く中身の減った一升瓶が置かれていた。

「あんたも飲むんなら、台所からコップ持ってきて」

美里が言ったので、加奈は硬い声で「結構です」と断わった。

「じゃ、炬燵に入ったら。そんなとこに立ってたんじゃ、話ができないから」

加奈は美里の前へ回り、畳の上にショルダーバッグとコートを置き、座った。

「お酒、飲んでいるんですね」

加奈は責める口調で言った。

「今日はちょっと嫌なことがあったから特別よ。いつも飲んでるわけじゃないわ」

美里が悪びれた様子もなく応えた。

「どういう事情があったかは知りませんが、もう二度とお酒は飲まないと約束したんじゃないんですか」

「それは、あんたらが一也を返してくれたときの話よ」

「先月、一也君は帰ったでしょう。あのとき、お酒を飲んで一也君に火傷をさせたのは松崎さん、あなたですよ」

美里は加奈から目を逸らし、黙った。都合が悪くなるといつもこうなのだ。

「火傷は一也が自分でやったんだよ。一也だってそう言ったのに、あんたがあたしを脅して無理やりあたしがやったことにしたんじゃないか」

「松崎さん、本気でそう言っているんですか？」

加奈は怒りを感じるよりも呆れた。相手の思考回路がどうなっているのか、覗けるなら覗いてみたい。

「とにかく、あんたらのせいなんだよ。児童相談所と結託して、あんたらが無理やり私から一也を奪い取ったのが悪いんだよ」

美里が話を逸らした。「そうやって、あんたらが私をひとりぼっちにしたから、寂しくて、お酒ぐらい飲まなくちゃいられないんじゃない」

「違いますか？」

加奈は徒労感を覚えた。美里が校門前で一也を待ち受け、強引にタクシーに乗せようとした先々週の木曜日、夜になって加奈はやっと美里を電話の向こうにつかまえ、二度と同じような行動は取らないと約束させた。ところが、舌の根も乾かないうちに美里はまた約束を破った。だから加奈は、今度は面と向かって話さなければ……と思って訪ねたのだが、これではどうやって話そうと同じような気がした。

それでも、このまま帰るわけにはいかないので、本題に入った。

「松崎さん、どうして私が今夜お訪ねしたのかは、おわかりですね？」

美里が首をひねった。本当に見当がつかないのか、しらばくれているのか……。

「一昨日《おととい》、何をしたか、思い出してみてください」

美里の視線が微妙に加奈から逸らされた。思い当たったようだ。今度は明らかに意図的に首をかしげ、惚《とぼ》けた。

「一昨日って言うと……」

「十一月三十日の日曜日です」

「私が何かしたっけ？」

「あなたは愛の郷学園の近くまで来たでしょう？」

「学園の近くへなんか行ってないよ。午後はずっと仕事だったから」

「私は午後なんて言っていませんけど」

「午前中だって同じだね」

美里が炬燵板の上のコップを取り、残っていた酒を飲み干した。

「どうしてそんな嘘をつくんですか？　門から七、八十メートル離れたところで、二人の小学生に学園の子かと聞き、〈星の家〉の子だとわかると、頼み事をしたでしょう？」

小堀稔《こほりみのる》と新山智子が市の主催した行事に参加し、帰ってきたのだった。

「二人とも、一也兄ちゃんのお母さんに呼び止められ、一也君がいたらそっと外へ連れてきてくれないかと頼まれた、と言っているんですよ」

「あたしは知らないね。その子たちは別の人に頼まれたんじゃないの」

「他人が一也君を外へ呼び出そうとしますか？　それに、その子たちは、あなたが〈星の家〉へ来たときに見ているので、一也君のお母さんだと知っているんです」

「…………」

「一也君は、あなたにタクシーに乗せられそうになった後、学校へ行っていません。もう十日以上になります。私たちがお母さんときちんと話し合ったから大丈夫だといくら話しても、前にもそう言ったのに待ち伏せしていたじゃないかと言い、脅えているんです」

それでも、三日前の土曜日には初めて増淵と一緒に学園の外へ出て、マクドナルドへ行ってきた。だから加奈たちは、これなら間もなく登校できるようになるのではないか、と話し合っていたのだった。

「ところが、あなたは、それを振り出しに戻してしまったんです」

加奈はつづけた。「あなたが頼んだ稔君と智子ちゃんが、職員に話すより先に一也君に『お母さんが外で待っている』と知らせてしまったからです。もちろん、二人には何の責任もありませんが……」

美里はむすっとした顔をして黙っている。

「これでも、あなたは知らないと言い張るんですか？」

「それが私だったら、あんたは私に何をしろと言うの？」

美里が居直った。

「約束を守ってください。それだけです」

「一也は私の子どもだよ。その子どもに会いたいと思っても会えないなんておかしいじゃないか」

「あなたには、一也君がどんな気持ちでいるか、わからないんですか？」

加奈は目の前の女に激しい怒りを感じた。頭がくらくらした。

「一也君だって、あなたがお酒を飲まず、暴力を振るわなければ、一緒にいたいんです。一也君はまだ中学一年生ですよ。一也君こそ、あなたの何倍もあなたのそばにいたいんです。先月、県民の日の数日前、お母さんのところに三晩も泊まれると私たちから知らされたとき、一也君がどんなに喜んだか、あなたに想像がつきますか？　学園へ来てから、あんなに嬉しそうな顔をした一也君を見たのは初めてです。それなのに、あなたは一也君を裏切った。一也君に火傷を負わせ、一也君の心に火傷以上の傷を与えてしまったんです。同時に、あなたに虐待されたかつての恐怖の記憶も一也君の中によみがえらせてしまったんです。それでも、一也君は退院した後、〈星の家〉の子たちや学校の先生、友達に助けられて、少しずつ元気を取り戻し始めていたんです。その一也君をあなたは学校の門の前で待ち受け、無理やりタクシーに乗せようとした。そのため、せっかく癒えかけていた一也君の傷口はまた広がり、血が流れ出してしまったんです。それなのに、あなたは自分が寂しいからといって、一也君をさらに苦しめる——。それを、あなたは親の権利だと言うんですか？　親というのは子どもに何をしてもいいんですか？」

加奈の脳裏に、これまでに関わった何人かの親たちの顔が浮かんだ。中には様々な事情から追い詰められ、つい我が子に暴力を振るってしまったという同情すべき母親もいたが、身勝手な親が多かった。そうした親たちは、自分が子どもの心と身体をどんなに傷つけているか全然わかっていない。他人に指摘されても聞く耳を持たず、美里と同じように〝親の権利〟を振りかざし、自分勝手な理屈を並べた。

愛の郷学園へ「孫を返せ！」と怒鳴り込んできた南太陽の祖父は、そうした親の最たる例だろう。南翔子が太陽を虐待したのは、父親の暴力が支配する家庭で育ったことが多分に影響しているのは間違いない。それなのに当人は、自分の暴力が娘にどれほどの傷を与えたのかまるで自覚がなかった。それだけではない。元一流企業の部長だったかどうか知らないが、加奈たち施設の職員を見下すような態度を取り、傲慢《ごうまん》で偏見に満ちた主張をまくし立てた……。

加奈は、自分の剣幕に美里がふて腐れたように黙り込んだのを見て、ここは下手《したて》に出なければならないと反省し、

「お願いです」

と、語調をやわらげ、頭を下げた。「一也君のことを本当に大事に思うのなら、お酒をやめてください。そして、一也君に会うのをしばらく我慢してください。あなたがお酒をやめ、働いて待っていれば、一也君は必ず帰ってきますから」

美里は相変わらず返事をしない。

たとえ「はい」という返事がかえってきたとしても、同じかもしれないが……。

一也が火傷させられた直後に警察へ通報したほうがよかったのだろうか、と加奈は少し後悔した。そうすれば、身柄を拘束された美里が釈放されても、警察の力を借りて彼女が一也の周辺に近づかないようにすることができたかもしれない。

いや、それはだめだ、と加奈は胸の内で否定した。そんなことをしたら、一也は恐

怖からは解放されたとしても、別の苦悩に苛まれただろう。一也は母親の暴力、虐待を恐れながらも、母親を慕っている。虐待されたことがない多くの子どもと同じように。いや、もしかしたらそれ以上に。だから、美里が警察に捕まったりしたら、一也は自分が本当のことを話してしまったせいだと思い、自分を激しく責めるだろう。

そうした一也の気持ちを知っていて、一也に嘘をつくように指示した美里に、加奈はあらためて強い怒りを覚えた。

子どもを虐待している親には、子どもが自分を慕い、自分を全面的に頼っているのをいいことに、子どもの心を弄《もてあそ》んでいる者が少なくない。美里もまさにそうだった。

それがわかっていても、加奈たちは――澄子や原島ら児童相談所の職員にしても同じだろう――子どもの前で親を弾劾《だんがい》するわけにはいかないのである。

加奈がもう一度お願いしますと頭を下げると、美里が不承不承うなずいた。

加奈は、「今度こそ約束を守ってくださいね」と念を押し、腰を上げた。

翌日、加奈は美里に会ってきた話を一也にした。ただし、内容を脚色し、今度こそお母さんは一也君が会いたいと言うまで近づかないと誓ったから、と話した。

だが、一也は疑わしそうな目で加奈を見ただけで、何も言わなかった。

「だから、一也君、学校へ行こう?」

と誘っても、一也は行くとも行かないとも応えなかったし、加奈から勤務を代わった増淵と玲美が説得を試みても同じだった。

加奈たちが打つ手に窮していると、平井が訪ねてきて、一也の部屋で三十分ほど二人だけで話をした。

その結果、一也がやっと来週の月曜日から学校へ行くと約束した。

しかし、月曜日の朝になると前と同じだった。加奈が部屋まで呼びに行っても、「頭が痛いので行かない」と言って——仮病ではなく、こうしたとき本当に頭や腹が痛くなるらしい——布団から出てこようとしなかった。

# 第四章　狼の死

狼の正体に気づき、自分の祈りによって三人の人間が死んだらしい、とわかったとき、少女は自分の持っている特別の力に枷を嵌めた。今後よほどのことが起こらないかぎりその〝力〟をつかってはならない、と心に決めた。以来、少女は自らに課した戒めを守りつづけた。

だが、数年後、すでに少女とは言えない年齢になっていた彼女はそれを破った。高校三年に進級して間もない五月、無二の親友が自殺したときである。

親友は、母親が再婚した相手に、かつて彼女が幼かったときに体験したのと同じように性的虐待を受けていたのだった。

その事実を親友の死後に届いた手紙で知ったとき、彼女は目の前が真っ暗になるような衝撃を受けた。そして次に感じたのは、自分や親友が女という性に生まれた恨めしさと、自分たちの性を弄《もてあそ》んだ男に対する全身が震え出すような怒りと憎しみだった。

親友に言い知れぬ恥辱と苦しみを与え、死に追いやった男——。

そんなケダモノが大手を振って生きているなんて断じて許せない。いまなら自分の〝力〟をつかってもかまわないだろう。いや、いまこそ、それをつかうときだ。

彼女はそう思い、男がこの世から消えることを祈った。

しかし、彼女が時々親友の家の近くへ行って様子を見ていても、男は死ななかった。親友の母親である妻と親友の異父妹である幼い娘と三人、むしろ、血の繋《つな》がらない親友がいなくなって清々したかのような顔をして暮らしていた。彼女の目にはそう映った。

彼女は、これは以前祖母に言われたように自分の念じ方が弱いせいだと思い、いっそう真剣に祈り、念じた。

それでも、男は大病にもかからず、事故にも遭わなかった。

やがて彼女は、自分には特別の力などなかったのではないか、と疑い出した。

だが、それなら、なぜ二度までも自分を襲った〝狼〟は消えたのだろうか？　なぜ三人の人間——一人は巻き添えだった——が死んだのだろうか？

自問を繰り返していた彼女は、あるときその答えを見つけ、愕然とした。脳細胞を巡っている血液が逆流したような衝撃を受けた。

1

今年もあと半月足らずで終わろうという十二月十七日の早朝、香西市の郊外で女性の変死体が見つかった。

場所は春茅沼の土手下を通っている道路脇の草むらである。

発見者は、香西市内に住む氏原幸一《うじはらこういち》という六十三歳の男だった。氏原は今年の春、四十年近く勤めた自動車整備工場を退職した後、早朝のジョギングを日課にしていた。

コースは、朝起きたときの体調と天気と気分次第。師走とはいえ、その日は風がなく、気温も平年より二、三度高いようだったので、氏原はいつものように妻の寝ているうちに家を出ると、春茅沼まで足を延ばした。

JR浜浦線の北側を線路とほぼ平行に東西に走っている国道を突っ切り、水田や休耕田の間を五百メートルほど北へ進むと、春茅沼だ。その土手上の遊歩道を西へ二キロほど走り、往きとは別の道を回って家へ戻るのである。

土手の腹に斜めに付いた道を登ると、反対側は葦《あし》の茂った湿地帯。かつて沼は土手のすぐ下まで満々と水を湛えていたのだが、現在は三百メートルほど先まで退《しりぞ》いていた。

まだ半ば眠っているようなとろりとした水面を葦原の奥に見やりながら、氏原は一度深呼吸をし、ゆっくりと走り出した。

五分もしないうちに、背後の低い丘の上に太陽が顔を出したようだ。前方に長く伸びた自分の影を追いかけるようにマイペースで足を前へ振り出していた氏原は、肩と背中に温もりを感じた。

十月ごろまでは、早朝、散歩やジョギングをしている人が結構いたが、いまの季節は誰にも出会わなかった。といって、土手の上には人が潜めるような場所はないし、国道から一望なので、危険はない。

そうは思いながらも、昨今は物騒なので、氏原は土手の下の藪《やぶ》などに多少注意を払いながら走っていた。

そんな彼の目に〝異物〟が飛び込んできたのは、一キロほど来たときである。

それは、土手の左下を通っている、かつては農道だった道の脇、枯れた草むらの中にあった。

初めは、百メートル以上離れていたので、白っぽい大きなものとしかわからなかったが、近づくにつれて、人間の身体のように思われてきた。

しかし、人間だとすると、そんなところに寝ているのは変である。

――もしかしたら死んでいるのではないか。

そう思ったとき、氏原の全身に緊張が走り、舗道を軽快に蹴っていた足がぎこちなく前に踏み出されるだけになった。

それでも彼は立ち止まらず、呼吸を整えながら進んだ。

人間に間違いなかった。腰まである白いダウンジャケットを着た女性のようだ。両脚を投げ出し、俯せに横たわった身体は、枯れ草の中に半分ぐらい沈んでいるようだが、土手の上からだと全身が見えた。

大地に陽光が注ぎ始めた明るい朝とはいえ、氏原は怖かった。いや、怖いと言うより気持ちが悪いと言ったほうが適切だろうか。いずれにしても、できることなら、「人が草むらに倒れている」と携帯電話で警察に知らせるだけで済ませたかった。

しかし、もしかしたら女性はまだ生きていて、すぐに救急車を呼べば助かるかもしれない。

そう思うと、氏原は近づいて確かめないわけにはいかず、滑らないように注意して枯れ草の土手を下りた。

下は幅四メートル足らずの砂利道で、道に沿ってそれと同じぐらいの幅の草むらがつづいていた。女性はその草むらの中ほどに横たわり、枯れ草がそちらへ向かって一様に倒れていた。

氏原は呼吸を鎮めてから草むらに足を踏み入れた。女性に近づき、「もしもし」と声をかけた。

反応がなかった。

女性はわずかに首を左にひねっていたので、氏原は女性の左側に寄った。顔を覗き込みながらもう一度声をかけたが、ピクリとも動かない。

瞳孔が開いているかどうかは見えないが、頬から顎にかけて土気色をしていた。

死んでいるのは確実だろう。

と思ったとき、頭の上に投げ出された女性の右腕の下に白い紙があるのに気づいた。

紙の大きさは週刊誌の半分かそれより多少大きめだろうか。同色のダウンジャケットの袖にほとんど隠れていたため、初め気づかなかったのだった。

何の紙だろう、と氏原は気になった。

女性の反対側に回り、しゃがんで腕の下を覗いた。

黒い文字らしいものが書かれているが、はっきりしない。

氏原は思い切ってジャケットの袖をつまみ、少し持ち上げてみた。

紙にはやはり黒い文字が書かれていた。


**殺人者には死を！**


横二行に印刷された文字はそう読めた。

氏原はすぐに袖を放したが、似たような紙が死体の背中に貼られていた事件を思い出した。

二カ月ほど前、N市で起きた殺人事件だ。犯人が捕まったというニュースを聞いてないから、まだ解決していないにちがいない。

目の前の女性の死体が、N市で起きた事件に関係しているかどうかはわからない。が、とにかく早く警察に知らせなければならないと氏原は思い、立ち上がって、ウエストポーチから携帯電話を取り出した。

以上が、氏原幸一が刑事に話した、女の死体を発見したときの模様である。

氏原の一一〇番通報の内容はすぐに所轄の香西警察署へ送られ、まず宿直警官が、次いで刑事と鑑識係が現場へ急行。女性の死が病気や事故や自殺ではなく、殺人の疑いが濃厚であると判断されると、直ちに県警本部へ報告された。

捜査一課長は、死者の右腕の下にあった紙に書かれた「殺人者には死を！」という言葉に瞠目《どうもく》。N北署に設置されている久保寺亮殺人事件捜査本部に連絡を取り、現場への臨場を指示した。

石川管理官と葛城係長の命を受け、宮川ら第一陣の刑事たちが香西市の現場に着いたのは午前八時七、八分過ぎだった。

そのときはすでに検死が済み、女性のおおよその死亡時刻は前夜の八時から十二時までの間と判明していた。頭には鈍器で殴られた跡と出血が見られ、首には索条痕があった——久保寺亮の場合と同じである——が、死因ははっきりしないという。

被害者の年齢は三十〜四十代で、身長は百五十センチ前後、痩せ形。死体のそばにはルイ・ヴィトンのバッグ（模造品である可能性あり）が落ちており、中に七千五百数十円入りの財布が入っていた。が、運転免許証、クレジットカード、通勤定期券といった身元を示すものは見つからなかった。

宮川たちが着いたときには着衣が脱がされていたが、ダウンジャケットとスカートだけでなく下着にも目立った乱れはなく、性的な暴行を受けた形跡はなかったらしい。

死体はダウンジャケットのフードを被っていなかったのに、フードの内側にかなり多量の血液の付着が見られた。

その事実は、被害者が別の場所で殺され、車で運ばれてきた可能性が高いことを示していた。つまり、犯人は車内を血で汚さないように、死体にフードを被せて車に積んだ、が、車から下ろして草むらを引き摺《ず》って行くとき——引き摺ったと見られる跡があった——フードが脱げた、そう考えるのが妥当だからだ。ただ、犯人が車を使用した可能性が高いといっても、砂利敷きの道のため、タイヤ痕の採取は不可能と思われた。

宮川たちは、死者の右腕の下にあったという「殺人者には死を！」と書かれたＡ５サイズの白い紙を調べた。

いまは透明な書類挟みに入れられていたが、発見時にはそのままダウンジャケットの袖に八割ぐらい隠れるように置かれていたらしい。犯人は、風に飛ばされたり露に濡《ぬ》れたりしないようにしたのだろう。

それは少し汚れて皺《しわ》の跡が筋になっていたが、紙の大きさと質、横書きの文字の大きさと配置、字体など、すべて久保寺亮の背中に貼られていたメッセージと同じようように見えた。

久保寺事件のとき、メッセージの正確な字体と文字の大きさは公表していない。だから、ざっと肉眼で見ただけではあっても、これだけ一致しているということは、二つの事件が同一の犯人による犯行であろうと推定させた。

ここへ来るまでは、模倣犯の犯行による場合もありうると宮川たちは考えていたが、その可能性がほぼ消えたのである。

これで、捜査は大きく前進するのではないか。

宮川はそう思うと、強い興奮を覚えた。

というのは、久保寺亮が殺されてから五十日が経過したというのに、いまだに容疑者の特定に至らず、捜査は行き詰まっていたからだ。

久保寺亮が娘のゆふに対して性的虐待をしていた事実が明らかになっても、捜査に進展はなかった。それによって千明の容疑が強まったかに見えたが、彼女の犯行と断定するに足る証拠は見つからなかったし、もう一人の重要な参考人〝メガネ（紫のサングラス）をかけた女〟を突き止める新しい手掛かりも出てこなかった。

彩子とゆふの話を聞いたとき、たとえ千明が犯人でなくても、亮がゆふに性的虐待を加えていた事実はどこかで事件に関係しているのではないか、と宮川は思った。いまでも、そんな気がしないではない。とはいえ、それはいわば宮川の勘にすぎず、やはり捜査の進展には寄与しなかった。

宮川たちは犯人の残したメッセージについて意見を交わした後、青いビニールシートの囲いを出た。

被害者の遺体を撮った写真を持ってＪＲ香西駅と駅周辺、香西市商店街へ聞き込みに行くことになったのだ。

これより前、所轄署の刑事たちは現場周辺の聞き込みを行なっていた。が、現場の北側は砂利道を挟んで土手と沼、南側一帯は水田と畑の他は休耕田などの荒れ地で、五百メートルほど離れた国道へ出るまで人家はない。国道まで行けばファミリーレストランやガソリンスタンド、中古車販売センターなどがあるものの、それらへの聞き込みから事件に関する情報を得るのはかなり難しいのではないか、と思われた。

司法解剖の結果が出れば、死亡推定時刻の幅はもう少し狭められるだろう。とはいえ、それが必ずしも死体の遺棄された時間と重なっているわけではなかった。殺害されたのは昨夜の比較的早い時刻だったとしても、遺棄されたのは深夜か明け方だった可能性もある。

このように、犯人（犯人の車）の目撃者捜しにあまり期待できないとなれば、あとは被害者の身元を突き止め、そこから犯人に迫る以外になかった。

ただ、香西市が被害者の生活圏に入っていなかった場合、宮川たちの聞き込みは空振りに終わるだろうが、それはやむをえない。

宮川と柴がビニールシートの合わせ目から外へ出ると、土手の下から上にかけて張られた黄色いテープの外側に野次馬とマスコミ関係者と見られる男女が大勢いた。

砂利道の西側は現場から百七、八十メートル離れた丁字路の手前で交通を遮断していたので、テープが張られているのは東側、ビニールシートの囲いから三十メートルほど離れた一方だけだった。

宮川たちが近くに駐められた覆面パトカーへ向かいかけたとき、テープの向こうで可児武志が手を上げた。

宮川は気づかない振りをして無視しようとしたが、

「おーい、宮川刑事さんよ」

と大声で名前を呼ばれたので、仕方なく顔を向け、近づいて行った。

「何だ、編集委員殿が直々にお出ましか」

宮川が冷やかすと、

「うちのような零細企業は新入りも編集委員もない」

濃い髭とごつごつした体付きがどこか熊を思わせる男が、にべもなく応えた。

可児はRタイムスの編集委員だった。宮川とは県立梅橋高校の同期生である。在学中は同じ柔道部に属して結構仲が良かったのだが、可児は東京の大学へ進学し、宮川はR県の警察官になったので、卒業してからは長い間交友が絶えていた。宮川は、可児が大学を出た後どこに就職したのかも知らなかった。それが十数年前、光南市で強盗殺人事件が起きたとき、一方は光南署の刑事、他方はRタイムスの社会部記者として偶然再会。以後、時々誘い合っては酒を飲むようになった。

「また『殺人者には死を！』と書かれた紙があったんだって？」

可児が探るような目を向けた。

彼の両側には、他社の記者やカメラマンが動物の死体を見つけたハゲワシのような顔をして寄ってきていた。

「耳が早いな」

否定することでもないので、宮川は応えた。

「N市の事件と同じ犯人かね？」

「そんなことはまだわからん」

「メッセージの文字の大きさや字体は同じなのか？」

「ノーコメント」

「それぐらい……」

「俺は何も話さん」

「あんたには友情というものがないのか」

「ない」

「宮川さん……」

別の記者が何か聞こうとして呼びかけたのを、「だめだめ」と手を振って遮り、可児に言って身体を回し、柴の待っている覆面パトカーへ戻った。

「じゃあな」

宮川と柴が担当したのは、駅前の商店の聞き込みだった。

彼らは、広場を囲む商店を当たった後、県道へ出る角にあるスーパーマーケット「春木屋《はるきや》」を訪ねた。

スーパーは開店したばかりらしく、従業員は商品の運搬やら棚への陳列やらに忙しげだった。

宮川たちは客のいる店内で聞き込みをするわけにいかないので、野菜を並べていた五十歳前後の女性に事務室の場所を尋ね、店長に面会を求めた。

事務室にいたのは、宮川と同年ぐらいのでっぷりした男一人だった。

男は自分が店長だと応えた後、スチール机の向こうから立ってきた。宮川の話を聞くと、迷惑そうに顔をしかめ、それじゃ手の空いた者から順次ここへ呼ぶので手短に済ましてほしい、と言った。

宮川は承知し、まずは中山《なかやま》と名乗った店長に被害者の写った三枚の写真を示した。

と、「私が知っているわけありませんよ」と言いながら写真を手に取った中山が、

「えっ、これが殺された人！」

と言ったきり、絶句した。

「知っているんですか？」

宮川は勢い込んで聞いた。

「知っているもいないも、うちの従業員ですよ。パートですが……」

中山の目には驚愕《きょうがく》の色があったが、聞いた宮川も驚いていた。自分たちの放った矢がこんなに早く的を射抜くとは想像していなかったのだ。

「名前は？」

「松崎さんです。名前は、えーと……ちょっと待ってください」

中山は机に戻り、引き出しの鍵を開けて中からバインダーで綴《と》じた書類を出してき

た。

履歴書の綴りらしく、そのうちの一枚を見ながら、

「松崎美里……ミサトは美しいに一里二里の里です」

と、言った。

「履歴書を見せていただけませんか」

いや、それはちょっと……と中山が宮川たちの目から隠すようにした。

「では、年齢と住所を教えてください」

中山が、生年月日から計算したらしい三十八歳という年齢を告げ、香西市の北に隣接する沼北町の番地を読み上げた。

「町営住宅の二〇三号室です」

「家族構成はわかりますか？」

「ここには書かれていませんが、旦那とはかなり前に離婚し、中学一年生の男の子と二人です。あ、ただ、事情があって、子どもは施設で暮らしています。松崎さんがアルコール依存症で入院したりしていたので、生活を立てなおすまで児童養護施設に預かってもらっているという話でした」

宮川が息を呑んだのと、柴が手帳から顔を上げたのは同時だった。

児童養護施設という言葉に反応したのである。

「うちが松崎さんを採用したのは、社長が昔世話になった人に頼まれたからです。アルコール依存症は完全に治ったのでけっして迷惑をかけないからぜひお願いしたい、と言われたようです」

中山が言葉を継いだが、宮川はほとんど聞いていなかった。

柴と顔を見交わした。

柴は緊張し、

――間違いありませんね。

と、目顔で言った。

「児童養護施設というのは、ここ香西市にある愛の郷学園ですか？」

「私は直接聞いたわけではありませんが、そのようです」

愛の郷学園に入所している中学一年生の少年――。

氏名は忘れたが、辻本加奈と大沼彩子が話していた、平井のクラスにいる少年である可能性が高かった。

もしそうなら、間接的にではあるが、二つの事件の被害者、久保寺亮と松崎美里は繋がったのである。共に、子どもが愛の郷学園の〈星の家〉で暮らし、香西一中へ通っていた、という事実によって。

しかも、現場に残されていたメッセージの同一性から、二人が同じ犯人に殺されたことはほぼ確実である。

誰が、どういう動機で二人を殺したのかはまだわからない。が、松崎美里が殺されたことによって、事件がこれまで見えなかった新たな側面を見せたのは間違いなかった。

それは、今後の捜査の重要な足掛かりになるにちがいない。

宮川はそう思いながら、

「松崎さんがここで働き始めたのはいつからですか?」

と、質問を進めた。

「十月からです。取り敢えず週に四日、一日六時間働いてもらっていました」

と、中山が答えた。

「勤務状態はいかがでしたか?」

「正直言って、あまり良いとは言えませんでしたね。時々無断で休みましたし……。もしかしたら、アル中が完全には治っていなかったんじゃないですかね」

「昨日は出勤していましたか?」

「ええ」

「何時から何時まで？」

「午前十時から夕方の四時までです」

「つまり、午後四時ちょっと過ぎには帰ったわけですね？」

「帰るところを私は見ていませんが、そのはずです」

「その後、どこかへ行く予定だといった話は聞いていませんか？」

「聞いていません」

「従業員の中に、松崎さんと仲が良かった方はいませんか？」

「吉本《よしもと》という者と比較的親しかったようですね」

「もしその方がいまいたら、話を聞きたいんですが……」

　中山がわかったと応えてドアを開けて出て行き、さっき宮川たちが事務室の場所を聞いた女性を呼んできた。

　中山から松崎美里が殺されたらしいと聞いたのだろう、女性は蒼白な顔をしていた。

　宮川が中山にしたのと同じ質問をすると、退社した後どこかへ行くといった話は聞いていないと答えた。

「誰かに会うといった話はいかがでしょう？」

「聞いていません。真っ直ぐ家《うち》へ帰るんだろうと思っていました」

「松崎さんは沼北町から何で通っていたんですか？」

「バスです。香西駅から沼北町役場まで行くバスがあるんです」

「車の運転は？」

「しませんでした。免許証を持っていなかったんじゃないですか」

「吉本さん以外に松崎さんが親しくしていた方はおりませんか？」

「いなかったと思います。私も休憩時間に話をするぐらいで、特に親しかったわけじゃないですし」

と、女性が答えた。

その後、宮川たちは別の従業員からも念のために話を聞いたが、新しい情報は得られなかった。

## 2

スーパー春木屋を出た宮川たちは駅前に駐めておいた覆面パトカーに戻り、まず葛城に被害者の身元が判明したという報告を入れた。それから〈星の家〉に電話をかけ、松崎美里の長男が入所している事実――やはり前に聞いた少年だった――を確認し、愛の郷学園へ向かった。

〈星の家〉では、電話に出た増淵悦夫だけでなく、出勤してきたばかりだという辻本加奈も待っていた。

美里が殺されたと電話で伝えておいたからだろう、二人とも顔に血の色がなかった。

「松崎一也君は学校ですか？」

居間へ通されてから宮川が聞くと、

「い、いいえ、事情があって、一也はここしばらく登校していないんです」

と、増淵が答えた。

「では、いま、いるんですか？」

「はい、二階の自分の部屋にいます」

「母親が亡くなったことは？」

「まだ知らせていません。園長が、刑事さんから詳しい話を伺ってからにしたほうがよいと言うので」

「まだ私たちにも詳しいことはわからないんですが……」

宮川は、松崎美里と思われる女性の死体が今朝春茅沼の土手下で見つかった事情を簡単に説明した。

増淵と加奈は目に恐怖の色を浮かべて聞いていたが、「殺人者には死を！」と書かれた紙の話をすると同時に息を呑んだ。

「松崎君のお母さんを殺した犯人は、久保寺ゆふさんのお父さんを殺した犯人と同じなのでしょうか？」

それまで増淵の横に黙って座っていた加奈が口を開いた。

「その可能性が高い、と私たちは考えています」

と、宮川は答えた。

「いったい、二人は誰に、どうして……」

「まだわかりません。それを知るためにこうして調べているわけです」

「すみません」

「いいえ。ついては、一也君が愛の郷学園へ入所した事情と経緯について伺いたいんです」

増淵と加奈が相談するように顔を見合わせ、小さくうなずき合った。それから増淵が事件に関係しないかぎり表に出さないでくださいと言い、説明した。

それによると、美里は一也が生まれて一年足らずで離婚したらしい。それから間もなくアルコール依存症になり、酔っては幼い一也に対する虐待が始まった。当時、美里たちはN市内にある県営住宅に住んでいたので、同じ棟の住人が見かねて市の児童相談所に連絡。児童相談所の職員が赴いて美里と話し合い、一也を保護すると同時に美里を入院させた。それからの美里はアルコール依存症が治癒して病院を出てくると一也を引き取り、しばらくするとまた酒を飲んでは一也を虐待し入院、といった生活を繰り返すようになった。一也は美里が入院するたびに児童相談所の一時保護所か児童養護施設に入った。児童相談所では、このままではいつまで経っても悪循環を断ち切れないと考え、今年の三月、それまで以上に強い措置を取った。たとえ美里が退院しても、アルコール依存症が完治したと判断されるまでは一也と一緒に暮らさせない、ということにしたのである。

当然それは美里も承知していたはずなのに、九月末に退院して沼北町の町営住宅に移り住むと、愛の郷学園に入所していた一也を引き取りたいと言ってきた。

増淵や加奈たちはもちろん断わり、児童相談所と相談。まず一也と美里を短時間会わせ、次に一也を美里の許へ泊まりにやって様子を見ることにした。

一也は、美里が退院すると知ったときは脅えて家出までしたのに、こうして二度、三度と母親と会ううちに親子の結び付きを取り戻していった。

ところが、十一月に入って、県民の日を含めた三連休のとき、美里の家へ泊まりに行っていた一也が、火から下ろしたばかりの焼きそばの入ったフライパンで美里に頭を殴られ、火傷を負う、という事件が起きた。一也は救急車で病院へ運ばれても、自分の不注意だと言って母親を庇ったが、美里が近くに寄っただけで血の気が失《う》せ、顔が引きつるようになった。

事態を重く見た増淵や加奈は児童相談所と連絡を取り、美里を一也に近づかせないようにした。

しかし、美里はその後も、校門前で一也を待ち受けて強引にタクシーに乗せようとしたり、愛の郷学園の近くをうろつき、〈星の家〉の子をつかって一也を呼び出そうとしたりした。そのため、一也は登校しなくなり、いまも自分の部屋に引き籠もってゲームをしたり漫画本を読んだりしている——。

一也の事情を聞いた後、宮川は一也とゆふの関わりについて質した。

増淵に代わって今度は加奈が説明した。

それによると、三月末に一也が愛の郷学園へ入所してきてから七月下旬にゆふが退所するまで、約四カ月間、二人は〈星の家〉で一緒に暮らしていたのだという。

「一也君もゆふさんも内気な性格でしたが、通じ合うところがあったんでしょうか、時々二人だけでぼそぼそ話していました。また、ゆふさんは退所するとき、一也君にだけ自宅の電話番号を教えて行きました」

そのため、九月に一也が家出したとき、彼はN駅のホームから、〈これから遠いところへ行く。さようなら〉とゆふに電話したのだという。

「ですが、二人の関わりはそれ以上のものではなかったはずです」

「ゆふさんのお父さんと一也君のお母さん、久保寺亮さんと松崎美里さんがどこかで顔を合わせた、といったことはないでしょうか？」

「ないと思います。ゆふさんのお父さんは一度も愛の郷学園へ来たことがありませんでしたし……」

「松崎美里さんが過去に殺人に関係したといった話を聞いたことは……？」

「ありません。一也君の小さいころから松崎さんと関わってこられた児童相談所の田丸さんたちからも、そうした話が出たことは一度もありません」

と、加奈が言った。

宮川たちは増淵と加奈に礼を言って〈星の家〉を辞すと、香西一中へ向かった。

いま聞いた以上のことを聞けるとは思えなかったが、一応、平井と彩子に会って一也について話を聞くつもりだった。

車の中から葛城に電話し、松崎美里も一人息子に虐待を加えていたという事実を報告すると、

「虐待ね……。両事件の共通点は、被害者の子どもが共に愛の郷学園の〈星の家〉から香西一中へ通っていたという事実だけじゃなかった、というわけか」

と、葛城が何かを考えているように言った。

「ええ」

「さっきの宮さんの電話の後で調べたが、松崎美里に前科はない。何だか、〝虐待〟が事件のキーワードのような気がしてきたな」

「私も同感です」

「ただその場合、犯行の動機と犯人が謎だな。被害者がそれぞれ自分の子どもを虐待していたからといって、誰がどうして二人を殺したのか、まるでわからない」

「そうなんですね」

宮川は首をひねった。「それに、同じ虐待といっても、実の娘に性的な虐待を加えていた久保寺亮と松崎美里の場合ではかなり違っていますし」

「うん」

「謎を解く鍵は、やはり『殺人者には死を！』というメッセージに隠されているんじゃないでしょうか」

「メッセージの意味と、それを残した犯人の意図を読み解けば、動機と一緒に犯人の姿も見えてくるか」

「鮮明に、というわけにはいかないかもしれませんが……」

話しているうちに覆面パトカーは県道から右に逸《そ》れた。

すぐ先の丁字路で左へ入り、百メートルほど行った右側が香西一中の正門である。

宮川は学校へ着いたからと葛城に言い、電話を終えた。

柴が門を出入りする人の邪魔にならないように車を停めたとき、宮川の脳裏にふとある考えが浮かんだ。

〈ゆふが自分のことを一也に話し、一也が久保寺亮を殺した、そして今度はゆふが一也の話を聞いて松崎美里を殺した〉

という、いわゆる〝交換殺人〟の構図だ。

宮川は胸の内で苦笑し、自分の突飛な考えを否定した。

車の運転もできないゆふに、美里を殺せるわけがないではないか……。

が、パトカーから降りて歩き出し、

――いや、ゆふと一也の交換殺人はありえないにしても、今度の事件に関しては、そうした〝物わかりのよさ〟こそ禁物かもしれないな。

と、思いなおした。

事件はどこか常識的な判断を超えたところで起きているような気がしたからだ。もしそうなら、自分たちが常識的な発想や固定観念に囚われているかぎり、いつまで経っても犯人と真相に到達できないだろう。

では、どうしたらいいのか？　どうやったら、常識や固定観念から脱却できるのか……？

答えが得られないまま、宮川たちは前回と同じ応接室で十五分ほど待たされ、平井と彩子から話を聞いた。

だが、やはりこれといった新しい情報は得られなかった。

その晩、N北署に二つの事件の合同捜査本部が設けられ、第一回捜査会議が開かれた。

3

翌日、宮川と柴は、被害者の足取りを探る捜査班に加わり、再び香西市へ行った。松崎美里の部屋にあったスナップを複写した写真を持ち、彼らが今度初めに訪ねたのは香西駅だった。

前日、別の刑事たちが聞き込んだときには、事件の起きた晩に勤務していた駅員の一人が休んでいたからだ。

生きているときの美里の写真が功を奏したか、宮川たちはその駅員から耳寄りな話を聞いた。

宮川たちが写真を見せ、美里の背格好、彼女の着ていたダウンジャケットとスカートの色などを説明すると、柴と同年齢ぐらいの駅員が、

「午後九時十一分か九時三十三分に香西駅に着いた下り電車から降りた女の人に似ていますね」

と、言ったのである。

駅員が言うには、

彼は一昨夜、九時から十一時まで、自動改札機の並んでいる端に一つだけ開いている改札口を通る人をチェックしていた。と、白いダウンジャケットを着た小柄な女が、自動改札機の手前まで来て立ち止まり、首をかしげてコートのポケットやバッグの中を探り始めた。女はじきに――二、三十秒だろうか――バッグの中から切符を見つけ、自動改札を通って出て行ったが、その間、彼の前の改札口を通る者がいなかったので、何となくそっちを見ていて記憶に残ったのだという。

「下りの電車から降りたというのは、どうしてわかったんですか？」

と、宮川は聞いた。

「いま言った二本の電車は、当駅で上りとの交換がないからです。それらの電車より七、八分前に着いた上り電車から降りて、ホームで時間を潰していれば別ですが、そうでなければ、間違いないと思います」

「九時十一分着の電車だったか、九時三十三分着の電車だったかは、はっきりしないわけですね」

「考えているんですが……」

と、駅員がすまなそうに首をかしげたが、そこまでわかっただけでも大きかった。

昨日の調べによると、美里が住んでいた沼北町の町営住宅の部屋は、一昨夜一度も灯りが点かなかったらしい。また、郵便受けにはその日の午後配達された葉書が入っていた。これらの事実から、一昨夜彼女は一度も帰宅していない、と推定された。とはいえ、四時に春木屋の勤めを終えてからの所在と行動が不明だった。胃から焼き鳥が、血液中からアルコールが検出されたので、どこかで酒を飲んでいたのは確実だが、どこにいたのかはわからなかった。

駅員の証言により、その空白時間の一部が埋まったのである。

宮川たちは構内を出て、広場に停まっていたタクシーの運転手たちに話を聞いた。

一昨夜、美里が九時十一分着の下り電車で降りた場合は九時十四、五分ごろ、九時三十三分着の電車で降りた場合は九時三十六、七分ごろ、広場へ出てきた、と思われる。

解剖の結果、死亡推定時刻は九時から十一時の間と出ていたから（死因は久保寺亮と同様に首を絞められたことによる窒息だった）、彼女は下り電車から降りた後、広場か広場の近くに待っていた犯人の車に乗り込んだ可能性が高い。

それなら、時間が限られているので目撃者が見つかるのではないか、と宮川たちは期待したのだった。

だが、期待したようにはいかず、美里と思われる女を記憶にとどめているタクシーの運転手はいなかった。

——もしかしたら、美里はバスに乗って家へ帰ろうとしたのではないか。

宮川たちがそう思い当たったのは、タクシーの運転手たちに対する聞き込みをした後だった。考えてみれば、ここで犯人の車に乗ったと見るよりは、そのほうが可能性が高いように思えた。その場合、久保寺亮の場合と同じように、犯人は美里の自宅の近くで彼女の帰りを待ち受けていたのであろう。

宮川たちは沼北町役場行きのバスが入ってくるまでしばらく待ち、運転手に当たった。

と、どんぴしゃり、一昨夜、香西駅前発九時十六分の沼北町役場行きのバスに乗って佐山新田《さやましんでん》まで行った女が年格好、服装とも松崎美里に似ている、と運転手は言った。

佐山新田は美里が住んでいた町営住宅のある場所だ。

しかし、バスを降りた美里は家へ帰っていない。

とすれば、バス停から自宅へ行くまでの間に帰れなくなるような事情が生じた、としか考えようがない。途中の道で殺されたか、車で別の場所へ連れて行かれて殺されたか、どちらかであろう。

死体が春芽沼の南岸に遺棄されていた事実を考えると、後者の可能性もゼロではない。

だが、久保寺事件との相似という点から見て、前者の可能性のほうが高いように思えた。つまり、人気《ひとけ》のない場所で美里の帰りを待ち受けていた犯人が彼女の不意を衝《つ》いて鈍器で頭を殴りつけ、首を絞めて殺した、という場合だ。その後で、何らかの理由から、血で車内を汚さないように死者の頭にダウンジャケットのフードを被せて死体を車に載せ、春茅沼南岸の土手下まで運んで棄《す》てた——。

宮川は葛城に連絡を取り、応援の刑事と鑑識課員の派遣を要請した。それから柴と二人、話を聞いた運転手のバスに乗り、佐山新田まで行った。

香西駅から佐山新田バス停までの所要時間は十九分。運転手によれば、夜の九時過ぎならこれより二、三分早かったはずだというから、美里がバスを降りたのは——佐山新田で降りた乗客は美里と思われる女一人だったという——九時三十二、三分ごろと見ていいだろう。

停留所は、バス通り沿いに延びた小さな集落の中ほどにあった。県道なので車は結構通るが、歩いている人の姿はない。宮川たちは目についた酒屋と雑貨屋で聞いてみたが、どちらも夜七時ちょっと過ぎには店を閉めるということで、一昨夜九時半過ぎに美里らしい女を見たという話は聞けなかった。

酒屋の角を左へ入ると四、五十メートルで住宅は途切れ、あとは右も左も畑になった。家は起伏のある畑のずっと奥にぽつりぽつりと建っている程度である。電柱に薄汚れた街灯が取り付けられているものの、間隔が空いているので、夜はかなり暗いだろう。

バス停から町営住宅までは歩いて七、八分だと聞いていた。

宮川の中で、いよいよ美里はこの道で襲われたにちがいないという思いが強まった。柴も同じらしかったが、二人は逸《はや》る気持ちを抑え、県道まで戻って、応援部隊の到着を待った。

それからおよそ四十分後——

彼らは、アスファルトの路上に血痕らしい染みを見つけた。場所は、バス停と町営住宅のほぼ真ん中あたり。五メートル幅の道路の(バス停のほうから行って)やや右寄りだった。

染みは、ピンポン球ぐらいの大きさのものが一つと、その半分ぐらいのものが二つ、あとは小さな点状、線状のものが七、八個。埃《ほこり》を被ったりタイヤに擦られたりして、かなり薄れ、白っぽくなっていたが、鑑識課員がその場で行なった血痕予備試験は陽性と出た。

といっても、果汁などでも似たような反応を示すことがあるため、これだけでは染みが血液であるとは言い切れない。その染みが確かに血液で、しかも車に轢かれた動物の血などではなく、松崎美里という人間の血であると断定するためには、血痕本試験、人血試験、さらにはDNA鑑定の結果を待つ必要があった。

しかし、宮川たちはそうした結果が出そろうまで待っているわけにはいかない。美里の行動や染みの形状等から見て、血痕が彼女の頭から流れ出た血であることはほぼ間違いないだろうと考え、その推定のもとに捜査を進めることにした。

となると、大きな疑問が一つ残った。

美里の帰りを待ち受け、人気のないところで彼女を襲った犯人が、どうして、久保寺亮の場合と同様に死体をその場に放置しなかったのか、という点である。犯人はなぜ、時間と労力をかけて死体を車に積み、春茅沼の南岸まで運んで棄てる必要があったのか――。

その疑問は、翌日、捜査本部に寄せられた目撃情報によって解消した。

電話してきたのは沼北町内に住む堀口到という三十代の男性だった。堀口は、松崎美里の殺された場所と時刻が判明したことを報じたテレビのニュースを見て、ちょうど事件が起きたころ自分と妻は車で現場を通った、と知らせてきたのである。

すぐに二人の刑事が堀口宅へ出向き、夫妻から話を聞いた。

それによると――

香西市のほうから来た堀口到の運転する車が、佐山新田のバス停先で左の道へ入ったのは、九時三、四十分ごろ。畑の中の道を少し行くと、左の路肩に停められた乗用車がうっすらと前方に浮かび上がり、次いで、運転席に人が乗り込もうとしているのが見えた。堀口夫妻は別段気にもとめず、わずかにスピードを緩めただけで乗用車の右側を走り抜け、そんなことはほとんど忘れていた。今朝、美里の殺された事件――身近で起きた事件のため当初から強い関心があった――について新しい事実が判明した、というニュースを見るまでは。

刑事たちは、夫妻の目撃した車と人についてさらに詳しく質した。

すると堀口到は、車は白かシルバーのセダンだったと答え、妻は、車については白っぽい色だったという記憶しかないが、運転席に乗り込もうとしていたのは女だと言った。

――女！

二人の刑事は同時に驚きの声を漏らした。

――ああ、そう言えば、女みたいでしたね。

と、到も言った。

――顔が見えたんですか？

刑事は聞いた。

――いや、俺たちは後ろから行ったので、顔は見えません。俺たちの車が近づいて行ったとき、女は後ろのドアをばたんと閉め、それからすぐ前の運転席のドアを開け、乗り込もうとしていたんです。

――では、どうして女だとわかったんですか？

――髪の毛と服装ですね。

――ファッションです。髪は肩に届くか届かないかであまり長くありませんでしたが、茶色のショートコートを着て、同色のブーツを履いていました。

妻が夫の答えを補足した。

――体付きと年齢の感じはいかがでしょう？

――身体は特に大きくも小さくもなかったような気がします。年齢まではわかりませんが、ファッションから見て、二十代か三十代ぐらいじゃないでしょうか。……あ、いま思い出したんですが、女の人がこんな時間、こんなところに車を停めて何をしているのかな、とちょっと変に感じました。

この堀口夫妻の話はその日の記者会見で公表され、かなり大きく報じられた。だが、夫妻の見た車を停めていたのは自分だといった電話は警察だけでなくテレビ局にも新聞社にもなかった。そのため宮川たちは、堀口夫妻の目撃した人物が犯人である可能性は極めて高い、と考えた。久保寺事件の前に目撃された〝メガネをかけた女〟〝紫のサングラスをかけた女〟との符合もあったし、もし事件に無関係なら、匿名であっても、事情を説明する電話ぐらいしてきただろうからだ。

これで、連続殺人事件の犯人は女である可能性が一段と強まった。

これは大きな前進だったが、犯人が女であれ男であれ、久保寺亮と松崎美里の二人を殺害する動機を持っていたと思われる人間はまったく浮かんでこなかった。

その前に、そもそもの動機が依然として不明だった。

久保寺亮と松崎美里には、共に自分たちの子どもを虐待していた、という類似点があった。また、それぞれの子どものゆふと一也が愛の郷学園の〈星の家〉に入所し、香西一中へ通っていた、という共通点も存在していた。

だからといって、誰がどういう動機から二人を殺したのか、不可解なのである。宮川や葛城は子どもの〝虐待〟が謎を解くキーワードではないかと考えたものの、想像がそれより先へ進まなかった。

ただ、堀口夫妻の目撃情報により、宮川たちの抱いていた、

――犯人はなぜ松崎美里の死体を犯行現場に放置せず、車に積んで別の場所まで運んだのか？

という疑問は一応解消した。

正確なところは犯人の自供を待たなければならないが、堀口夫妻の話を基に推理すると、犯行前後の事情は次のように想像されたからだ。

車を停めて、美里がバスを降りて歩いてくるのを待ち受けていた犯人は、彼女の頭を鉄棒で殴って昏倒《こんとう》させた。その後、首を絞めて殺害し、「殺人者には死を！」と書いた紙を死体の下に置こうとしたとき（あるいは置いて車へ戻ろうとしたとき）、県道から入ってきた車のヘッドライトが目に映った。そのまま逃げれば、車を運転している人間が美里を見つけ、立ち去った車に不審を抱いて直ちに携帯電話から一一〇番するかもしれない。そうなった場合、逃げた先一帯に検問所が設けられる可能性が高く、非常に危険だった。それよりは、死体を見られないようにし、近づいてくる車をやり過ごしたほうが安全だろう。咄嗟にそう判断した犯人は、もしメッセージの紙を置いた後だったらそれを回収し、美里の頭にダウンジャケットのフードを被せ、車の後部座席に載せた（美里は小柄で痩せていたから女の力でもさほど難しくなかったと

思われる)。ドアを閉めて、急いで運転席に乗り込み、近づいてきた車が右側を通り過ぎるのを待った。その後で死体を下ろして棄てて行くこともできたが、車を運転していた人間に後ろ姿を見られた可能性があるので、できればここが犯行現場だと知られないほうがよい。それに、死体はすでに車に積んであるから新たな作業は必要ない。犯人はそのまま車を発進させ、春茅沼の南岸まで死体を運び、遺棄した——。

## 4

堀口夫妻の通報から三日経った月曜日の朝、宮川と柴は捜査会議の後、バスを乗り継いでN市児童相談所を訪ねた。

松崎一也が愛の郷学園へ入所するに到った経緯について、児童相談所の説明も念のために聞いておこうと思ったのだ。

辻本加奈たちから聞いている以上の話が聞けるとは思えなかったので、いわば打つ手に窮しての行動だった。

いまや宮川たちは、事件の謎を解くキーは〝虐待〟と「殺人者には死を!」というメッセージに隠されているのは間違いないだろう、と考えていた。が、依然として被害者を〝殺人者〟と糾弾《きゅうだん》したメッセージの意味もそれを残した犯人の意図も読み解けず、一歩も前へ進めないでいた。

この間、宮川たちの見つけた血痕が松崎美里の血液であったことがはっきりし、犯行現場が確定した。といっても、それは宮川たちの推理を裏付けただけで、捜査の進展には寄与しなかった。事件当日、午後四時に春木屋を退勤してからの美里の行動もほぼ明らかになった。以前働いていたホームセンターの元同僚の女性――彼女は関わり合いになるのを嫌ってすぐに通報してこなかったらしい――と、N市内の居酒屋で会っていたのだ。しかし、その女性の話も、美里にはいつもと変わった様子は見られなかったし、自分と別れた後で誰かと会う約束になっているといった話は聞いていない、ということで、やはり捜査の参考にはならなかった。

宮川たちが児童相談所に着いたのは十時ちょっと前。

前回ゆふの件で話を聞いた田丸澄子に面会を求め、相談室で五分ほど待っていると、澄子が硬い表情で現われた。

自分たちの関与した子どもの親が二人も殺されたのだから当然だろう。

宮川の用件を聞いた澄子は、松崎母子とは一也が幼かったころから関わってきたという話をし、三月に彼が愛の郷学園へ入所したときの担当者である原島祐司という若い男性職員も呼んでくれた。

が、澄子と原島の話は加奈たちから聞いていたのと大差なく、捜査の参考になりそうな新しい情報は得られなかった。

あまり期待はしていなかったものの、やはり無駄足だったか……と宮川は思った。

少し気落ちし、彼が礼を述べかけたとき、

「また、『殺人者には死を！』と書かれた紙が残されていたそうですね」

と、澄子が言った。

「ええ。今度は何か気づかれたことがありますか？」

宮川は応じた。今度はと言ったのは、前回、久保寺亮が殺された後に訪ねたときのことがあったからだ。

宮川はそのときの澄子の反応を思い浮かべた。そのときも澄子のほうからメッセージについて話題にし、何か気づくか思い当たることがあるかと尋ねた宮川に「ない」と答えながら、どこか慌てたような気になる素振りを見せたのだった。

「ええ」

と、澄子が答えた。

「ある？」

宮川は思わず強い声を出し、澄子を凝視した。

「あ、いえ、関係ないかもしれないのですが……」

澄子が戸惑ったような表情をした。

「関係なかったとしてもかまいません。どういうことでしょう？」

「どうして〝殺人者〟という言葉がつかわれたのか、ということです」

澄子が宮川の求めていた核心に触れた。

彼は生唾を呑み込んだ。

「実は、久保寺ゆふさんのお父さんが殺されたときにもちょっと引っ掛かったんですが、関係あるわけがないと思い、お話ししなかったんです」

澄子が言葉を継いだ。「余計なことを言って、刑事さんたちを混乱させては申し訳ありませんから」

「で、今度、話される気になったのは？」

「久保寺さんだけでなく松崎さんにも子どもの虐待という同じ事情があったからです。それで、もしかしたら……と思ったんです」

「〝殺人者〟という言葉が、子どもの虐待に関係があるんですか？」

もしそうなら、宮川たちが事件の謎を解くキーだと考えている二つの事柄が結び付くことになる。

「子どもの虐待は魂の殺害だ、と言っている人がいるんです」

「魂の殺害……！」

「ええ。それで〝殺人者〟とは、子ども……ゆふさんと一也君の魂を殺した人、という意味ではないか、と思ったんです」

それは、初めて示された〝殺人者〟についての理の通った解釈だった。しかも〝虐待〟に関係していた。

宮川は胸の昂《たかぶ》りを覚えた。

が、それでいて、一方で強い戸惑いも感じていた。

「ということは、犯人は、久保寺亮さんと松崎美里さんが自分の子どもを虐待したために、二人を殺した？」

「ええ……」

「しかし、親が子どもを虐待したからといって、関係のない人間がその親たちを殺すでしょうか？」

「それは私にはわかりません」

宮川の追及するような言い方に澄子が反撥《はんぱつ》を覚えたらしく、表情を強張らせた。

「私は、久保寺ゆふさんのお父さんと松崎一也君のお母さんが過去に殺人に関係したことはないと聞き、〝殺人者〟の意味はもしかしたら〈子どもの魂を殺害した者〉という意味ではないか、と思っただけですから。刑事さんがそんなことはありえないと判断されるのでしたら、無視してください」

久保寺亮と松崎美里は、自分の子どもを虐待したために殺された——。

その考えには納得できない。が、澄子の話は無視できなかった。「殺人者には死を！」の〝殺人者〟が子どもを虐待した者の意味なら、二人の被害者はまさに殺人者にほかならないからだ。

「失礼しました。貴重な考えを聞かせてくださったのに……」

宮川は詫びた。

いえ……と澄子が表情をやわらげた。

「参考にさせていただきます。ついては、誰が子どもの虐待は魂の殺害だと言っているのか、教えていただけませんか」

「レオナード・シェンゴールドというアメリカの精神分析家です。その人は自分の著作の中でそう言っているんです」

「本の題名はわかりますか？」

「日本語の題名はずばり『魂の殺害』です。ただ、原題はそれを表わす〈Soul《ソウル》 Murder《マーダー》〉ではなく、『Soul Murder Revisited』といったと思います」

澄子が言って、原題の綴りを説明した。

「その本には当然子どもの虐待のことが書かれているわけですね？」

柴がメモし終わるのを待って、宮川は聞いた。

「そうです。〈虐待された子どもの心理学〉という副題が付いているように、子どもに対する虐待とその及ぼす影響が、著者自身の臨床経験に基づいて様々な角度から論じられています」

宮川はふと、以前澄子の話を聞いてから愛の郷学園を訪ねたときのことを思い出した。

「もしかして、その本について、愛の郷学園の辻本さんに話されたことはありませんか？」

彼が尋ねると、唐突な質問に澄子が一瞬怪訝な顔をしたが、

「そう言われれば、虐待について話し合っているとき、こんな本があると話したかもしれません」

と、答えた。

それを聞いて、宮川は加奈の示した反応を了解した。

「辻本さんが何か……？」

澄子が気遣わしげに聞いた。

「以前、ここで田丸さんにお会いした日、『殺人者には死を！』という言葉を聞いて何か気づくか思い当たることはないか、と辻本さんにも尋ねたんです。すると、辻本さんはないと答えたんですが、私が田丸さんのお名前を出すと、ハッとしたような表情をされたんです。辻本さんは否定しましたが、いま田丸さんのお話を伺い、そのとき辻本さんは『魂の殺害』という本を思い浮かべたのではないか、と……」

「そうですか」

澄子がほっとしたような表情をした。

あのとき加奈がその本のことを話さなかったのも、と宮川は思う。澄子と同様に、殺された久保寺亮が娘のゆふを虐待していたからといってそれが事件に関係しているわけはない、と考えたからだったのだろうか……。

「実は、この本の他にも、子どもの虐待について書かれた似た題名の本が二冊出ているんですが、お話ししますか？」

宮川がちょっと引っ掛かっていると、澄子が言った。

「ぜひお願いします」

と、宮川は自分の拘《こだわ》りを退《しりぞ》けて応じた。「もし〝殺人者〟が田丸さんの話された意味だとしたら、犯人はそちらの本を読んだのかもしれませんから」

「わかりました。それじゃ、題名をメモした紙がどこかにあると思いますので、少しお待ちください」

澄子が言って、腰を上げた。

澄子が部屋を出て行くのを待って、彼女の横でずっと黙っていた原島に、

「優しそうな方ですね」

宮川が言うと、原島が「ええ、まあ……」と曖昧《あいまい》に応えた。

「優しくないんですか？」

「いえ、とても優しいです」

どうも奥歯にものが挟まったような言い方だ。

「それにしては、原島さんは……」

「すみません。酷い目に遭って苦しんでいる子どもたちに対しては、これ以上優しい人はいないのではないかと思われるぐらい優しい人です。ですが、そうした子どもたちを救うためなら逆に怖い存在になるんです。いつか、幼児が裸でベランダに出され

ているという近所の通報を受けて駆けつけたときなど、『躾《しつけ》でやってるんだからおまえら他人には関係ない。帰れ！』と酒に酔った父親が包丁を突きつけて怒鳴っても、一歩も怯まず、とにかく子どもに会わせてくれと言い張り、中に入って子どもを救出したんです。僕など、後ろでぶるぶる震えていただけなのに……。子どものためには絶対に妥協しないという点は、所長や市のお偉方《えらがた》に対しても同じです。そのため、田丸さんをけぶたく思っている人も少なくなく、そういう人たちの間では、『ありゃ、いつもにこにこと仏様みたいな顔をしているが、本性は鬼だ、田丸じゃなく鬼丸だ』なんて言われているようです」

「そりゃ、凄いですね」

宮川は感心して言った。自分もけっしておざなりに刑事という仕事をしているつもりはないが、そこまでは打ち込めない。

「あの人は信念というか……使命感を持っているんです。直接聞いたわけじゃないのではっきりしたことは知りませんが、噂では、幼かったころに父親か母親の酷い虐待に遭ったようです。それで弱者……特に自分と同じような目に遭っている子どもたちのために働こうと思い、初めから児童相談所への配属を希望してN市の職員になった、という話です。ただ、すぐには希望どおりにならず、六、七年は教育委員会や福祉課にいたようですが……。その後、児童相談所へ移ってからは、宮沢賢治の『雨ニモマケズ』じゃないですが、苦しんでいる子どものためとなったら昼も夜もないんです。というわけで、下で仕事をしている僕らとしては、ちょっと大変なんですけど……」

「家族はいらっしゃるんですか？」

余計なことだと思いながら、宮川は気になって聞いた。

「いえ、お一人のはずです。結婚したことはあるようですが、詳しくは知りません」

他人の秘密を語る後ろめたさからか、原島が視線を落ちつきなく動かして声を低めた。

そのとき、澄子が小さな紙を手に戻ってきた。

「メモがどこかへいってしまって、なかなか見つからなかったものですから……失礼しました」

と言って、原島の横に腰を下ろした。

「これらの本は、私も正確な題名や著者は忘れていて、一昨日インターネットで調べなおしたばかりなんです」

澄子が宮川たちに笑みを向けた。

手にした紙に目を落とし、つづけた。

「一冊は、シェンゴールドと同じアメリカ人のモートン・シャッツマンという精神科医が著した『魂の殺害者』という本です。〈教育における愛という名の迫害〉という副題が付いていて、実在した一人の著名な裁判官がなぜ発狂したのか、彼の発狂は幼児期の父親の厳格な教育……教育の名のもとに行なわれた虐待とどう関連するのか、を分析しています」

怖そうな本だな、と宮川は思った。教育の名のもとに行なわれた虐待が本当に一人の人間を発狂させたのだとしたら、それはまさに魂を殺したことになるだろう。

「もう一冊は、スイスのアリス・ミラーという女性の精神分析家が書いた『魂の殺人』という本です。副題が〈親は子どもに何をしたか〉です。内容は『魂の殺害者』と似ていて、教育、躾の名のもとに行なわれる暴力、虐待がいかに子どもの魂を粉々に打ち砕くかを論じています。刑事さんたちの関心とは関係ないと思いますが、ヒットラーの性格と両親の養育の関係についても、六、七十ページつかって分析しています」

ということは、その本には、どうしてヒットラーのような人間ができあがったかが書かれているのだろうか。

宮川はそんなふうに想像しながら、

「それらの本は簡単に手に入りますか？」

と、肝腎な点を尋ねた。

「三冊ともポピュラーな本ではありませんが、大きな書店に行けば手に入ると思います。ただ、それよりは図書館で借りるのが早道だと思います。私も持っているのは『魂の殺害』だけで、あとの二冊は図書館で借りましたから」

「N市立図書館ですか？」

「市立図書館にもあるかもしれませんが、私が借りたのは県立中央図書館です」

「そうですか。ありがとうございます」

と、宮川は礼を言った。彼はとにかく、非常に似た題名のそれら三冊の本を手に入れ、柴と分担して読んでみよう、と思っていた。犯人がもしその一冊あるいは複数を読んでいれば、同じ本を読むことによって犯人に迫るための何らかの手掛かりを見つけられる可能性がある。

彼はまだ、「殺人者には死を！」の〝殺人者〟が、〈子どもを虐待してその魂を殺害した者〉の意味だと考えているわけではない。

だが、澄子に三冊の本の概要を聞いたからだろうか、初めのときよりは、もしかしたら……という思いを強めていた。

それから一週間後、あと二日で今年も終わろうという二十九日の午後、宮川と柴は香西市の国道沿いにあるファミリーレストランにいた。

松崎美里の殺された現場、死体の見つかった場所をもう一度見に行った帰り、二人で分担して読んだ本について話し合っていたのだ。

先日、二人は児童相談所から県立中央図書館へ直行すると、田丸澄子に聞いた本について調べてもらった。

職員はすぐにパソコンで検索し、三冊とも館内にあると応えた。

宮川は図書館と名の付くところに足を踏み入れたのは数年ぶりだったし、登録していなかったが、柴が市立と県立両方の図書館に登録し、カードを持っていたので、彼の名で三冊の本を借り出した。

そこまでは順調だった。

ところが、後が大変で、二人で分担して読めば二、三日で何とかなるだろうと思っていたのが甘い考えだったと思い知らされた。

昼は出歩いているので、机で本を読んでいる時間などない。睡眠時間を削り、電車やバスで移動している時間をフルに活用して読んだのだが、宮川が一冊、柴が二冊読み終わって二人で話し合うまで、一週間もかかってしまったのだ。

それでも、〝犯人に迫る手掛かり〟が見つかったのならいいが、残念ながら見つからなかった。澄子が初めに挙げた『魂の殺害』を担当した宮川は、本を開けば眠くなる彼としてはここ数年経験したことのない苦労の末、活字がぎっしりと詰まった本をやっと読み切ったにもかかわらず、結局、ちんぷんかんぷん。何が書かれているのかよくわからなかった、というのが正直な感想だった。

――私の読んだ二冊はそれほどでもなかったので、きっとそっちの本は難しかったんですよ。

と柴は言ってくれたが、たぶんそうじゃないだろう。勉強嫌い、活字嫌いが祟《たた》ったにちがいない……。

「結局、俺たちの求めていたものは見つからなかったわけだが、『殺人者には死を！』の〝殺人者〟の意味はどうなんだろう？」

宮川は言った。

昼食を済ませ、本を読んだ成果の有無を述べ合った後である。

「私は、〈子どもを虐待してその魂を殺害した者〉という意味である可能性が高いような気がしてきました」

と、柴が応えた。

「実は俺もそうなんだ。本を読んで、虐待が子どもの一生にいかに重大で深刻な影響を与えるかということがわかってみると……詳しい内容はほとんど理解できないのに、それだけは読み取れたんだが……俺もそんな気がしていた」

「ただ、〝殺人者〟の意味がそうなら、犯人の動機は子どもの虐待に関係していたことになるわけですね」

「うん」

「その場合、いったい誰が、具体的にどういう動機から久保寺亮と松崎美里を殺したんでしょう？」

「もちろん俺にもわからない」

「犯人は女である可能性が高いわけですが、久保寺ゆふと松崎一也に強く同情し、二人を虐待した親たちに激しい怒りを覚えた女ですかね」

宮川は首をひねった。

「他には考えられないように思えるんですが……」

「しかし、事は殺人だよ。どんなに二人の親たちに強い怒りを覚えたとしても、それだけで殺人まで犯すかね」

「ま、そうですが……では、どう考えたらいいんでしょうか？」

柴がちょっと突っかかるように言った。

「それがわかれば苦労しない」

「そうですね。すみません」

「べつに謝る必要はないが……」

「そうだ！」

と、柴が目を輝かせた。「以前、部長は、犯人は常識を超えたところで行動しているのではないかと言われましたよね？」

「ああ」

「もしそうなら、私の言ったような可能性もあるんじゃないでしょうか」

「なるほど」

と、宮川は考えながらうなずいた。

「ただ、そう考えても、具体的な犯人像は浮かんでこないんですが……」

柴が首をひねったとき、宮川の頭に柴から聞いた話がよみがえり、一つの可能性が閃《ひらめ》いた。

柴はさっき、『魂の殺害者』と『魂の殺人』には、虐待が子どもの心にいかに重大な傷を与え、成人後の考え方や生活にどんなに大きな影響を及ぼすかが、発狂したり自殺したり犯罪者になったりした実在の人物を例にして書かれている、と言ったのだ。

宮川はその話を思い出し、

——もしかしたら、犯人は子どものとき虐待を受けた人間ではないだろうか。

と、思ったのである。

自分が過去に虐待されたからといって、常識的に考えれば、自分を虐待したわけではない人を殺したりはしないだろう。

だが、その人間の頭の回路が少し狂っていたらどうだろうか。久保寺ゆふと松崎一也の苦しみと悲しみに強く共振し、自分を虐待した者に対する恨みと怒りを二人の親にぶつけた、とは考えられないだろうか。

宮川が自分の考えたことを話すと、

「そうか、確かにそうした可能性は考えられますね」

と、柴が明るい声で応じた。

「あくまでも一つの想像だが……」

「でも、そのセンに沿って調べてみる価値はあると思います」

「うん」

「まず、久保寺ゆふと松崎一也の事情をよく知っていて、自分も虐待を受けて育った可能性のある女を洗い出す。そういうことでしょうか?」

宮川はうなずいた。

「そして、その中に両事件の晩ともアリバイのない者がいないかどうかを調べる……」

宮川は柴の言うのを聞きながら、もしかしたら犯人に迫る道が見つかったのかもしれない、と思った。

# 第五章　負の連鎖

親友を暴行して自殺に追いやった男の死を祈ったにもかかわらず、男は死ななかった。

そのため彼女は、自分には特別の力などなかったのではないか、と疑い出した。

が、それなら、なぜ二度までも〝狼〟が消え、三人の人間が死んだのだろうか。

自問を繰り返していた彼女は、あるときその〝答え〟を見つけ、大きな衝撃を受けた。

まさか！　と否定した。まさか、いくらなんでも、そんなことが……。だいたい、そんなことが可能だろうか。

彼女は、二人と一人が死んだときの前後の状況を思い浮かべ（どちらも小学校へ入学する前だったがショッキングな出来事なのでよく覚えていた）、不可能ではないと判断した。

ということは、あれは祖母の仕業……直接手を下したわけではないが、祖母が行動した結果だったのだ。祖母は、彼女の話を聞いて〝狼たち〟に強い怒りを覚え、彼女の祈りに応えてくれたにちがいない。

そのとき祖母は、彼女にとって掛け替えのない人、彼女の母親を巻き添えにした。それを考えると、彼女の気持ちは複雑だったが、だからといって彼女は祖母を恨む気にはなれなかった。母は狼に脅える彼女をそのままにしたのに、祖母は助けてくれたのだから。

それはともかく、自分の祈りを現実のものにしたのは祖母だったらしいと気づいたとき、彼女は決意を固めた。祖母がいなくなったいま、親友の無念を晴らすためには、自分で自分の祈りに応えるしかない、と。自分の手で、ケダモノのような男に思い知らせる以外にない——。

彼女は夜、親友の家を見張って男の帰りを待ち受け、行動に踏み切った。

男を殺そうとしたのだ。

しかし、男は重傷を負っただけで死ななかった。

無念だったが、もう一度やりなおすのは難しい。

彼女は男の命を奪うのを諦め、「仇を取ってあげられなくてごめんね」と親友に詫びた。

自分は特別の力など持っていなかった。そう知った彼女は、もう自分に戒めを課す必要はなくなった。だが、別の理由から、特定の人間がいなくなればいい、いなくなってほしい、という祈りはできなくなった。もし本気で祈れば、自分でその祈りに応え、行動を起こさざるをえなくなるからだ。

その後、彼女は高校、大学と卒業して就職し、結婚もした。自分や他人の幸せは祈っても、恨みや憎しみからの祈りは遠ざけて暮らしてきた。長い間……。

が、運命は、彼女がまた真剣に祈らずにはいられない出来事を用意した。

## 1

一月五日（月曜日）の朝、九時を十分ほど回ったとき、N市児童相談所内に設けられている相談センターの電話が鳴った。

今日は仕事始めなので、今年最初の電話だった。

センターといっても専任の職員がいるわけではないので、初め女子事務員が応対し、すぐに田丸澄子に取り次がれた。

澄子が「お電話代わりました、田丸と申します」と名乗ると、女子事務員に「アパートの隣りの部屋の様子が変なので……」と言ったという相手が話すのをためらい出した。

声の感じからすると、六、七十代の女性だろうか。

澄子は、電話が切られてしまうのを恐れた。たとえ誤報だったとしてもけっして迷惑をかけないからと強調し、話してくださいと頼んだ。

女性は少し安心したのか、はいと答え、隣りの部屋に幼児が置き去りになっているかもしれない、と話し始めた。

女性によると、

彼女が定年退職した夫と二人で暮らしている隣りの部屋に、去年の十一月、二十代の母親と三、四歳ぐらいの男の子が引っ越してきた。話らしい話をしたことはないが、母親は水商売でもしているのか、夕方出かけて深夜に帰ってきているようだった。ところが、ここ数日、テレビの音はするし、人がいるらしい気配はあるものの、母親の声がまったく聞こえない。暮れごろまでは、男の子を呼んだり叱《しか》ったりする声が薄い壁越しにしていたのに。

女性は心配になり、昨日の昼過ぎ、ドアの前へ行って声をかけてみようかと夫に相談した。しかし、夫は、たとえ子どもが一人だったとしてもテレビを見ているなら問題ない、引っ越しの挨拶ひとつなかったような相手に関わるな、という返事。女性もそうかと思い、一度は引いたものの、一夜明けた今朝、母親が帰った気配はないし、子どもに万一のことがあったら、と急に不安になり出した。

それで——後で夫に怒られるかもしれないと思ったが——、夫が散歩に出るのを待って、以前、区から配られた「生活のしおり」に載っていた児童相談所の相談センターに電話したのだという。

澄子は、アパートの場所と名前、わかれば隣人の氏名を教えてほしいと頼んだ。

女性は、中央区宝来町一丁目にある「橋爪ハイツ」というアパート名を言った後で、

「名前まではわかりませんが、姓は南……東西南北の南さんです」

と、告げた。

澄子は、やはりそうだったか……とちょっと複雑な思いにとらわれた。南翔子に間違いない、と思ったのだ。

水商売らしい二十代の母親、三、四歳の男の子と聞いたときから、澄子はもしかしたら南翔子と太陽ではないかと思い、気持ちのどこかで別人であることを願っていたのだった。男の子が太陽でなければ、別の子が母親のネグレクトに遭っているわけな

ので、問題は変わらないにもかかわらず……。

翔子は、去年の九月、保護責任者遺棄の罪で懲役三カ月の有罪判決を受けた。が、執行猶予が付いたので、自由の身になった後、児童相談所の一時保護所で預かっていた太陽を引き取り、父親と継母のいる実家へ帰った。太陽を翔子の許に返す条件が、翔子と両親との同居――翔子に暴力を振るってきた父親には暴力を振るわないと約束させた――だったからだ。

しかし、澄子たちが危ぶんでいたように、同居はうまくいかず、わずか二カ月足らずで翔子は太陽を連れて実家を出たらしい。

澄子は、とにかくすぐに前田沙希の運転する車で橋爪ハイツへ向かった。

前田沙希は去年太陽の件を担当した澄子の部下だ。

橋爪ハイツは上下五戸ずつの二階建てアパートで、南翔子と思われる女の部屋は一階の真ん中だった。

澄子はアパートに着くと、浅原という通報者の女性から管理人の連絡先を聞き、沙希に鍵を借りに行かせた後、玄関のドアを叩き、「太陽君、太陽君」と呼びかけた。

と、奥のほうから「はい」と応える弱々しい声が返ってきた。

翔子親子の部屋であるのは間違いなかったらしい。

が、玄関まで来られたら鍵を開けてと言っても、人の近づく気配はなかった。澄子は、太陽は衰弱しているのかもしれないと思い、沙希が帰ってくる前に救急車を呼んだ。

十分ほどして、沙希がアパートの管理をしている不動産会社の社員と一緒に戻ってくるのと前後して、救急車も到着。

澄子は、責任は自分が負うからと社員に言ってドアの鍵を開けさせ、中へ入った。案の定、太陽が炬燵の中でぐったりとしていたので、すぐに救急隊員を呼び入れて診てもらった。

意識ははっきりしているので命に別状はないと思われる、と聞き、澄子は取り敢えずほっとした。ただ、栄養失調に脱水症状が重なっているらしい。

太陽は腕に点滴注射を打たれ、そのまま担架で救急車まで運ばれた。

澄子は、翔子を捜し出して連絡を取るように沙希に言いつけ、自分は太陽と一緒に救急車で病院へ向かった。

三沢病院という中規模の個人病院に着くと、太陽は救急外来ですぐに医師の診察を受けた。容態はほぼ救急隊員の見立てどおりだったが、あと数時間放置されていたら非常に危険な状態になっていただろうという。

太陽が小児病棟の四人部屋へ移されたので、澄子も病室まで行った。その後で、電源を切っておいた携帯電話を見ると、電話してほしいという沙希のメッセージが入っていた。

澄子は廊下の隅へ行き、沙希にかけた。

と、応答がなく、一度切れた後でかかってきた。

「すみません、車の運転中だったものですから。まだ南翔子と連絡が取れないんです」

沙希が面目なさそうな声を出した。

「実家は？」

翔子が太陽と一緒に実家へ帰ると決まったとき、当然ながらその所番地と電話番号を聞いてあった。

「最初に電話してみたんですが、両親とも不在らしく留守番電話なんです。……あ、それで、太陽君はどうですか？」

「いま、三沢病院にいるんだけど、心配はないって」

「そうですか」

沙希もほっとしたようだ。

「あなたはいま、どこにいるの？」

「南翔子の実家へ向かう途中です。父親か母親が帰ってくるかもしれないので、家の前で少し待ってみようかと……」

橋爪ハイツとは区が違うが、翔子の実家もN市内だった。

「その前に南翔子が帰宅した場合は？」

「浅原さんに頼んであります。それと、私のケータイの番号を書いた紙を玄関のドアに貼っておきました」

「そう。じゃ、間もなく警察が来ると思うし、私は病院にいるから、何かわかったら知らせて」

はいと応えて、沙希が電話を切った。


沙希から南翔子に連絡が取れたという電話が入り、十五分ほどして翔子が病院へ来たのは、太陽が入院してから四時間余り経ってからだった。

翔子の両親はまだ帰らず、どこへ出かけたのかもわからないままだったが、翔子が帰宅して沙希のメモを見たのである。

翔子は青い顔をして悄然《しょうぜん》と病室へ現われ、眠っている太陽の腕をさすりながら、

「ごめんね。太陽、ごめんね」

と言って、泣いた。

この娘はいつもこうなのだ、と澄子はやりきれない思いでそれを見ていた。我が子を愛していないわけではないし、優しい気持ちもあるのだが……そして反省はするのだが、すぐにその気持ちを忘れてしまうのである。あるいは、遊びたいという欲望に負けてしまうのである。

今度逮捕されれば、実刑は確実である。そうなったからといって、根本的な解決には繋がらない。刑務所を出てくれれば、翔子はたぶんまた同じことを繰り返すだろう。二十歳を過ぎているのだし、翔子本人にもちろん一番の責任がある。とはいえ、彼女は、身勝手な理屈を振り回して暴力を振るう父親、それでいて一片の反省もない父親によって、そのような人間に作られてしまったのだ。虐待されて育った者は、自分が親になったとき子どもを虐待することが多い、と言われている。いわゆる〝負の連鎖〟である。もちろんそうした偏見を持って人を見てはいけないが、翔子の場合はまさにそれだった。『魂の殺害者』という本によれば、ダニエル・シュレーバーというドイツの著名な裁判官は、子どものころ教育の名のもとに行なわれた父親の迫害、虐待によって魂を殺害され、四十二歳のとき発狂したという。翔子の場合はそれほどではないにしても、彼女も父親の虐待によって〝魂を殺害された者〟であるのは間違いない。そして今度は、自らが我が子、太陽の魂を殺害しようとしているのだ。

澄子は、誰もいない談話室へ翔子を誘い、事情を聞いた。

翔子は、澄子に尋ねられるまま素直に話した。

それによると、大晦日の晩から今日正月の五日まで、翔子は男――前回太陽をネグレクトしたときに交際していた男とは別人――の部屋で暮らしていたのだという。十一月初旬に実家を出て橋爪ハイツへ移った後、これまでにも数回男の部屋に泊まったが、いつも一晩だけだったので、問題が起こらなかったらしい。

翔子が太陽と二人で実家を出たのは、父親が翔子に対してだけでなく、反抗し始めた太陽にまで暴力を振るうようになったからだという。「はい」とすぐに返事をしなかったと言っては殴り、口答えをしたと言っては水風呂に浸けたりしていたが、翔子を足蹴《あしげ》にするのを見た太陽が「お祖父《じい》ちゃんの馬鹿！　お祖父ちゃんなんか死んじゃえ！」と言ったのがきっかけで暴力はさらにエスカレート。太陽の両脚を持って逆さ吊りにし、頭から畳に落とした。それまでは、父親が暴力を振るい出すと翔子は恐怖で身体が竦み、口答えひとつできなかった。が、そのときは、泣きながら父親の身体にむしゃぶりつき、なおも太陽をいたぶろうとしていた父親を死に物狂いになって止めた。

その翌日、このままでは太陽が殺されてしまうと思い、父親が出かけている隙《すき》に太陽と二人で実家を出た。初めは女友達の部屋に転がり込んだが、彼女の口利きでクラブホステスの仕事を見つけ、その支度金で橋爪ハイツの部屋を借りたのだという。

澄子と翔子が談話室から病室へ戻って間もなく、太陽が目を覚ました。

澄子は、三十分ほど母子二人だけにしてやってから、翔子をN中央警察署へ伴った。病院を訪ねてきた刑事に事情を聞かれたとき、自分が責任を持って翔子を出頭させるのでそれまで彼女の逮捕を待ってほしい、と言ってあったのだ。

翔子が逮捕された顚末《てんまつ》は、翌日のRタイムス朝刊で結構大きく報じられた。記事は署名入りで、それを書いたのは、昨年翔子の事件を報じたときと同じ可児という編集委員だった。

記事は、五日の夕方帰宅した翔子の父親――翔子の両親は暮れから温泉へ行っていたのだった――が孫に暴行を加えた疑いで警察に事情を聞かれた、という事実にも触れていた。澄子が留置場の翔子にセーターを差し入れに行ったとき、顔見知りになった刑事から聞いたところによると、父親は犯行を否認し、太陽の身体にすでに証拠の傷が残っていなかったため、逮捕は免れたらしい。

それから一週間ほどして、体力を回復した太陽が退院。澄子たちの児童相談所が一旦保護したが、今回は前回と違って愛の郷学園がすぐに引き受けてくれたので、太陽は一時保護所で三日間過ごしただけで、以前いた〈星の家〉へ移った。

## 2

北風が吹く寒い日の午後、南太陽が児童相談所の田丸澄子と前田沙希に送られて〈星の家〉へ来た。

〈星の家〉の子たちはみな学校や幼稚園へ行っているときだったので、太陽を片瀬玲美の許に置き、加奈と増淵は本部棟の応接室で澄子たちと話をした。

園長も一緒である。

加奈たちは、翔子が再び太陽をアパートの部屋に放置して逮捕されたことはRタイムスの報道で知っていた。また、澄子たちが太陽を保護したときの経緯については澄子から電話で聞いていたので、主に太陽の今後について話し合ったのである。

翔子は、今度は実刑が科せられるだろうし、執行猶予中の刑も同時に受けなければならないので、たぶん半年から一年は刑務所から出てくることはない。だから、太陽の今後といっても、当面の問題は祖父である翔子の父親、南始との関わりだった。

澄子から、翔子母子に対する始の虐待の詳細を聞いて、加奈は怒りで頭に血が昇るのを感じた。以前愛の郷学園へ怒鳴り込んできた始の顔を思い出し、現在の太陽の不幸を招いている元凶はあの男なのだ、と思った。

南始が太陽に面会を求めてきても絶対に会わせないでほしいと澄子は言ったが、加奈たちには、もとよりその気はなかった。今度は親権者である翔子の意思も同じなので、始の要求をはねつけるのに何の支障もない。もし彼がおとなしく引き下がらなければ警官を呼ぶから、と園長は言った。

その晩、太陽は泣きながら「ママ、ママ」と母親の名を呼び、泣き疲れて眠った。

翌晩も――加奈は宿直ではなかったが――同じだったようだ。

アパートの部屋に一人で放置されていたときも、太陽はきっと毎晩そうやって母親の名を呼びながら、猫の子のように炬燵で身体を丸めて眠ったのだろう。四日目、五日目ごろになると翔子が置いていったパンとスナック菓子を食べ尽くし、ひもじさに耐えながら。

それを想像すると、加奈は胸を締めつけられた。同時に、幼い子どもにそうした苦しみを与えた翔子と始に対して腹の底から怒りが湧き起こるのを感じた。

一週間ほどすると、太陽は母親の名を呼ぶことなく眠りにつくようになった。その代わりのように、ほとんど毎晩、（それまでしなかった）おねしょをした。が、それも一月も終わりごろになると二日に一度、三日に一度になり、やがてしなくなった。

加奈たちは、南始が何か言ってくるのではないかと身構えていたが、彼からの働きかけはなかった。

初めのうちは、孫に会わせろと要求してもどうにもならないとわかっているからだろうと思っていたが、だんだん、我が身可愛さから、藪蛇になるのを恐れているからにちがいない、と思い始めた。愛の郷学園へ怒鳴り込んで騒ぎを起こせば、警察へ通報され、翔子と太陽に加えていた暴力について再び追及されるおそれがある……。

太陽の件とは関係なく、このところ警察が自分のことを調べているらしいことが加奈は気になっていた。前に愛の郷学園へ訪ねてきた宮川刑事たちだ。実家の母や夫の英介を訪ね、加奈の子どものころの話や両親が離婚した事情、英介と別居している理由などを探り出そうとしたらしい。母からは「どういうことなんだい？」と不安げな顔をして聞かれたし、英介からは「おまえ、いったい何をやったんだ？」と怒った声で電話がかかってきた。

やがて二月になって節分が過ぎ、暦の上では春になった。

加奈は、それまでずっと迷いつづけていたことに決着をつけようと心を固めた。

## 3

妻が台所で一煮立ちさせた土鍋を運んできた。卓上コンロに載せて火が点けられたので、あとは縁に塗りつけてある味噌を溶かしながら適当に野菜や牡蠣《かき》や豆腐を入れるだけである。

宮川は風呂から上がり、自分で冷蔵庫から出してきた缶ビールの一杯目を飲み干したところだった。

滅多にアルコールを口にしない妻がコップを取ってきたので、宮川は半分ほどビールを注いでやり、残りを自分のコップに注いだ。

二月十一日（建国記念の日）の午後十時五十二、三分。

父親が四日ぶりに帰ったというのに、息子たちは自分の部屋から出てこない。

妻が二缶目のビールを取りに腰を上げたとき、電話が鳴った。

宮川は目顔で妻を制して腰を浮かし、テーブルの端に置いてある子機を取った。ちょっと嫌な予感が胸裏をかすめたが、ついさっき、捜査会議が終わった後で帰ってきたのだから、まさか呼び出しではないだろう。

彼はそう思いながら、「もしもし」と応答した。

「宮さん？」

葛城警部だ。

その声を聞いた途端、宮川の額のあたりに漂っていた酔いが吹っ飛び、彼は反射的に背筋を伸ばした。

「また起きた」

そうですという宮川の返事を聞き、葛城が言った。

「また……！」

「ああ、三件目だ」

もちろん、久保寺亮と松崎美里につづく殺人が起きたにちがいない。

「今度はどこですか？」

「N市内……泉栄区寿町二丁目六番地、児童遊園脇の路上……」

「久保寺亮のときと似た場所ですね」

「場所だけじゃなく、状況もそっくりだ」

「発見者は？」

「車で通りがかった近所の男だ。危うく轢きそうになり、驚いて急ブレーキを踏んだらしい。それで降りてみると、被害者の横に落ちていた小型ショルダーバッグに『殺人者には死を！』と書かれた紙が貼られていたんだそうだ」

「紙の大きさや文字の種類は前の二件と同じなわけですね」

「そう見て間違いない。とにかく俺はこれから現場へ向かうが……」

「それじゃ、私もすぐに参ります」

「うん。……あ、それから、被害者の身元はミナミハジメ、六十三歳。南、北の南に何かを始めるの始だ。運転免許証を持っていたのですぐにわかった。それじゃ、あとは向こうで……」

宮川が電話を終えると、ビールを取って戻った妻がテーブルの向こうに立ったまま緊張した目を向けていた。

「というわけで、せっかくの牡蠣の土手鍋とビールのお代わりはおあずけだ」

宮川は肩を竦め、口元に笑みを作ってみせたが、妻の硬い表情は変わらない。

「また同じ犯人なのね？」

「確定したわけじゃないが、間違いないと思う」

「お腹が空いたままじゃ、寒さが応えるわ。御飯だけでも食べて行ったら？」

「そうだな。朝まで何も食えないかもしれないから、そうしようか。じゃ、着替えをしてくるから、御飯に鍋の汁をぶっかけといてくれ」

宮川が着替えをして、オーバーとマフラーを手に戻ってくると、丼によそった御飯に牡蠣と豆腐の入った汁がかけられていた。妻が土鍋を台所へ持ち帰り、火力の強いレンジで煮てきたらしい。

宮川はそれを、ふーふー息を吹きかけながら食べ、妻に送られて玄関を出た。


翌日の朝、捜査会議が済むと、宮川は柴とともにN市児童相談所へ向かった。児童相談所で田丸澄子から事情を聞き、次いで香西市へ行って辻本加奈に会うつもりだった。

南始の殺害は、久保寺亮、松崎美里の殺されたのと一連の事件と判断され、昨夜のうちにN北署の捜査本部は三事件の合同捜査本部に名称を変えていた。

事件は、久保寺殺し、松崎殺しと犯行の手口が酷似していただけではない。被害者には、子どもまたは孫を虐待し、N市児童相談所と愛の郷学園〈星の家〉に関わりを持っていた、という共通点が存在。さらには、現場に残された「殺人者には死を！」というメッセージが書かれた紙の大きさ、質、文字のレイアウトなどが前の二件と完全に一致した。

バスに乗って柴と別々に座ると、宮川の脳裏に、昨夜会った南始の妻・静江《しずえ》の顔が浮かんできた。

静江からは、現場のそばに駐めた警察のワゴン車の中で事情を聞いた。葛城と一緒である。

回した座席に宮川たちと向き合って掛けた静江の顔は青白く引きつり、膝の上で握り締めた手が小刻みに震えていた。

六十三歳の男の妻にしては若い感じなので確かめると、四十五歳だった。始は最初の妻とは離婚。二番目の妻とは死別し、八年前、静江と三度目の結婚（静江は初婚）をしたのだという。

静江によると、始は二年前に勤めを辞め、現在は高校や大学の同窓会に頻繁に顔を出し、妻や友人とゴルフや旅行を楽しみ、悠々と年金生活を送っていたらしい。

事件に遭った昨日、建国記念の日も、午後から都内で開かれた高校のクラス会に出席して、帰宅するところだった。

バスを降りてから、風呂の準備をしておくようにと自宅に電話があったので、静江は浴槽の蛇口を開けて湯の温度を調節しておいた。帰ってきたとき、自分の言ったとおりになっていないと始は不機嫌になり、「誰のおかげで温々《ぬくぬく》と暮らしていられると思ってるんだ！」という怒声と一緒に平手や拳が飛んでくることもあったからだ。

その電話があったのは十時五分ごろ。ところが、バス停から自宅まではゆっくり歩いても十分とかからないのに、十時二十分を過ぎても帰らない。

どうしたのだろうか、途中で知った人とでも出会ったのだろうか、それにしてもこの寒いのに長々と立ち話をしているとも思えないが……とあれこれ想像をめぐらし、心配していると、パトカーのサイレンの音が近づいてきた。もしかしたら夫が交通事故にでも、と不安が胸をかすめたものの、まさかと思いなおし、いまに帰るだろうと玄関へ出て待っていた。そこへ制服の警官が駆け込んできて、南始の免許証を持った男性が路上で死亡していた、と知らされたのだという。

宮川たちは、久保寺亮かゆふ、松崎美里か一也という名に聞き覚えはないか、と静江に尋ねた。静江は、考えるような顔をして首を横に振った。が、次いでN市児童相談所か愛の郷学園か香西一中はどうかと聞くと、驚いたような怪しむような目をし、香西一中というのは知らないが、N市児童相談所と愛の郷学園ならよく知っている、と答えた。それから彼女は、義理の娘の翔子が現在保護責任者遺棄容疑で逮捕・勾《こう》留《りゅう》されていること、孫の太陽がN市児童相談所の世話で愛の郷学園〈星の家〉に入所していること、さらには、始が翔子に暴力を振るい、昨年の秋二カ月ほど翔子母子と同居したときには太陽にまで手を出すようになっていたこと、を明かした。

こうした静江の話と、「殺人者には死を！」というメッセージの簡易鑑定結果から、宮川たちは、南始を殺した犯人は久保寺亮と松崎美里を殺した犯人と同一人物にちがいない、と判断したのだった。

昨年暮れの二十九日、宮川と柴は、「殺人者には死を！」の〝殺人者〟は〈子どもを虐待してその魂を殺害した者〉の意味に間違いないだろうと考えた。同時に、久保寺亮と松崎美里を殺した犯人は自らも虐待された過去のある女ではないか、と推理した。

そこで彼らはまず、〈久保寺ゆふと松崎一也の二人に関わりのある女〉という条件に当てはまるN市児童相談所の田丸澄子、愛の郷学園の辻本加奈と片瀬玲美、香西一中の大沼彩子の四人を容疑者の第一次候補とし、親に虐待された過去があるかどうかをそれとなく調べてきた。

その結果、

田丸澄子については、すでに両親が死亡していたが、彼女自身が友人や知人に漏らしていた話から父親の虐待を受けて育ったことが確実になり、辻本加奈についても、父親のDVが理由で両親が離婚する前——小学校へ入学する前後——まで時々父親に暴力を振るわれていた事実が母親の口から明らかになった。

大沼彩子については、明るい性格で虐待されて育ったようには見えない、と友人や同僚が言い、仙台に住んでいる母親の妹も〈虐待を受けたなんて考えられない〉と言ったが、両親が死亡しているため、はっきりしたことはわからなかった。

片瀬玲美については、現在も両親、祖父母と同居しており、非常にあけっぴろげな家族らしく、近所の人や友人の話から虐待はないと見られた。

こうして、宮川たちは玲美を外し、澄子と加奈と彩子の三人を容疑者の第二次候補とした。

容疑者候補といっても、その選定と絞り込みは宮川たちの推理に基づいたものである。出発点の推理が正しいという保証はどこにもない。そうしたあやふやな根拠から三人を疑い、突っ込んで調べてもし的外れだった場合、これまで捜査に協力してくれた彼女たちに対し恩を仇《あだ》で返す結果になる。

そのため、三人に直接当たって事件の起きた晩の所在などを質すべきかどうか、宮川たちは迷っていた。

そんなとき、南始が殺されるという第三の事件が起きたのだった。

南始は、香西一中と大沼彩子とは何の関わりもない。

そこで宮川たちは容疑者候補から彩子を外し、これ以上ためらっていて第四の事件が起きてからでは遅いと考え、思い切って澄子と加奈にぶつかることにしたのだった。

ただ、澄子と加奈のどちらが犯人だったとしても……どちらを犯人と考えても、宮川はすっきりしなかった。

理由は二点あった。

一点は、警察が自分を疑って調べているのに――親や友人、知人に聞き回っていたのだから気づかないわけがないだろう――どうして第三の事件を起こしたのか、という疑問があるからであり、もう一点は、動機の想像がつかないからだ。

宮川はこのうち特に動機の問題に強く引っ掛かった。

犯人が澄子であっても加奈であっても、久保寺亮と松崎美里と南始をなぜ殺そうと考え、実際に殺したのか？　それが不可解なのだ。

自分も親に虐待されて育ったために、ゆふ、一也、翔子（太陽）を虐待して彼らの魂を殺害した親（祖父）を激しく憎んだ――。

そこまでは理解できる。

だが、それと殺人では次元が違う。そうした憎しみと殺人との間には、理性、良心、恐怖、実行の困難さ……といった、容易には越えられない高いハードルがいくつも存在する。それなのに、犯人はそれらを軽々と飛び越えた（かのように見える）。たとえ犯人の頭の回路が多少狂っていたとしても、犯人にそれを可能にさせたものは何だったのか、犯人の行動の裏には何があったのか。それがわからないのだった。

宮川たちは、前回と同じ相談室で田丸澄子に会った。

昨夜南始が殺されたのを知っているかと聞くと、朝刊で見たと澄子が答えた。

宮川が告げた表向きの訪問理由は、南太陽を保護したときの模様を聞くことである。しかし、澄子にも宮川たちの本当の狙いがわかっているのだろう、前回、前々回と違い、硬く身構えるような表情をしていた。

宮川はまず三冊の本を教えてもらった礼を述べ、「殺人者には死を！」の〝殺人者〟は澄子から聞いた意味で間違いないようだ、と話した。それから、ひとわたり翔子と太陽に関する話を聞き、昨夜殺された南始に会ったことはあるかと本題に話を進めた。

去年の五月に翔子が逮捕されたとき、泉栄区の自宅を前田沙希と二人で訪ねて会った、と澄子が答えた。

「当然、南翔子と太陽君の件で会われたわけですね？」

「そうです」

「どんな話をされたんですか？」

「話らしい話はしていません」

「どういうことでしょう？」

「私たちは、南翔子が太陽ちゃんを虐待するようになった因《もと》は父親の考え方と行動にあると考え、きちんと話し合うために行ったんですが、相手が聞く耳を持たなかったんです。四、五分、玄関先でやり取りをしただけで追い返されました」

「田丸さんたちが娘と孫のことを心配して、わざわざ出向かれたのに？」

「ええ」

「腹が立たれたでしょう？」

「話し合いができなかったのは残念でしたが、腹は立ちません。そうした対応はべつに珍しくありませんから」

本当だろうか。失礼な対応は珍しくなくても、腹は立つのではないだろうか。

宮川がそう思っていると、澄子が彼の心の内を読んだかのように言葉を継いだ。

「それぐらいで一々腹を立てていたのでは、私たちの仕事は勤まりません」

「そうですか。ところで、今度、その南始さんが殺され、現場にはまた『殺人者には死を！』と書かれた紙が残されていたんですが、それについて田丸さんはどう思われますか？」

「私がどう思うかとは、どういう意味でしょう？」

澄子の目に警戒するような、困惑したような色が浮かんだ。

「犯人の動機についてです。久保寺さんと松崎さんと同様に南さんも娘と孫を虐待し、二人の魂を殺害したために殺された、私たちはそう考えたんですが、田丸さんはいかがですか？」

「さあ、私にはわかりません」

と、澄子が首を横に振った。

「『殺人者には死を！』の〝殺人者〟を田丸さんが言われたように解釈するかぎり、そうとしか考えられないんです」

「松崎さんが殺されたとき、久保寺さんの場合と同じメッセージが残されていたと聞き、もしかしたら殺人者というのは子どもの魂を殺害した者の意味ではないかと思ったので、私はそのことを刑事さんにお話ししただけです。犯人の動機なんて考えたことがありません」

「そうですか」

「刑事さん、持って回った言い方はお互いに時間の無駄ですから、私を疑っているのでしたら、はっきりと言ってくれませんか」

澄子が宮川に強い視線を向けた。

「我々はべつに田丸さんを疑っているわけでは……」

「疑ってなければ、私がどこでどういう育ち方をしたかといったことなど調べたりされないと思いますが」

当然だが、やはり気づいていたらしい。

「ご不快に感じられたら、お詫びします。これが私たちの仕事だと思って、お許しください」

「刑事さんにとってはそうやって一言謝れば済むことかもしれませんが、個人的な事情を聞き回られた私はどうなるんですか?」

「事件に関係がないかぎり、公表することはありません」

「公表しなくても、私は友達や同僚に変な目で見られ始めています」

「その点についてはお詫びする以外にありません」

「とにかく、これ以上こそこそ調べられるのは嫌ですから、私を疑っているのでしたら、いま、この場で何でも聞いてください」

「わかりました。それでは単刀直入にお尋ねします」

宮川は応えた。相手のほうから言い出してくれたので手間が省けた、と考えるべきだろう。

「第一の事件が起きた去年の十月二十六日、第二の事件が起きた十二月十六日……日曜日と火曜日ですが、それらの夜と昨日の夜、どこで何をしていたかを教えていただけませんか」

「去年の二晩については、すぐにはわかりません。後で手帳を調べればわかるかもしれませんが……」

「では、取り敢えず、昨日の晩について教えてください」

「マンションの自分の部屋におりました」

澄子が、宮川と同じ緑川区内に住んでいることは調べ済みだった。

「もうご存じだと思いますが、タイガーズマンション緑川の七〇二号室です。昼は溜まった家事をしたり本を読んだりし、夜は早めに食事の後片付けを済ませた後、録画しておいた黒澤明の『八月の狂詩曲《ラプソディー》』を観ていました。ただ、私は独り暮らしなので、それを証明してくれる人はおりません」

「誰かが訪ねてくるとか誰かから電話がかかった、ということはありませんか？」

「ございません」

「田丸さんからどなたかに電話されたということは？」

「それもありませんが……たとえあっても、最近友達と話すときはほとんどケータイですから、家《うち》にいた証拠にはならないと思います」

「車はお持ちですね」

宮川は知っていたが、聞いた。

「持っています」

「昨夜、それはどこにありましたか？」

「マンションの駐車場です。区画は二十八ですから、必要なら調べてください」

澄子の車が昨夜ずっと駐車場にあったとしても、彼女が外出しなかったことにはならない。彼女の所有しているのは赤のワゴン車なのに、久保寺家の近くと松崎事件の現場で目撃されたのはいずれも白かシルバーのセダンだった。つまり、澄子が犯人なら、犯行にはレンタカーか誰かから借りた車を使用した可能性が高い。

宮川の質問がひととおり済んだところで澄子が席を外し、手帳や日誌を調べてきた。だが、去年の十月二十六日についても、十二月十六日についても、夜どこで何をしていたかはわからない、と言った。

## 4

宮川たちは児童相談所を出ると、市内循環のバスでN駅へ行き、電車を待っている間に〈星の家〉に電話をかけた。予告なしに訪ねるつもりでいたのだが、もし辻本加奈が出勤していなかったら無駄足になるからだ。

電話したのは正解だった。

応対した増淵が、加奈は夕方にならないと出てこないと言った。

宮川はいい機会だと思い、昨夜加奈がどこにいたかわかるか、と聞いた。

「そんなこと知りませんよ。自宅じゃないですか」

増淵が少し怒ったような調子で答えた。警察が加奈について調べているのに気づき、義憤を感じているのかもしれない。

「宿直ではなかったわけですね？」

「違います。宿直は僕ですから。ですが、もし辻本さんを疑っているのだとしたら、お門違《かどちが》いも甚だしいと思いますよ。あの人に人殺しなんかできるわけがない」

「参考にさせていただきます。ところで、辻本さんの自宅の電話か携帯電話の番号を教えていただけませんか」

住所はわかっていたが、訪ねても不在だったら待っていなければならない。

「じゃ、ケータイの番号を言います」

増淵が不機嫌そうな声で応え、十一個の数字を読み上げた。

増淵との電話を終えた後、宮川がいま聞いたばかりの番号にかけると、少しして加奈が出た。

痰《たん》の絡んだような、少ししゃがれた声だった。

宮川が名乗り、これから自宅か指定した場所へ行くので会ってほしいと言うと、二日酔いで頭ががんがんしているのでいまは誰にも会いたくない、と拒否された。

「南始さんが昨夜殺されたのはご存じですか？」

「知っています。少し前にテレビのニュースで見ました」

「どう思われましたか？」

「殺されていい気味だとは言いませんが、正直、同情も感じません」

「太陽君の件があるからですね」

「そうです」

「ついては、その件でぜひ辻本さんに伺いたいことがあるんです」

「でしたら、夕方五時過ぎに〈星の家〉へ来てください」

「これから自宅へ伺わせていただくわけにはいきませんか」

「困ります」

「それじゃ、失礼ですが、昨夜どこにいたかを教えてください」

「先月、母のところにまで行ったそうですけど、私を疑っているんですね」

「辻本さんだけを疑っているわけではなく、被害者と関わりのあった方は全員、一応調べさせてもらっています」

「刑事さんは仕事だと言われるかもしれませんが、疑われた私は迷惑です。私は、久保寺さん、松崎さん、南さんの殺された事件とは何の関係もありません。昨夜なら、十時半ごろまで東京の新宿にいました」

　新宿からN市泉栄区の事件現場まで移動するには一時間半前後は見なければならないだろう。だから、いまの話が事実なら、加奈は泉栄区寿町で十時十五分ごろに起きた殺人事件の犯人にはなりえない。

「どなたかとご一緒に？」

「六時から八時ごろまでは別居している夫、辻本英介と一緒でした。これまでずっと先延ばしにしてきた離婚について、はっきりさせようと話し合っていたんです。その後は、真っ直ぐ家へ帰る気になれなかったので、一人でお酒を飲んでいました」

「お子さんは？」

「今夜の宿直勤務が明ける明朝まで、母に預かってもらっています」

「酒を飲んだ店はわかりますか？」

「覚えていません。ただ、伊勢丹の近くで夫と別れ、駅へ歩いて行くとき目についた居酒屋へ入り、その後も二軒ほど似たような店を梯子《はしご》しました」

これでは、昨夜の事件に関して加奈にアリバイがあるのかないのか、はっきりしなかった。

ただ、加奈の話がもし虚偽なら、二日酔いというのも嘘であろう。宮川たちに会えばそれを見破られるおそれがあるため、訪問を拒否している可能性がある。

宮川と柴は、自宅マンションの部屋にいたという田丸澄子だけでなく辻本加奈についても、昨夜の所在に関する明確な事実をつかめないまま、夜八時から始まった捜査会議に臨んだ。

宮川たちは加奈との電話を終えた後、念のために東京まで行って辻本英介に会い——英介と加奈が昨夜会っていた時間は加奈の言ったとおりだった——、その後加奈が彼と別れてから入った可能性のある居酒屋を何軒か聞いて歩いた。が、彼女らしい女性客を覚えている店員は見つからなかった。

というわけで、加奈にも南始殺しのアリバイはなかったが、かといって彼女の話を嘘だと決めつける証拠もなく、宮川たちは澄子と加奈のどちらがより怪しいかという判断をつけられずにいたのだった。

澄子が犯人だった場合、「殺人者には死を！」の〝殺人者〟の意味を宮川たちに教えたのはなぜか、という疑問があった。ただ、せっかく現場に残したメッセージの意味が伝わらないでは目的が果たせないため、警察がなかなかそれを読み取れずにいたので業を煮やして教えた、と考えれば説明がつかないではない。

澄子にしても加奈にしても、会ったかぎりでは、とても三人の人間を殺せるような女性には思えなかった。二人は苦しんでいる子どもたちを助けるために毎日働いており、むしろ人並み以上に優しい女性に見えた。が、今回の一連の事件の場合、だからこそ……とも考えられるのである。なぜなら、殺されたのはそうした子どもたちを虐待していた親と祖父なのだから。

ただ、そう考えても、依然として動機が腑に落ちなかった。犯人自身も親に虐待されて育ち、ゆふ、一也、翔子と太陽を虐待した者たちに強い怒りと憎悪を抱いたとしても、そこから殺人の実行に到るまでの過程が見えないからである。

宮川は、もしかしたら自分たちは見当外れのところへ目を向けているのではないか、と不安を覚えないではない。

しかし、三人の被害者全員に関わりを持っていて、殺人現場に「殺人者には死を！」というメッセージを残しそうな女性は、二人を除いて浮かんでこないのだ。

捜査会議では、いつものようにそれぞれの捜査班からの報告が行なわれた。

犯人の特定に直接結び付くような成果を挙げた班はなかったが、被害者・南始について調べた班からは彼の経歴や日頃の言動などがかなり詳しく報告された。

それによると、

南始はN市出身で、東京の東名大学法学部を卒業。大手建設会社・亜細亜《あじあ》建設に就職し、営業第一部長で定年退職。一年間嘱託として勤めた後は年金生活に入り、悠々自適の生活を送っていた。

このように、経歴を見るかぎりでは、特に問題になるような点はどこにも見当たらない。一流大学を出たエリートサラリーマンである。ところが、そうした表の顔の裏で彼はＤＶを繰り返していた。結婚は三回。二十七歳で最初の結婚をしたが、子どもができないまま八年で離婚し（大阪に住んでいるその最初の妻に電話で聞いたところ、暴力に耐えきれずに逃げ出したのだという）、四年後、十二歳の娘がいる女性・川合《かわい》亜紀子《あきこ》と再婚。二年後に翔子が生まれ、翔子が四歳のとき、亜紀子の連れ子・麻里《まり》が自殺した。自殺の原因については、妹の翔子にも始の現在の妻・静江にもわからないという。麻里が死んだ十年後、翔子が十四歳のときに亜紀子が病死。その前から始は何かというと亜紀子と翔子に対して暴力を振るっていたが、母親が亡くなった後、翔子が学校を抜け出して街を遊び歩くようになったこともあり、暴力はさらにエスカレートした。亜紀子が死んで半年もしないうちに静江と三度目の結婚をし、そのころから翔子はほとんど家に寄りつかず、高校に進んだものの、一年足らずで退学。翔子が十八歳のとき、同棲していた男の子ども・太陽を産んだ後は、家に帰れば「この恥さらしが！」と言っては殴った。昨年の九月、太陽をアパートに放置して保護責任者遺棄罪に問われた翔子に執行猶予付きの判決が出ると、二カ月ほど翔子母子と同居したが、孫の太陽に対してまで暴力を振るい始めたため、翔子が太陽を連れて別居。この正月、翔子は再び太陽をネグレクトして逮捕されたが、始は保身からか〝我関せず焉《えん》〟を決め込んでいた——。

この報告のうち、宮川は、翔子の父親違いの姉・麻里が自殺したという事実に引っ掛かった。自殺の原因はわからないというが、南始という男の性行と麻里の年齢から推して、始に性的な虐待を加えられていた可能性が考えられたからだ。

もしこの想像が当たっていれば、義理の娘か実の娘かの違いはあるものの、ゆふに性的な虐待を繰り返していた久保寺亮の場合と共通する。

麻里の自殺は十七年も前の話である。南始が義理の娘に対して性的虐待を加えていたとしても、それが今度の事件に関係している可能性は薄いだろう。

そう思いながらも、宮川は気になった。二つのケースの類似に何か意味はないのだろうか、と。それが一連の事件の動機に関わっていることはないのだろうか。

ただ、もしそこに意味があった場合、新たな疑問が出てくる。松崎美里のケースは、同じ虐待といっても久保寺亮、南始の場合と異なるからだ。それなのに、なぜ彼女まで同じ犯人に殺されたのか——。

と考えると、たとえ南始が麻里に性的な虐待を加え、彼女を自殺に追いやっていたとしても、やはり今度の一連の事件には関係がないのだろうか。

宮川があれこれ想像し、考えているうちに、刑事たちの報告が終わった。

その後、質疑応答、石川管理官のまとめとつづき、最後に葛城から翌日の方針が提示され、散会になった。

宮川は切っていた携帯電話の電源を入れた。

と、Rタイムスの可児武志から、

——話したいことがある。そちらの都合がいいときに電話をくれ。

というメッセージが入っていた。

話したいことがあるなどと言っているが、どうせ南始の殺された件について何か聞き出そうという魂胆にちがいない。

宮川はそう思ったので、無視して柴と食事に出た。

四十分ほどして食事から帰ると十一時を回っていたが、宮川は可児のケータイに電話してみた。

「遅いじゃないか」

応答した可児が、不機嫌そうな声で前置きなしに言った。

「すまん。ずっと電源を切っていたから」

と、宮川は嘘をついた。

「フン。どうせ警戒してかけてこなかったんだろう」

どうやらお見通しのようだ。

「せっかく、捜査の参考になりそうな事実を教えてやろうと思ったのに」

「どんな事実だ？」

「それを話す前に一つだけ教えてくれ。容疑者は浮かんでいるのか？」

「夕方、捜査一課長の記者会見があっただろう」

「課長は、前の二件と同一犯人だと思われるとしか言わなかった」

「それなら、俺もそれ以上は言えない」

「なら、俺も教えないぞ」

「あんたの話は、本当に捜査の参考になりそうなことなのか？」

「信用できないんならいいさ」

「そういうわけじゃないが……」

「質問を変える。久保寺事件の前と当日に目撃されたメガネをかけた女、松崎美里が殺された晩に目撃されたブーツを履いた女……これらの女についてはどの程度捜査が進んでいるんだ？」

「やはりノーコメントだな」

「仕方がない。それじゃ俺から話すが、後でその気になったら話してくれ」

わかった、と宮川は少し緊張して応えた。可児がどういう話をしようとしているのか、具体的には想像がつかない。が、犯人と思われる女に関する情報らしかったからだ。

「去年の夏から秋にかけて、南翔子の裁判が開かれたのは知っているだろう？」

と、可児が聞いた。

「ああ」

「公判は三回開かれ、俺は三回とも傍聴したんだが、俺以外にも全回傍聴した人間がいたんだ。帽子を被って、マスクとサングラスをかけた女だ」

宮川は生唾を呑み込んだ。もしそれが久保寺事件と松崎事件のときに目撃された女と同一人物だとしたら……！

「その女を……いや、百パーセントその女だとは言い切れないが、その女と思われる女を俺は南始の家のそばで見た」

可児がつづけた。

「いつだ、それは？」

宮川は思わず怒鳴るように聞いた。

「南翔子が逮捕された二日後……一月七日の夕方だ。そのときはメガネはかけていなかったが、黒いコートのフードを被り、マスクをかけていた」

「裁判に来ていた女と同じ女だとよくわかったな？」

「顔を隠して全回傍聴していたので、何となく気になっていたからだと思う。フードとマスクで顔の半分ぐらいは隠れていても、ひと目見たとき、アッと思った。年齢や体付きが似ていたこともあるが、たぶんそれ以上に全体の雰囲気だな」

「いくつぐらいのどういう感じの女だ？」

宮川の胸は激しく動悸《どうき》を打ち始めていた。

「歳は二十代後半から三十代ぐらいで、体付きは中肉中背。どことなくインテリっぽい感じ、とでも言ったらいいかな……」

田丸澄子も辻本加奈も条件に当てはまる。ただ、そうした女はごまんといるだろうが……。

「南始の家へは取材に行ったのか？」

「もちろんそうだ。もう一人の記者と交代で張っていた。いくらインターホンを鳴らしても応えないので、門の見える場所に車を駐め、南始が外出するのを待っていたんだ」

「じゃ、女を見たのは車の中から？」

「ああ。だが、二回見ているし、初めのときは前から歩いてきた顔と姿を見ているので、裁判に来ていた女に間違いない。二度目のときは、十分ほどして引き返してきた」

「つまり、その女は南始の家の前を二度通った？」

「そう。足を緩めることなく、いかにも通行人のような振りをしてな」

もし可児の見た女が犯人なら、三番目の標的に南始を選び、行動を調べていた可能性が高い。第一の事件の前、久保寺家を監視していたときと同様に。車と徒歩という違いはあるが……。

ただ、そう考えても、女が翔子の公判を三回も……それも顔を隠して傍聴していた、という事実が何を意味しているのかは、よくわからなかった。

その時点ですでに南始の殺害を計画していたために、素顔を見られないようにしたのだろうか。

いや、それはおかしい。いくら顔を隠しても、殺人を計画している人間が、殺そうとしている相手の来る可能性が高い裁判にマスクとサングラスという注意を引く姿で三度も傍聴に行くはずがない。

とすると、去年の夏の時点では、女はまだ南始の殺害を考えていなかったのだろうか。それとも、可児が見た女は三人を殺した犯人ではないのだろうか。

そのどちらの場合であっても、依然として疑問が残った。

女はなぜ、顔を隠して三回も翔子の裁判の傍聴に行ったのか。もし女が一連の事件の犯人でないとしたら、翔子あるいは始とどういう関わりのある人間なのか……。

考えていても答えが出ないので、

「あんた、もう一度その女に会えばわかるか?」

と、宮川は肝腎の質問をした。

「たぶんわかると思う」

と、可児が答えた。

「帽子やフードを被らず、マスクとサングラスをかけていない状態でも?」

「うーん、この女じゃないとはわかっても、この女だと言い切るのは難しいかな。ま、実際に会ってみないことには、はっきりしたことは言えない」

「そうか……」

「特定の女が浮かんでいるのか?」

可児の声が緊張を帯びた。

「いや、そういうわけじゃないが」

宮川は否定した。

「あんたの声は嘘だと言っているぞ。何だよ、人から聞くだけ聞いておいて」

可児が責めた。

宮川は、可児に田丸澄子と辻本加奈を見てもらいたかった。だが、そうするには事情を明かさないわけにはいかず、宮川一人の判断では決められない。

「おい」

「明日の朝まで待ってくれないか」

宮川は応えた。可児の想像どおりだと認めたことになるが、やむをえない。

「待ったら、どうなるんだ？」

「こっちから電話する」

「わかった」

と、可児が引いた。宮川の事情は彼にもわかったのだろう。

「あんたが見たという女の話は、他に誰が知っている？」

宮川は気になっていた点を質した。

「俺と交代で南始の家を張っていた樋口《ひぐち》という記者だけだ」

「じゃ、当面誰にも話さないでおいてくれないか」

「明日の朝までは話さないと約束しよう。だが、その後どうするかはわからん。あんたの電話次第だ」

可児がちょっと笑いを含んだ声で言い、「じゃあな」と電話を切った。

5

翌朝、宮川は石川と葛城が出勤してくるのを待ち受け、可児の話を伝えた。

二人とも戸惑いと興奮がない交ぜになったような顔をして聞いていたが、結論は宮川が考えていたのと同じだった。

記事にしないという条件で、二人の女性が参考人として浮かんでいる事実を可児に明かす。ただし、二人の氏名や勤務先は教えない。今日これから田丸澄子と辻本加奈を訪ねて任意出頭を求め、一人ずつ署へ同行して可児に面通しさせる。

――以上である。

宮川は可児に電話をかけて事情を説明した後、柴の運転する覆面パトカーに乗り、まずN市児童相談所へ向かった。

すでに田丸澄子が出勤している時刻だったからだ。

可児が田丸澄子と辻本加奈を見て、そのどちらかを裁判所と南始宅の近くで見た女だと思うと言ったとしても、それで犯人が確定するわけではない。

とはいえ、その人物が一連の事件の犯人である可能性がかなり高くなる。

そう思うと、宮川は車の中で強い緊張と胸の昂りにとらえられていた。

児童相談所に着き、いつものように澄子に面会。捜査への協力を要請すると、彼女の顔から見るみる血の気が失せ、それは白い能面のようになった。

澄子は所長と相談してくるからと言って、奥へ引っ込んだ。

逮捕状があるわけではないので拒否されたら面倒だな、と宮川たちが危惧《きぐ》していると、彼女は五分ほどで戻ってきて、

「承知しました。それでは支度してきます」

と、素直に任意同行に応じた。

宮川たちは取り敢えずほっとし、澄子をN北署へ伴った。

ひとまず署長室の隣りの応接室へ通し、十分ほどして可児がやってきたので、さっそく面通しをした。

葛城のいる取調室へ柴が澄子を連れて行き、それをマジックミラーを通して別室か

ら可児に見せたのである。歩く姿、横顔、それから正面からの顔、と。

澄子がテーブルを挟んで葛城の前に腰を下ろしても可児が何も言わないので、

「マスクもサングラスもかけていないので、わからないか？」

と、宮川は聞いた。

「いや」

と、可児が視線は澄子に向けたまま首を横に振った。

「じゃ……？」

「違う」

「違う？　あんたが裁判所と南始宅の近くで見た女じゃないということか？」

「ああ。歩き方や身体全体の印象が別人だ。見えていた顔の部分の感じも違う」

「もう一度よく見てくれ」

「何度見たって同じだ。電話でも言ったように、この女がそうだとは言い切れなくても、違うのはわかる。百パーセントとは言わないが、九十パーセント以上の確率で別人だと思う」

「わかった」

と、宮川は応えた。違うと言うものは仕方がない。

それなら、加奈だろうか。辻本加奈こそ可児の見た女であり、一連の事件の犯人だろうか……。

宮川たちは礼を言ってひとまず可児を帰し、澄子を児童相談所まで送り届けた。

その足で愛の郷学園へ行き、出勤していた加奈に任意出頭を求めた。

加奈は顔色を変えたが、夕方六時に勤務が終えた後なら……ということで宮川たちの要請に応じた。

可児に再び来てもらい、加奈の面通しをしたのは七時半過ぎだった。

宮川は、今度こそという期待と、また違ったら……という不安、こもごもの気持ちで臨んだ。

当たったのは不安のほうだった。

澄子のときと同じように、可児は、自分が裁判所と南始宅のそばで見た女ではない、と言ったのである。

宮川は、身体から力が抜け落ちるのを感じた。

澄子と加奈が可児の見た女と別人だからといって、犯人でないと決まったわけではない。が、その可能性が大きく減じたのは間違いなかった。

それだけではない。

澄子も加奈も犯人でないとしたら、〈犯人も親に虐待されて育ったのではないか〉という想像が誤りだった可能性が高くなる。また、そうなると、犯人の動機が益々わからなくなる。

宮川たちは、とにかく一度容疑者候補から外した片瀬玲美と大沼彩子についても可児による面通しを行なうことにした。

玲美は二十五歳なので、可児の見た二十代後半から三十代ぐらいの女という条件ぎりぎり。彩子の場合、久保寺ゆふと松崎一也とは関わりがあっても、南始や翔子（太陽）とは面識さえないはずである。だから、ほとんど期待できなかったが……。

翌日、宮川は可児の予定を聞いた後で玲美と彩子に連絡を取り、玲美とは昼過ぎに香西駅前のマクドナルドで、彩子とは晩の七時にN駅近くの喫茶店で会い、別の席にいた可児に見てもらった。

先に会った玲美について、可児は「明らかに別人だ」と言った。

予想していたとおりだった。

そのこともあり、彩子のときは、宮川と柴はほとんどやる気をなくしていた。セットした以上は……という半ば義務的な気持ちで彩子の指定した喫茶店へ出向いた。

ところが、彩子と十五分ほど話し、可児より一足先に喫茶店を出て覆面パトカーの

中で待っていた彼らにもたらされた可児の第一声は、

――顔かたち、雰囲気、姿勢や歩き方が似ている。

というものだった。

「ほ、本当か！」

「断言はできないが、七、八割の確率で俺が見た女じゃないかと思う」

宮川は強い興奮にとらえられた。

身体の中に力がよみがえり、沈みかけていた水底から一気に浮上し、さらに空中へ飛び上がったような気分だった。

「名前や素性を聞いても、どうせ教えちゃくれないんだろうな」

可児が言った。

「すまん。だが、教えられるときがきたら真っ先にあんたに知らせる」

宮川は感謝を込めて応えた。

可児と別れ、来るときの自分とは別人になったような気持ちで捜査本部へ帰った。

翌日から、宮川たちは大沼彩子についての調べを進めた。

田丸澄子と辻本加奈に代わって彩子が浮かんできても、彼女が久保寺亮ら三人を殺した犯人だと決まったわけではない。

彩子を署へ喚《よ》び、重要参考人として追及するためには、越えなければならない二つの厚い壁が宮川たちの前に立ちはだかっていた。

一つは、彩子と南始の関係だ。

彩子が翔子の裁判を全回傍聴していた女で、南始を殺した犯人なら、彼女と始あるいは翔子との間に何らかの関わりがあったはずである。それなのに、これまでのところ両者の生《せい》の軌跡《きせき》がどこで交わっていたのか、わかっていない。だから、それを突き止める必要があった。

もう一つは、澄子か加奈が犯人ではないかと疑っていたときと同じように、犯行動機の問題である。

子どもや孫を虐待して、その〝魂を殺害した〟三人の被害者をどんなに激しく憎んだとしても、殺人に踏み切るには大きな飛躍が必要だっただろう。彩子にそれを可能にさせたものは何だったのか、それを明らかにしなければならない。

彩子の過去はこれまでにも一応調べてあり、二歳のときに実父と死別したこと、翌年母親が再婚し、継父と三人で暮らしていたが、母親と継父も彼女が五歳のときに交通事故で死亡したこと、その後、実父の両親である祖父母の許に引き取られたが、半年余りして祖父が死亡し、大学を卒業した翌年に祖母が亡くなったこと、などがわかっていた。つまり、彩子は、幼いときに実父、母親と継父、祖父と相次いで近しい者を亡くし（母方の祖父母は彩子が生まれる前に亡くなっていた）、それから成人するまではずっと祖母と二人きりの生活だったらしい。

こうして見ると、彩子の幼・少女時代は――祖父母に資産があったので経済的には困らなかったらしいものの――幸せだったとは言えないようだ。それでいて、彩子にはそうした育ちからくる暗さがなかったらしく、友人や知人たちの目には〝程々に裕福な家庭に育った明るい性格の聡明な女性〟と映っていた。また、彩子の唯一の身内とも言うべき母親の妹も、彩子が母親や継父、祖父母に虐待されたといったことはないと思う、と言った。

たとえ彩子が暗い子ども時代を送ったとしても、あるいは誰かの虐待を受けていたとしても、動機の謎が解けるわけではない。

とはいえ、いまや容疑者候補の筆頭になった以上、彩子の過去をもう一度きちんと調べなおす必要がある。

宮川たちはそう考え、前回は電話で話を聞いただけだった彩子の叔母、滝口房江《たきぐちふさえ》に会うために仙台まで行った。

仙台駅前にあるホテルのロビーに待っていたのは、彩子に似た目の大きな女性だった。

宮川たちはロビーから喫茶室へ移り、夫の実家の和菓子店を手伝っているという滝口房江から話を聞いた。

「姉は彩ちゃんを大事にしていたし、姉と再婚した峰岸《みねぎし》さんも優しい穏やかな人で、彩ちゃんをとても可愛がっていました。ですから、虐待なんてなかったと思います。それから、彩ちゃんの実父である大沼さんのご両親にしても、たった一人の孫である彩ちゃんをもう目の中に入れても痛くないほど可愛がっていましたから、やはり虐待なんて考えられません」

宮川が虐待の可能性についてあらためて質すと、房江はそう答えた。彩子が幼かったころ、房江は東京の大学へ通っていたので、都内の団地に住んでいた姉のところへ頻繁に遊びに行っていたのだという。

「滝口さんも彩子さんの祖父母である大沼さんに会ったことがあるんですか？」

「ございます。姉が亡くなったときに会っていますし、その前にも一度、峰岸さんの車で姉と彩ちゃんと一緒にN市の郊外にあるお宅へ伺ったことがあります」

「彩子さんの母親が再婚した後、再婚相手の峰岸という人まで大沼さんと交際していたわけですか?」

「ええ。私たちの両親は早くに亡くなっていましたし、峰岸さんの実家は九州でしたから、姉と峰岸さんは大沼さんのご両親を自分たちの親のように思い、よく行っていました。夫婦で外国へ旅行するときなど、彩ちゃんを預かってもらうのに都合がよかったという理由もあったかもしれませんが……。それに、大沼さんたちも孫の彩ちゃんに会えるので二人を歓迎し、自分たちの実家だと思って気兼ねしないように、と言っていたんです」

「彩子さんの姓が大沼なのは……?」

「姉が再婚したとき一度は峰岸姓になったんですが、姉たちが亡くなった後大沼さん夫婦の養女になり、父親の姓に戻ったんです」

「彩子さんの父親はどうして亡くなったんですか?」

宮川は参考までに聞いた。

「病気です。大腸ガンでした」

房江が当時を思い出したのか、ちょっと痛ましげに目を伏せた。

「母親と継父は交通事故で亡くなったのだそうですね」

「ええ」

「どういう事故だったんでしょう?」

「高速道路のフェンスに激突したんです。預けてあった彩ちゃんを迎えに大沼さんのお宅へ行き、帰る途中でした。運転していた峰岸さんはお酒を飲んでいたんです」

「では、彩子さんだけ助かった?」

「彩ちゃんは車に乗っていなかったんです。帰る少し前お腹《なか》が痛くなったために残ったんです。本当に不幸中の幸いでした。大沼さんたちによると、お酒は食事のときにビールを出しただけなのでそれほど飲んでいないし、帰るときはもう醒《さ》めていたはずだ、と言うんですが……」

「二人が亡くなった後、彩子さんは父方の祖父母である大沼さんに引き取られたわけですね」

「そうです」

「それから半年ほどして祖父も亡くなったそうですが、病気ですか?」

「いえ、自殺されたようです」

「自殺ですか……!」

「早朝、お祖母ちゃんにも彩ちゃんにも気づかれないように家を出て、一キロほど離れた林の中で首を吊っていたんだそうです」

「原因はわかっているんですか？」

「さあ……。ただ、後で彩ちゃんに聞いた話では、前の晩、ご夫婦で激しく言い争うというか、お祖母ちゃんがお祖父ちゃんを責めているようだったというんですが……」

宮川は気になった。

母親と継父は酒を飲んで車を運転して事故死、祖父は自殺と、彩子の三人の身内が相次いで尋常とは言えない死に方をしていたからだ。しかも、母親と継父が死んだとき、一緒に帰るはずだった彩子だけが祖父母の家に残った……。

宮川の頭に一つの〝解釈〟が浮かんだ。

出発点は〈彩子が継父と祖父に性的虐待を受けていたのではないか〉という想像である。

もしこの想像が当たっていれば、継父と母親の自動車事故は祖母による未必の故意の殺人だった可能性が高くなる。祖母が継父に多量の酒を飲ませ、彩子には腹痛を起こすようなものを食べさせるか、お腹が痛いと言わせて、残るように仕向けたのだろう。また祖父は、孫娘に手を出したことを祖母に激しく難詰され、己れの行為を恥じて自殺した……。

彩子にも虐待された過去が存在した――。

宮川の想像ではあるが、十分考えられる。

だが、彩子に関する過去がたとえこのとおりだったとしても、今度の事件の動機の解明に直接は結び付かない。

宮川たちは依然として目の前に壁を感じながら、喫茶室を出たところで滝口房江と別れ、新幹線で帰路についた。

二人がN北署の捜査本部へ帰ると、彩子と南始の関わりを調べていた刑事たちも壁の前で足踏みをつづけていた。

彩子と南始（翔子・太陽）の過去のどこを調べても、両者の間に関わりが存在した形跡がないのだという。

ということは、彩子は犯人ではないのだろうか。翔子の裁判を全回傍聴した女、南始宅の前を行き来していた女は、彩子ではなかったのだろうか。

宮川はそう思い、少し弱気になり始めた。

ところが、翌日、彩子と南始を結ぶ一本の線が見つかった。

彩子と始の継子の麻里が県立N女子高校の同級生だったのだ。

もちろん、これだけでは彩子と南始の間に関係があったとは言えない。

が、そこから二人の〝重大な関わり〟が明らかになるまでそう長くはかからなかった。

そしてそれが突き止められたとき、動機の謎も半ば解け、捜査幹部たちは三人を殺した犯人は大沼彩子にちがいないと確信。彼女に任意出頭を求め、本格的な事情聴取に踏み切った。

6

石川と葛城に彩子の取り調べを命じられたのは、これまで何度か彼女に会って事情を聞いている宮川と柴である。

二人は窓に鉄格子が嵌《は》まった狭い取調室へ彩子を招じ入れると、中央に置かれたスチール机の奥に掛けさせた。それから、机を挟んで手前側に宮川が掛け、柴が宮川の右手の小さなテーブルについた。

柴の前には、彩子の供述を記録するためのノートパソコンが開かれている。

宮川があらためて署まで来てもらった礼を述べると、彩子が「いえ」と低く応えた。

顔は青ざめ、緊張しきっていた。それでいて脅えの色はあまり感じられない。警察がどこまでつかんでいるかわからないからだろう、全身に警戒の鎧《よろい》をまとって宮川たちの出方を待っている、そんなふうに見えた。

緊張しているのは宮川たちとて同じだった。彩子が犯人にちがいないと考えても、まだそれを裏付ける証拠がない。だから、彼らには、彩子を追及して自供に追い込む、という重要な任務が課せられていた。

「先日、N駅前の喫茶店で会ったとき、大沼さんは私たちに嘘をつきましたね？」

宮川は前置きなしに本題に入った。

彩子が特徴のある大きな目で見返した。宮川の言葉の裏にあるものを探るような光が浮かんでいた。

「どうなんですか？」

宮川は返答を促した。

「刑事さんが何のことをおっしゃっているのか、私にはわかりません」

彩子が惚けた。

「南始が殺されるという事件が起きるまで彼も娘の翔子も知らなかった、と言ったことです」

先夜可児による面通しを行なったとき、彩子は宮川の問いにそう答えた。

そのとき宮川たちは南始の殺された晩の所在についても質し、アリバイのないことを確認していた。自宅マンションの部屋に一人でいた、と彼女は答えたからだ。

「それなら、私は嘘をついておりません。新聞で事件のニュースを読むまで知りませんでした」

彩子が言った。

「それはおかしいですな」

「どこがでしょう？」

「大沼さんは、去年の夏から秋にかけて開かれた、南翔子が保護責任者遺棄罪で起訴された事件の公判を三回……全回傍聴しているはずです。その第二回公判には南始も証人として出廷しています。それなのに、事件が起きるまで二人を知らなかったということはありえない」

「刑事さんはどなたかと人違いされているんじゃないでしょうか。私はそうした裁判が開かれたなんて知りませんし、もちろん傍聴もしておりません」

「三回とも傍聴席に座っていたあなたを見た者がいるんですよ」

「どなたかしら？」

彩子が小首をかしげてみせた。「行ってもいない私を見たなんて……」

「いずれ引き合わせます。あなたはマスクとサングラスをかけていたので、わからないと思っているかもしれませんが、その人は気にして観察していたんです。それだけじゃない。その人は先月、南翔子が再び逮捕された日の翌々日にも、南始の家の前であなたを見ているんです」

彩子の目の中を動揺の色がよぎったように感じられた。翔子の裁判の傍聴に来ていた人間に南始宅の前でも目撃されていようとは想像していなかったのだろう。

「その人が先日あなたを見て、裁判の傍聴に来ていた女性、南始の家の前で会った女性に間違いない、と言ったんです」

「その方がどう言われたか知りませんが、人違いです。私は南翔子さんの裁判にも、南始さんのお宅の近くへも行ったことがありませんから」

「どうしても認めないわけですか」

「事実でないことを認めたら、それこそ嘘になってしまいますわ」

彩子が口元に微《かす》かな笑みをにじませた。見られた女が自分だという証拠はどこにもないとわかり、余裕を取り戻したようだ。

「そうですか」

と、宮川は一旦引いた。自分の追及に彩子が初めからあっさりと兜《かぶと》を脱ぐとは思っていなかったので、落胆はしていない。ここまでは次の尋問へ進むための助走であり、むしろ計算どおりだった。

「それじゃ、別のことを聞きます」

と、彼は話を進めた。「大沼さんは県立N女子高校の出身ですね？」

彩子の顔に緊張が走り、目に身構えるような光が浮かんだ。宮川が次に何を聞いてくるか想像がついたようだ。

「……ええ」

「N女子高時代、二年三年と同級だった南麻里さんを覚えていますか？」

彩子の表情が〝やはり……〟という反応を示した。

「覚えているんですね？」

「はい」

と、彩子が認めた。否定しきれないと判断したのだろう。

「あなたと麻里さんは親友だったそうですね？」

「さあ、親友と言えるかどうかはわかりません」

「当時の級友たちに尋ねたところ、あなたと麻里さんはまるで双子の姉妹のように仲が良く、いつも一緒に行動していたという話ですが、違うんですか?」

「いつも一緒というわけじゃありませんわ」

「それならそれでいいですが、麻里さんは三年生に進級して間もなく自殺していますね?」

「ええ」

「自殺の原因はわかりますか?」

「いいえ」

「警察が調べても確かな動機がはっきりしなかったようですが、あなただけは知っていたんじゃないですか?」

「どうして私だけが……」

「もちろん、麻里さんがあなたにだけ、秘密を打ち明けていたからです。そのため、亡くなったとき、麻里さんがなぜ自ら命を絶ったのか、あなたにはわかったんです」

宮川の想像だが、間違いないと思う。

「麻里さんの秘密なんて、私は何も聞いていません。ですから、麻里さんがどうして自殺したのか、見当もつきませんでした。ただ、私がもっと親身になって相談に乗ってあげていれば麻里さんは自殺しなかったのではないかと思い、後悔はしましたが」

麻里の自殺を止められずに彩子が後悔したのは事実だったにちがいない。が、それは、麻里の自殺の動機を知らなかったからではなく、知っていた（か、あるいは麻里の死後知った）からだろう。そう考えないと、彩子がその後に取った行動の説明がつかない。

「大沼さんは、当然、麻里さんの葬式に行きましたね？」

宮川の質問の意図がつかめないからか、彩子が一瞬返答をためらってから、

「ええ」

と、肯定した。

「そのとき、麻里さんの継父とも当時四歳だった妹とも顔を合わせているはずです」

「合わせたかもしれませんが、覚えていません」

「それじゃ、麻里さんが自殺して半月ほどしたころ、麻里さんの継父の南始が夜道でナイフを持った人間に襲われ、重傷を負ったのは覚えていますか？」

彩子と南麻里がN女子高校の同級生だと突き止めた刑事たちは、その成果に力を得て、さらに南始の過去についての調べを進めた。そして探り当てたのが、彩子と南始の〝重大な関わり〟が明らかになる端緒となったこの事件だった。

心中の不安と動揺を示すかのように、彩子の目の中で影が揺れた。

が、彼女はすぐにそれを押し隠し、

「いいえ」

と、答えた。

否定することにしたらしい。

「覚えていない？」

「ええ」

彩子が宮川から目を逸《そ》らした。

宮川はいかにも解せないというように首をひねってみせた。

「変ですな」

彩子は無言だった。

「それは変だ」

宮川は繰り返した。

彩子は目を上げない。顔は血の色を失い、白く強張っていた。宮川たちが何をつかんだか、想像がついたのだろう。

「その事件は新聞に結構大きく載ったが、新聞やテレビで報じられようと報じられまいとあなたは覚えていたはずだ。なにしろ、あなた自身がその事件に関係していたのだから」

「私は事件に関係なんかしておりません」

彩子が顔を上げて否定した。

「確かに、あなたの関わりが公になることはなかった。被害者である南始が、犯人は若い男だったと言い張ったために。しかし、それは嘘だった」

南始について調べていた刑事たちが近所の人から聞き込んだのは、〈麻里が自殺して間もないころ、始が夜道で強盗に襲われて重傷を負った〉という話だった。

十七年も前のそんな件が今度の事件に関係しているとは思えなかったが、刑事たちは念のため、インターネットで当時の新聞を調べてみた。警察の捜査記録が残っているかどうかわからなかったし、たとえ残っていても捜し出すのは容易ではないからだ。

新聞の報道は南家の近所で聞いた話と大差なく、

〈犯人はナイフを持った若い男で、帰宅途中の南始に襲いかかり、脇腹と腕を刺して全治二カ月の重傷を負わせ、財布を奪って逃げた〉

というものだった。

このとおりなら彩子は関係ないが、刑事たちの報告を聞いたとき、

——ひょっとしたら、事件は彩子の犯行ではないか。

と、宮川は疑った。

麻里の自殺の原因は南始の性的虐待で、彩子はそれを知っていたのではないか、と推測していたからである。

が、宮川が自分の想像を述べると、どんな動機があろうと女子高校生が大の男を襲うなんて考えられない、ありえない、と一笑に付された。それに、たとえ宮川の想像どおりだったとしても今更事実を突き止めようがないではないか――。

宮川は納得できず、不満だった。

絶対にありえないだろうか、また事実を突き止める方法はないだろうか。

そう自問していた彼の頭に、十七年前、事件の捜査に関わった刑事を捜し出し、話を聞いたらどうか、という考えが浮かんだ。

自分の求めている話を聞ける可能性はかなり低いだろうが、ダメ元である。

こうして、宮川と柴は、事件当時、所轄のN南署に勤務していた長谷《はせ》川《がわ》圭一《けいいち》という退職刑事を捜し当て、県南の田舎町に住んでいる彼を訪ねた。

と、白くて長い眉毛が特徴的な七十年配の男は、開口一番、

――名前は忘れたが、あれは被害者の娘の友達の犯行にほぼ間違いないね。

と、言ったのである。

長谷川によると、犯行直後、現場のほうから足早に歩いてきた高校生ぐらいの娘を見た者がいた。だが、被害者が犯人は若い男だったと言っていたので、初めはその娘を疑わず、もしかしたら犯人を見ているかもしれないと思って捜したのだという。

――そうしたら、被害者の娘……娘は半月ほど前に自殺していたんだが、その娘の同級生の中に、娘が自殺した後ずっと学校を休んでいる生徒がいるというじゃないか。しかも、その女生徒は死んだ娘の親友だったらしい……。俺たちは祖母と二人で住んでいたその娘を訪ね、事情を聞いた。娘は真っ青な顔をして、自分は関係ない、事件の起きた晩は自宅にいた、と言い張った。祖母も、孫はその晩一歩も家から出ていないと証言した。俺たちは二人が嘘をついていると思ったので、被害者に何とかして本当のことを話させようとした。だが、被害者もまた……娘の友達を庇ってか別の何らかの理由からか、自分は嘘をついていない、犯人は若い男に間違いない、財布を奪って娘が目撃された道とは逆のほうへ逃げた、と頑強に言い張った。そのため、娘の家を家宅捜査《がさいれ》するわけにもいかず……ま、したところで凶器のナイフなどはもうどこかに捨てられてしまっていただろうがね……いくら被害者が事実を隠しているらしいと思ってもどうにもならなかったんだ。

長谷川の話を聞いて、宮川は、麻里が継父の南始に性的虐待を受け、それが原因で自殺したのは間違いない、と思った。同時に、前に考えたように、彩子も幼かったとき継父と祖父に性的虐待を受けたにちがいない、と確信した。だから、麻里が自殺したとき、彩子は始に激しい怒りと憎悪を覚え、女子高校生が大の男にナイフで襲いかかるという尋常では考えられない行動に出たのであろう――。


「南始はなぜ、自分を刺した犯人は若い男だったと言い張ったのか？」

宮川はつづけた。

彩子が応えないのはわかっていた。

「真犯人が捕まり、その口から、麻里さんの自殺の原因である己れの卑劣で醜悪な犯罪が表に出るのを恐れたからだ」

彩子は宮川と目を合わせようとしない。全身が強張っているのがわかった。

「南始の卑劣で醜悪な犯罪――。それは麻里さんに対して性的な虐待をしていたこと……そして彼を刺した真犯人はあなた、大沼さんですね」

「ち、違います。何を証拠にそんなことを言うんですか？」

彩子がきっと目を上げて言った。狼狽している心の内を押し隠すかのように。

「刺された被害者が認めないので、証拠はない。だが、当時あなたを調べた刑事はそのは迷惑です」

「刑事さんがどう思われたかは知りませんが、刑事さんの主観だけで犯人扱いされる

「麻里さんが亡くなった後、あんたは学校へ行かずに家に引き籠もっていた。そのときあんたは、家を訪ねてきた刑事に、麻里さんの継父が刺された事件についていろいろ尋問されたはずだ」

宮川は、彩子の抗議に取り合わずに話を進めた。意識したわけではないのに、「あなた」が「あんた」になっていた。

彩子は宮川の意図が読めないからか、不審と不安の入り交じったような目を彼に向けている。

「つまり、たとえあんたが南始を刺した犯人でなかったとしても、この事件と……麻里さんの継父である南始と、これほど重大な関わりを持っていた。それなのにあんたは、麻里さんの継父が刺された事件を覚えていないと言った。南始の殺される事件が起きるまで彼を知らなかった、と言った。つまり、あんたは明らかに嘘をついたわけだ」

宮川は話をスタート地点へ戻した。

彩子は無言だった。

「違うかね？」

「違います。事件のことなど本当に忘れていたし、南さんも本当に知りませんでした」

「どこを押したら、そんな答えが出てくるんです？」

「南という姓はそれほど珍しい姓ではありません。ですから、麻里さんのお父さんと殺された南始さんが同じ人だとは思わなかったんです。今日、刑事さんに言われるまで気づかなかったんです」

「そんなはずはない！」

宮川は思わず声を荒らげた。「高校生だったあんたにとって、南始を刺した犯人だと刑事に疑われ、根掘り葉掘り事情を聞かれたのは生涯忘れることのできない出来事だったはずだ。それなのに、南始という被害者の名前……親友の継父の名前を忘れるわけがない。嘘をつくのもいい加減にしたらどうです」

彩子は答えられないからだろう、無言だった。

「南始を知らなかったというのは嘘だね？」

「嘘じゃありません。忘れるわけがないと言われても、忘れていたんです」

彩子が言い張った。矛盾していても否認し通すことにしたらしい。

「それじゃ、百歩譲って、あんたの言うとおり忘れていたと仮定してみよう」

宮川はひとまず一歩引いた。「だが、そこに、南始が殺されるという事件が起き、現場には、あんたのよく知っている久保寺ゆふさんと松崎一也君の親たちが殺されたときと同じように『殺人者には死を！』と書かれた紙が残されていた。あんたは当然大きな衝撃を受け、同時に南という被害者の姓から南麻里さんを連想したはずだ。なぜなら、事件の起きた現場は麻里さんが住んでいた町だったからだ。南家は麻里さんが亡くなった後も引っ越していないからね。あとは誰が考えても、殺された南始が麻里さんの継父だと思い当たるまで一直線――。それなのに、あんたは今日まで気づかなかったと言い張っている。それは、南始も翔子も知らなかったと言ったそもそもの初めから嘘をついているとしか考えようがない」

宮川は断定した。

彩子は抗弁しなかった。宮川から目を逸らすまいとしていたが、その顔は苦しげだった。

「では、事実はどうだったのか？」

宮川は言葉を継いだ。「去年の五月、南翔子の保護責任者遺棄事件が起きたとき、あんたは翔子が麻里さんの父親違いの妹だと知った。そこで、翔子が父親の虐待を受けて育ったと報じられたこともあって、裁判の成り行きが気になり、マスクとサングラスをかけて公判を全回傍聴した――」

「そんなのはみんな刑事さんの想像です。事実じゃありません」

彩子が反論した。「初めに言ったように、私は南翔子さんの裁判になど行っていません」

「それじゃ、南始が麻里さんの継父だと今日まで気づかなかったと嘘をついたのはなぜです？　どうしてそんな嘘をつく必要がある？」

「私は嘘などついていません」

「それなら、私の指摘した矛盾について納得できるように説明するんだ。嘘じゃないと言うんなら、できるだろう」

彩子がまた黙り込んだ。

「あんたは、私の述べたことを想像だと言ったのだから、説明する義務がある」

「………」

「どうなんだ？」

「話したくありません」

「それじゃ、私の言ったことは事実だと認めるんだな」

「いいえ、違います。私は、これ以上話したくないだけです。刑事さんが何を言われても、私はもう何も話しません。私にはその権利があるはずです」

「権利か」

「ええ、憲法で保障されている黙秘権です。刑事さんは、私が久保寺さんと松崎さんと南さんの三人を殺したと疑っておられるんでしょう？　それなら、私が殺したという証拠を見せてください。そうしたら、何でも話します」

彩子の口調は勝ち誇ったようでも居直ったようでもなかったものの、顔にはどこか余裕の色が感じられた。宮川たちが証拠をつかんでいないとわかったからだろう。

宮川は胸の内で歯嚙みした。

彩子が麻里の継父である南始をナイフで刺したと突き止めたときには、動機の謎も半ば解けたと思った。かつて、それだけ思い切った行動に出た彩子なら、ゆふに性的虐待を加えた久保寺亮と、麻里を強姦《ごうかん》して自殺に追いやり、いままた翔子と太陽を虐待した南始の殺害に踏み切っても不思議はないからだ。

ただ、そう考えた場合、疑問が一つ残った。松崎美里を殺した動機である。一也に対する美里の虐待は、久保寺亮と南始による虐待とは質的に異なる。それなのに、なぜ彩子は美里まで殺したのか――。

南始に関する供述の矛盾を衝いて追及すればその点も明らかにできるのではないか、と宮川は期待していた。彩子を自供に追い込めるのではないか、と。

しかし、読みが甘かったらしい。彩子はあくまでも知らぬ存ぜぬとシラを切り、いよいよそれが通らないとなったら黙秘に逃げ込んだのだ。

結局、その日は夕方まで取り調べても何も得られず、宮川たちは彩子を帰さざるをえなかった。

# 終章　ソウル・マーダー

自分には祖母が言ったような特別の力などなかった。だから、特定の人間がこの世からいなくなるようにと祈れば、それは単なる祈りでは済まなくなる。自ら行動を起こさなければならなくなる。

そう気づいた彼女は、男……自殺した親友の継父をナイフで刺した後、恨みや憎しみからの祈りは自制してきた。

とはいえ、彼女はけっして男を許したわけではなかったから、その存在はいつも頭の隅に引っ掛かっていた。

それが再び彼女の意識の前面に出てくるような出来事が起きた。

男の娘——親友の父親違いの妹——が幼い我が子を虐待して逮捕されるという事件が起き、娘が父親である男によって長い間暴力を振るわれつづけてきた事実が明らかになったのだ。

彼女は気になり、娘が保護責任者遺棄罪で裁かれる裁判の傍聴に通った。男が自分を覚えている可能性は低いだろうと思ったが、廊下か傍聴席で顔を合わせた場合にそなえ、帽子を被り、マスクとサングラスをかけて。

いや、顔を隠した理由は、男に気づかれないようにと思ったからだけではない。もしかしたら自分が取るかもしれない行動を考え、夏にマスクをかけて多少目立ったとしても素顔を晒《さら》さないほうがよい、と判断したのだ。

裁判を傍聴し、なんて酷い男なのだろうと彼女はあらためて思った。義理の娘を暴行して自殺に追い込んでおきながら、一片の反省もなく、実の娘に対しても暴力を振るいつづけてきたらしい傲慢きわまりない男――。彼女は自殺した親友の悔しさと苦悩を思い、男に対する怒りと憎しみを新たにした。あんな男など生きていても他人に害悪を及ぼすだけなのだから、いなくなればいい、と思った。しかし、自分に特別の力がないとわかった以上、男の死を本気で祈ることはできない。

それは様々な意味で怖かった。男をナイフで刺したときは若く、親友の死の直後だったという事情もあり、深く考えることなく突き進んだ。突き進めた。が、多少なりとも分別が付いた現在は、高校生のときのようにはいかない。

彼女が理性と恐怖の高い壁を前に佇《たたず》んでいるとき、彼女の勤めている中学から転校して行った教え子が、実の父親から親友と同じ性的虐待を受けていた事実を知った。父親の性的虐待から逃れて児童養護施設に入っていた教え子が、施設を出て家へ戻るや、再び父親に襲われたのだ。

教え子の話を聞いたとき、彼女は頭に血が充満し、一瞬何も見えなくなった。かつての自分や親友と同じように、女という性がまたケダモノのような男の手によって弄ばれた。許せない、と思った。絶対に許せない！ 教え子には、母親に話してすぐに児童相談所を訪ね、避難するように、とアドバイスしたが、たとえそうしたところで根本的な解決にはならないだろう。こういう男は、娘が自宅へ帰ってくればまた襲いかかるのは火を見るより明らかだった。

では、どうしたらいいのか？

彼女には、その答えはわかりすぎるほどわかっていた。

## 1

平井は、八時四、五分過ぎに彩子の部屋へやってきた。

顔にまるで血の色が感じられず、恐怖に引きつったような表情をしていた。

その顔を見て、彩子は、自分の到達した〝答え〟に間違いないようだと思った。

彩子がN北警察署からマンションの部屋へ帰ったのは午後五時近く。それから一時間余りしたとき、平井が思いつめたような声で、〈大事な話があるので今夜訪ねてもいいか〉と電話してきた。

彩子は、刑事たちの取り調べから解放された後、考えつづけた。マンションへ送り届けられる車の中でも、部屋へ帰ってからも。このところずっと考えてきた、――いったい誰が私の意を体現するような行動を起こしたのか？　という問題を。

そして、一つの解答に至りながらも、自分の思い違い、思い過ごしであればいいが、と願っていた。

だが、その後でかかってきた平井の電話の声を聞き、それはなさそうだと感じていたのだった。

彩子は平井を居間へ通し、コーヒーを淹れてきた。

その間、平井は何も言わなかったし、彩子も話しかけなかった。

彩子は二人分のコーヒーを盆からローテーブルへ移し、平井の正面に腰を下ろした。

それを待っていたように、平井がソファから腰を外し、テーブルの横に跪《ひざまず》いた。

彩子に向かって両手をつき、

「大沼先生には何と言ってお詫びしていいかわかりません。本当に、本当に申し訳ありませんでした」

と、額を絨毯《じゅうたん》に擦《す》りつけた。

彩子は〝やはり〟と思った。

「平井先生、椅子に戻ってください」

と、少しきつい口調で言った。

「ですが……」

平井が戸惑ったように目を上げ、彩子を見た。

「私、土下座とか……そんなやり方は嫌いなんです」

彩子がつづけると、平井が背を丸めて元のソファに戻り、

「すみませんでした」

と、頭を下げた。

「どうぞ」

彩子は何事もなかったようにコーヒーを勧めた。

「いただきます」

と、平井が硬い表情をしたまま応じた。

彩子は、真面目だが融通の利かない男を見やりながら、やり場のない腹立たしさを覚える一方で強い自責の念を感じた。この歳下の同僚を狂わした因《もと》は自分だからだ。カップに軽く口をつけてから、言った。

「私も先生に謝らなければならないわ」

「と、とんでもない」

平井が慌てたように、手にしたばかりのカップをソーサーに戻した。

「でも、先生を引き返しの利かないところへ追いやってしまったのは私でしょう？　私が先生に対する自分の気持ちをきちんと話していれば、こんなことにはならなかったはずでしょう？」

「いえ、けっして先生のせいじゃありません。先生は〈僕が嫌いじゃない〉と言われただけなのに、僕が性急にプロポーズしたのがそもそもの始まりですから。そして僕は、先生の心の中へ土足で踏み込んでしまったんです。謝って許していただけるような問題ではありませんが、本当にすみませんでした」

平井がまた深々と頭を下げた。

「もういいわ。やめましょう」

いつまでもこんなやり取りをしていても何にもならないので、彩子は言った。

ふだんのときなら、こんな穏やかな対応は絶対にできなかっただろう。が、いまは、自分に対する行為の何十倍……いや、何百倍も重大な罪を犯してしまった平井を難詰する気にはなれなかった。許すことはできないが、責めることもできなかった。

「それから、僕が女性の犯行のように見せかけたために、先生にご迷惑をかけてしまいました」

「平井先生は、私が今日警察に喚《よ》ばれたことをどうして知ったの？」

「やっぱり、警察へ行っていたんですね。たぶんそうじゃないかとは思ったんですが……」

「どうしてそう思ったのかしら？」

「今朝、先生から学校に、急用ができたので休むという電話があったと聞き、ピンときたんです。これまで、先生は病気のときを除いて急に休まれたことがありませんでしたし、警察が先生について調べているのに気づいていましたから。ただ、僕は、自分の想像が間違っていたとしてもかまわなかったんですが」

「私が警察に行ったんじゃなかったとしてもかまわない……？」

「はい」

「どういうことかしら？」

「このままなら、警察は先生に対する疑いを強め、先生にいっそう迷惑が及ぶだろうと思っていました。ですから、そうなる前に先生にすべてを話し、警察に名乗り出ようと決めていたんです」

彩子の中には、少し前から、〈犯人は自分の留守中にマンションの部屋へ忍び込み、自分のパソコンを覗いた人間ではないか〉という疑いが生まれていた。

そのため、今日、警察から帰ってきて考えているとき、それは平井ではないか、犯人は女ではなく、平井が女装して犯行に及んだのではないか、という〝答え〟に至ったのである。

彩子は子どものころ、両親がいないからといって、哀れむような目で見られたり同情の言葉をかけられたりするのが嫌だった。だから……自分ではそれほど意識した覚えはないが、人前で多少無理して明るく振る舞ってきた。その反動だろうか、一人になると無性に寂しくなり、小学校高学年になって自分の気持ちや思いを文章で表現できるようになると、それを日記に書いてきた。数年前から日記帳が「折々雑感」というパソコンの文書に代わっても、その習慣は変わらなかった。また去年の夏からは、自分の半生の核にあったものを思い起こし、創作話風に綴った「ある少女の物語」という文書も書き継いできた。

平井はそれらを読み、彩子の気持ちと〝祈り〟を知った。そして、久保寺亮と南始を殺した。

いまや、それは間違いない。

が、そう考えてもわからないのは松崎美里殺しだった。平井はなぜ、松崎美里まで殺したのだろうか？　彩子は、美里の死を願ったり祈ったりしたことは一度もないのに……。

アルコール依存症の美里は一也を虐待し、一也の心と身体に深い傷を与えた。それは彩子も知っていたし、何とかならないものかと考え、「折々雑感」にも書いた。とはいえ、彼女は、一也と一緒に美里も救う方法はないだろうかと考えていたのだ。

平井が美里を殺した動機は大きな疑問だし、彩子がもっとも気になっている点の一つである。

だが、その件に言及すれば、いま問題にしている事柄から逸《そ》れてしまうため、彩子は敢えて触れず、話を元へ戻した。

「先生が私の部屋へ忍び込んだのは、誰とも結婚する気がないと言った私の言葉が信じられなかったからね？」

平井が視線を下へ逸らし、はいとうなずいた。

「私の言葉は、先生のプロポーズを断わる口実ではないかと思ったわけね」

「先生は僕を傷つけまいとして嘘をつかれたのではないか、と……」

それは半分当たっている。彩子にとって、平井はあくまでも気の置けない同僚、歳下の友人以上の存在ではなかったから。が、彼女が誰とも結婚する気がないと言ったのも嘘ではない。事実である。

「それで、どうしても私の本心、本当の気持ちを知りたくなった？」

「はい。……あ、でも、初めは先生の部屋へ忍び込もうなんてまったく考えませんでした。いえ、そんな考えは浮かびもしませんでした」

平井が目を上げて語調を強めた。

きっとそれは事実だろう。

「ただ、先生の本当の気持ちを知りたいという思いは日を追って強まり、居ても立ってもいられなくなってしまったんです」

平井がつづけた。「深夜、机の前で髪を掻きむしり、叫び出しそうになることも度々でした。ですが、そのときもまだ、先生にあらためてお聞きする以外にないと考えていました。勇気を奮い起こし、もう一度先生にぶつかる以外にない、と。ただ、その一方で、たとえそうしたところで、先生は僕の鈍さに辟易《へきえき》されるだけで、本当の気持ちを話してくださらないだろう、とも思っていました。それでは先生に嫌われるだけで何にもならないわけですが……かといって、他の方法は思いつかず、僕は気が変になりそうでした。学校では無理して平気な顔をしていましたが、一人になると心は千々に乱れ、このままの状態がつづけば自分はどうかなってしまうのではないかと脅えていました。悪魔が僕に囁きかけたのはそんなときでした」

平井が唇を湿らせるようにコーヒーを一口飲んだ。

その顔は苦しげだったが、悪びれた様子はない。

「もし先生の日記を見ることができれば、先生の本当の気持ちがわかるにちがいない、と思ったのです」

彼は再び話し出した。「すぐに、そんなことはできるわけがないし、やるわけにはいかないと思い返したのですが、一度生まれた考えは消えません。それは僕の頭の中でふくらんだり萎《しぼ》んだりを繰り返し、次第に明確な考えに固まっていきました。もし先生が日記か日記のようなものを書いておられたら、マンションの部屋へ忍び込めばそれを読むことができる、と思ったのです。独り暮らしの女性の部屋へ忍び込んで日記を捜し出して読もうなどというのは、言語道断の考えです。人の道を外れた行為です。それぐらい僕にもわかっていました。頭を冷やせ、冷静になれ、と何度も自分を叱りました。マンションの合鍵を用意した後も何度か思いとどまろうとしました。しかし、それは僕の中で強迫観念のようになっていき、遂に行動に踏み切ってしまったのです。でも、ここまでなら……このとき一度きりでやめておけば、まだ多少は弁解の余地があったかもしれません。それなのに僕は二度、三度と同じ行為を繰り返し、言い訳の利かないところまで突き進んでしまったのです」

彩子は、平井が自分の部屋の鍵をどうやって手に入れたのか気になったが、それは後で尋ねることにし、口を挟まなかった。

一度言葉を切った平井が続けた。

「それは、パソコンの中に『折々雑感』と『ある少女の物語』という文書を見つけたからでした。『ある少女の物語』の少女が先生ご自身だということはすぐにわかりました。ですから、『折々雑感』に次いでその文書を開いて読んだときの衝撃はいまでも忘れません。僕に対する先生の本当の気持ちを知りたいという目的など、どこかへ吹き飛んでいました。先生が僕を恋愛の対象として考えてくださらなかったことは多少ショックでしたが、それらの文書に書かれていた先生の過去と現在、先生が誰とも結婚する気はないと言われた理由に比べたら、そんなことは取るに足らない些細《ささい》な問題のように思われたのです。それはともかく、他人の心の中へ無断で入り込んでしまった僕は、自分の犯した罪の重さに恐れ戦《おのの》きました。自分を激しく責めました。それでいて、一度口にした、先生の心の内を、秘密を覗《のぞ》き見るという禁断の木の実の味は、僕をとらえて放しませんでした。こうして僕は、先生が書き継がれていた二つの文書のつづきを読みたいという誘惑に抗しきれず、全部で五回も先生の部屋へ忍び込んでしまったのです」

平井の告白が終わった。

彼は彩子と目を合わせるのを避けていた。

が、その表情は、長い間心の中に溜《た》まっていたものを吐き出した後のようにどことなく安らいで見えた。

「そうした行動の結果、平井先生は重い重い代償を払わなければならなくなってしまった……」

本当に重すぎる代償だと思いながら、彩子は言った。

平井は何も応えなかったが、その顔は彩子の想像を肯定していた。

「放置したら、私が自分で自分の〝祈り〟に応え、久保寺ゆふさんの父親を殺してしまうかもしれない、そう考えたのね？」

「それで先生は、私の秘密を盗み見てしまった罪の意識と、私のことを思ってくださる気持ちから、私を殺人犯にしないために、行動に踏み切った？」

「はい」

平井がうなずいた。

平井が久保寺亮を殺さなかったとしても、彩子が自分の〝祈り〟に自ら応えることはたぶんなかっただろう。どんなに久保寺亮を憎んでも、いまの彩子には最後の一歩を踏み出すことができなかったのではないか。

彩子はそう思ったが、それには触れず、この部屋の鍵をどうやって手に入れ、マンションの玄関のオートロックをどのように解錠したのか、と尋ねた。

「鍵は、先生が授業に行っているとき、職員室の机の上に置いてあったバッグから抜き取り、しばらくお借りしました。歯の治療を口実に時間休暇を取って学校を抜け出し、それで合鍵を作ったんです」

と、平井が答えた。「オートロックのナンバーは、先生と一緒にここへ来た晩、先生が私の誕生年だと言われたのが頭に残っていました。そのときは、後でそのナンバーをつかうことになろうとは想像もしなかったのですが……」

そういうことだったのか、と彩子は納得した。

「私がどこかへ出かけるか、帰りが遅くなる晩については、私の話から探り出した？」

「はい」

「そうして、私が不在のとき、この部屋へ入って机の上のパソコンを開き、指紋やパスワードでガードしていないＷｉｎｄｏｗｓへログオンし、『折々雑感』と『ある少女の物語』を読んだわけね」

平井が彩子から目を逸らし、彩子の言うとおりであることを肯定した。

彼はその後、それらの文書に書かれた彩子の思い、〝祈り〟を知り、彩子の代わりに……ただ警察には自分の犯行だと疑われないように、女性が犯人だと思わせる擬装工作をして、殺人を決行した――。

そう考えられる。

ただ、それで久保寺亮殺しと南始殺しは説明がつくが、松崎美里を殺した理由がわからなかった。

平井はなぜ、彩子の意思とは関係なく美里まで殺したのか？　美里が一也を虐待していたとはいっても……。

いまや、彩子にとってそれが大きな謎だった。

すぐにでも知りたいと思う一方で、平井の口からそれを聞くのは怖いような気がした。

理由ははっきりしない。だが、それを聞いたら、自分も彼と一緒に出口の見えない道に迷い込んでしまうような……そんな恐怖感があった。

彩子は迷った末、早く知りたいという欲望を抑え、結論した。いずれ警察が明らかにするだろうから、それまで待とう、と。

平井が残っていたコーヒーをゆっくりと飲んでから、顔を上げた。

「明日、僕は自首します」

と、静かに、しかし決然とした調子で言った。「ですが、大沼先生に関することと……先生が『折々雑感』や『ある少女の物語』に書かれていたことは一切話しません」

「私に関することを話さないで、警察が追及の矛《ほこ》を納めるかしら？」

彩子には疑問だった。

「犯行方法や凶器の鉄棒を捨てた場所などをありのままに話すつもりなので、大丈夫だと思います。動機については、子どもを虐待して苦しめている親たちに強い怒りを感じたからだ、と言いますし……」

「でも、私のことに触れないでは先生と南始の関わりは出てこないでしょう？　いくら先生が子どもを虐待した親たちに強い怒りを感じたからだと言っても、警察は納得しないと思うわ」

「そうでしょうか？」

「警察はそれほど甘くないと思う」

彩子の脳裏に、今日自分をしつこく責めた宮川刑事の顔が浮かんだ。

平井が困ったような顔をした。

「自首するんなら、包み隠さず、すべてを話すしかないんじゃないかしら」

「でも、それでは先生が……」

「私はかまわないわ」

彩子はきっぱりと言った。今夜、平井と話しているうちに心が決まったのだ。

平井はこれから三人の人間を殺した罪で捕われ、裁かれようとしている。その彼の犯罪に、法的な責任はないとはいえ、彩子は大きく関わっている。それなのに、知らぬ存ぜぬを決め込むわけにはいかなかった。また、こうなったら、真実を明らかにするのは平井と自分の責務のように思えた。ゆふを辛い目に遭わせるのだけは心が痛むが……。

「先生が誰とも結婚されない事情についても……？」

平井が言いづらそうに聞いた。

「ええ、話していいわ」

と、彩子は答えた。やむをえない。だいたい平井の行動のそもそもの出発点に関わっている事柄を隠すなんて不可能だろう。

「先生が自首された後、私もまた警察に事情を聞かれると思うけど、今度はありのままに話すつもりよ。そのことも、十七年前に南始を刺したことも……」

「わかりました。先生が言われたようにします」

と、平井が教師の前に立った素直な優等生のように言った。

そんな男を見ていると、彩子は自分の取った行動が返すがえすも悔やまれた。

彩子は、平井が自分に対して同僚として以上の好意を持っているのに気づいていながら、去年の夏、彼の招きに応じた。酔ってN駅まで送ってきた平井に、コーヒーでも飲んでいかないかと声をかけた。まさか平井がいきなり自分を抱き締めて愛を告白しようとは想像もしなかったので、そのまま帰すのは気の毒だと思い、軽い気持ちで……。

今更どうにもならないが、彩子は自分の対応を後悔しないではいられなかった。

あの日の……あの夜の、出来事さえなかったなら、彼はおそらく生涯殺人などとは無縁の生活を送っただろう。

ただ、そう考える一方で、彩子は平井に対して強い怒りを感じた。人が部屋に置いてある自分のパソコンをつかって何を書こうと勝手である。他人に見せるブログではなく、〝独り言〟なのだから。どんな形式や言葉をつかうのも自由だろう。平井は、そうした彩子の純粋に私的な文書を盗み読みしただけではない。そこに書かれた事柄と彩子の気持ちを勝手に解釈し、取り返しのつかない過ちを犯してしまったのだ。それも、彩子の与《あずか》り知らないところで……。

苦々しく思う彩子の気持ちが顔に出たのだろうか、

「本当に申し訳ありませんでした」

と、平井がテーブルに両手をついて再び頭を下げた。「どんなにお詫びしてもお詫びしきれませんが……」

「もうやめましょう」

彩子は彼の言葉を遮った。詫びの言葉など百万回聞いたところで何の役にも立たない。

平井が主人に叱られた子犬のような弱々しい目を上げ、

「すみません」

と、また謝った。

彩子は、この男が三人の命を奪った犯人なのか、と信じられない思いだった。いま目の前にいる男は、本当に二人の男と一人の女の頭に鉄棒を振り下ろし、その首を絞めたのだろうか。この男のどこに、そうした凶暴な意思とエネルギーが潜んでいたのだろうか。

彩子がどんなに違和感を覚えようとも、平井が三人の人間を殺したことはいまや紛れもない事実である。

としたら、平井の中に、彼にそれをさせたものがあったのは疑いない。宮川たち警察の調べによって、それは明らかになるのだろうか。平井という人間の謎は解明されるのだろうか。宮川たちは、平井の中に存在する、彩子には窺い知ることのできない部分を抉《えぐ》り出して見せてくれるのだろうか……。

彩子は平井の顔に観察するような視線を向けていたらしい。彼がそれから逃れるように再び目を下へ逸らした。

彩子はそんな平井をこれ以上見ているのが辛くなり、

「明日、どういうふうに自首するの？」

と、聞いた。

「朝、N北署へ出頭するつもりです」

と、平井がどこかほっとしたように答えた。

「じゃ、これでお別れね。身体にはくれぐれも気をつけて……」

言いながら、なんて月並みな別れの挨拶だろうと彩子は思ったが、他にかけるべき言葉を思いつかなかった。

「はい。先生にはいろいろお世話になり、ありがとうございました」

平井もありきたりの言葉で礼を述べ、腰を上げた。

彩子は彼を玄関まで送った。

靴を履いた平井が、何か言いたげな目を彩子に向けた。

彩子は黙って見返し、彼が口を開くのを待った。

が、平井は何も言わなかった。黙って頭を下げ、ドアを開けて出て行った。

彩子は、靴音が廊下を遠ざかるのを聞いてから、ドアの鍵を掛けた。

誰もいない居間へ戻り、ソファに腰を下ろすと、身体の芯《しん》にこれまで経験したことのない言い知れぬ疲れを感じた。

## 2

宮川たちは朝九時から平井俊二の本格的な取り調べを始めた。

平井の身柄は昨夜押さえてあったから、彼はN北署内の留置場から宮川と柴の待つ取調室へ連れてこられた。

宮川たちが平井を緊急逮捕したのは昨日の午後九時十分ごろ、大沼彩子の住んでいるマンションの前だ。

宮川と柴が彩子の逃亡にそなえてマンションの下に覆面パトカーを停めて見張っていたところ、八時少し過ぎに平井がマンションの玄関へ入って行き、一時間ほどして出てきた。宮川たちが車を降りて呼び止めると、一瞬ぎくりとしたようだったが、逃げ出すことはなかった。

宮川は、どこへ何をしに行ったのかと質した。返答を拒否されるだろうと半ば予想しつつ。

ところが、平井は、彩子の部屋へ自分のしたことを話しに行ったのだと答えた。

――平井さんのしたこととは何ですか？

宮川は聞いた。

――久保寺亮、松崎美里、南始の三人を殺したことです。

平井がさらりと言った。

――平井さんが三人を殺した？

――そうです。

宮川は驚きながらも、平井は彩子の身代わりになろうとしているのだろうか、と疑った。

すると、平井が宮川の心を読んだように、

――刑事さんたちは大沼先生を疑っているようですが、大沼先生は事件に一切関係ありません。すべて、僕一人でやったことです。今夜もう一度頭の中を整理し、明日自首するつもりでいたんです。

と、言った。

そこで、宮川たちはその場で平井を逮捕し、署へ連行したのである。

平井は眠れなかったのか、血走ったような赤い目をしていた。取調室へ入ってきたときだけ少しおどおどしている様子だったが、じきに落ちついたらしく、宮川の尋問に答え出すと、ほとんど臆《おく》する色を見せなかった。

——大沼先生にプロポーズすると、自分は誰とも結婚する気はないと言って断わられました。そのため、どうしても先生の本心が知りたくて先生の部屋へ忍び込んだのです。それがすべての始まりです。

平井がいきなりそう言ったときには、宮川は面食らった。にわかには信じられず、昨夜、大沼彩子の部屋で口裏合わせのシナリオを作ったのではないか、と疑った。

だが、その後の平井の説明を聞き、そういうことだったのか……と半ば納得した。

平井は、大沼彩子のパソコンに保存されていた「折々雑感」と「ある少女の物語」という文書を読み、彩子が自分のプロポーズを断わった裏に隠された事情を知ると同時に、彩子の心に刻まれた深い傷……おそらく彩子自身が意識している以上に深い傷に気づいたのだという。

——だから、僕は行動を起こしたんです。

と、彼はまるで自慢でもするかのように言葉を継いだ。彩子が誰にも知られたくないと思っていた秘密を覗き見てしまった罪の意識、彩子の心に深い傷を与えた継父と祖父への憎しみ、彼らと同類の久保寺亮への怒りと憎悪、そして、もしこのままにしたら彩子が久保寺亮を殺すかもしれないという恐れ、それらが自分を第一の殺人に踏み切らせたのだ、と……。

話すほどに平井の色白の顔は紅潮し、興奮剤を飲むか注射した後のように目がぎらぎらし出した。言葉に力がこもり、自信に満ちた話しぶりになっていった。刑事の前で自分の犯した殺人について話すのにまるで物《もの》怖《お》じする様子がなかった。

宮川は、香西一中の応接室で初めて会ったときに受けた〝人見知りするおたくっぽい男〟という印象を思い出し、驚いていた。考えてみれば、あのときの平井は久保寺亮を殺した直後だった。刑事の突然の来訪に緊張しきっていたのだろう。脅えてもいたにちがいない。が、そうした点を考慮しても、いま宮川の前で目を異様に光らせている男との違いはどうだろう。まるで別人を見ているような感があった。

宮川は、彩子が平井のプロポーズを断わった理由について質した。

と、それまで昂然《こうぜん》と顔を上げて話していた平井が視線を下に向け、言いよどんだ。

「大沼さんはどうして誰とも結婚する気がないと言ったのかね？　あんたは『折々雑感』と『ある少女の物語』という文書を読んで、それを知ったわけだろう？」

宮川が質問を繰り返すと、平井が意を決したように目を上げて言った。

「それが書かれていたのは、先生の日記とも言うべき『折々雑感』のほうです」

「どっちでもいいが、大沼さんはなぜそう言ったのかね？」

「大沼先生の身体がセックスに対して激しい拒否反応を示すからです」

平井が、宮川が想像もしなかった理由を口にした。

「もう少し具体的に言ってくれんと、わからんよ」

宮川は戸惑いながら説明を促した。

「セックスをしている間は、快感は覚えないが特に苦痛を感じることもなく、これといって異状はないんだそうです。ところが、終わった途端、猛烈な頭痛と吐き気に襲われ、トイレか浴室へ駆け込み、胃が空になるまで吐いてしまうのだそうです」

平井が苦しげに口元を歪めた。彩子を想像してのことなのか、他人の秘密を自分の口から話す後ろめたさ、罪悪感からなのか……。

「僕はこうしたことは話さないつもりでいたんですが、昨夜、大沼先生からすべてをありのままに話してもいいと言われたんです」

「そう。で、大沼さんがそんなふうになったのはいつからかね？」

「学生時代に恋人と初めてセックスをしたときからだそうです。その後もセックスをするたびに同じようになったため、その恋人に結婚しようと言われても渋ったようです。ですが、『あなたとセックスをすると吐いてしまう』とは言えず、結婚すれば治るかもしれないという希望的な観測にすがってプロポーズを受けたのだそうです」

「しかし、結果はそうはいかなかった？」

「セックスは苦痛と恐怖以外の何物でもなくなった、と書かれていました。結局、相手に本当の事情を告げられないまま次第に関係がぎくしゃくし出し、離婚されたようです」

「離婚した後の大沼さんは？」

「長い間、誰ともセックスをしなかった、好きになりそうな男性には一定の距離以上には近づかず、男と女の関係になるのを避けてきた、そう書かれていました」

「そこにあんたが現われたわけだ？」

「僕の場合は、僕が勝手に先生を好きになっただけですが……」

「だが、あんたは大沼さんとセックスをしたんだろう？」

「僕が強引に望んだため、一度だけ応じてくれました」

「そのへんの事情はどう書かれていたのかね？」

「僕が一年二組の担任、大沼先生が副担任になったころから、僕が先生に特別の感情を抱き始めたらしいのを感じたが、気づかないふりをしていた。先生も僕を嫌いではなかったが、恋愛の対象としては考えられなかったので、僕の気持ちが先生から自然に離れていくのを待つのが一番だ、と思っていた。ところが、周りの者がみな田舎へ帰ったり家族旅行に出かけたりというお盆休みに、一人で過ごす寂しさから、僕の招

き に応じて僕の家を訪ねた。そして、酔った僕に自宅まで送られてきたとき、突然抱き竦められて愛を告白され、身体を求められた。拒否することもできたが、何となくいいかなと思い、僕の求めに応じた。離婚してもう長い年月が経つから、もしかしたら治っているのではないか……治っているかもしれない、そう考えて。だが、その期待は打ち砕かれ、セックスが終わるや、忘れかけていたあの頭痛と吐き気に襲われた。絶望を感じながらも、僕に気づかれないように浴室へ急いだ。シャワーのコックを最大限に開き、胃液しか出なくなるまで、涙を流しながら腹を絞って吐いた――。そんなふうにです」

「なるほど」

「浴室から戻ってきたとき、先生は真っ赤な目をして泣いた後のようでした」

と、平井が言葉を継いだ。「ですが、僕には先生の事情を想像しようがありませんから、どうしたのかとちょっと訝しく思っただけでした。そして、勢いに乗ってというか、調子に乗ってというか、結婚の申し込みまでし、〈自分は誰とも結婚する気がないから……〉と言って断わられると、先生は僕を傷つけまいとして嘘をついているのではないかと疑い、どうしても先生の本当の気持ち、本心が知りたくてマンションの部屋へ忍び込んだのです。先生のパソコンを開き、『折々雑感』や『ある少女の物語』を盗み読みし、先生の心の内を覗いてしまったのです」

　平井の顔はほんの数分前までの興奮した表情からは一転し、暗い翳を帯びていた。

自分を責め、後悔しているのかもしれない。

「セックスの後、大沼さんの身体がいま言ったような反応を示すようになった原因は、わかっているのかね？」

　本筋から多少逸れるかもしれないと思いながらも、宮川は聞いた。

「はっきりとはわかりません。ですが、先生自身も薄々気づいているように、幼いとき継父と祖父から受けた性的虐待に起因しているのは間違いないと思います。そのトラウマが、本人は意識していなくても潜在記憶として残っていて、それがセックスに対する一種の拒否反応を先生に起こさせているのだと思います」

「そういうことはありうるわけだな」

「僕が齧《かじ》った認知心理学の本によれば、珍しくないようです。また、〈子どもの虐待はその子どもの魂を殺すことだ〉とある人から聞いて、そうしたことが書かれている本を何冊か読んだのですが、その一冊には、〈子ども時代に心に受けた傷は、抑圧された記憶として蓄積され、おとなになってからの生活に様々な影響を及ぼす〉といった意味の一文がありました。潜在記憶という言葉はつかわれていませんが、それも同じことを言っているのだと思います」

「〈子どもの虐待はその子どもの魂を殺すことだ〉というのは誰から聞いたのかね?」

平井は一瞬ためらうような表情を見せたが、

「……愛の郷学園の辻本さんです」

と、答えた。「辻本さんは、尊敬している児童相談所の田丸澄子さんから聞いたと言っていました」

宮川たちが澄子から教えられた本のことは、やはり辻本加奈も知っていたらしい。

「それであんたは、死体に『殺人者には死を!』と書いた紙を貼り付けたのか?」

「そうです」

平井が再び昂然と顔を上げ、きっぱりと答えた。

「大沼さんも、あんたが辻本さんから聞いた話や本のことを知っていたのかね?」

「いえ、知りません。大沼先生には話しませんでしたから。話さないというより、話せなかったんです」

「話せなかった? それはどうして……」

「本のことを知れば、ショックを受けられるのではないか、と思ったからです。なぜなら、大沼先生こそ幼いときに魂を殺害された被害者だったわけですから」

「なるほど」

「先生は、周囲の者に屈託のない明るい女性だと見られていました。先生の心の内を覗き見るまでは僕もそう思っていました。たぶん、小さいころから無理して明るく振る舞っているうちに、いつのまにかそれが習慣のようになっていたからだと思います。ですが、先生は胸の奥に強い孤独感を抱《かか》えていただけでなく、心に深い傷を負っていたんです。その原因が、継父と祖父による性的虐待でした。だから先生は、親友の南麻里さんを暴行して自殺に追い込んだ南始と、教え子の久保寺ゆふさんに度重なる性的虐待を加えていた久保寺亮に対し、度外れな怒りと憎しみを抱いたのです」

宮川は、平井の口から松崎美里の名が出てこないことを怪訝に思った。

が、宮川がその点を質す前に、「『折々雑感』と『ある少女の物語』によれば――」

と平井がつづけたので、しばらく語るに任せることにした。

「大沼先生は、南翔子に対する南始の暴力、虐待を知って怒りを新たにし、翔子の裁判の傍聴に行きました。ですが、いくら南始を憎んでも、かつて彼に重傷を負わせたときのような行動には出られずにいました。先生が久保寺ゆふさんの相談を受けたのは、そんなときでした」

彩子は、自分と麻里だけでなく、教え子のゆふまで……と思うと、身体中の血が逆流するような怒りに駆られた。自分が女性であることをあらためて強く意識した。そして、自分たちの性を弄んだ久保寺亮のような男は、この世から排除されなければならない、と強烈に思った。

久保寺亮をこの世から排除する――。

それは取りも直さず、自分の手で久保寺亮を殺すということを意味していた。

彩子は迷っていた。が、他にゆふを救う道がないとなれば、行動を起こすのではないか。三十歳を過ぎたいまは南始を刺した高校生のときとは違うと書いてはいても、そうする可能性、おそれは多分にあった。

何もしないかもしれないが、彩子が行動に踏み切ってしまってからでは遅い。といって、平井には彩子が取るかもしれない行動を止められなかった。止めるには、彼女の部屋に侵入し、秘密を覗き見た事実を告白しなければならないからだ。

告白すれば、彩子に責められ、軽蔑《けいべつ》され、絶交を申し渡されるだろう。それは自業自得だから仕方がないにしても、自分の取った穢《きたな》い行為のために彩子を苦しめるわけにはいかなかった。心の中を平井に覗き込まれ、誰にも知られたくなかった秘密を知られたとわかれば、彩子はどんなに大きなショックを受けるかわからない。

そう考えると、彩子を殺人犯にしない選択肢は一つ、

――彩子の代わりに平井が自分の手で久保寺亮をこの世から排除する。

これ以外になかった。

「ですが、そう結論しても、事はあまりにも重大です。簡単には実行に踏み切る決心がつきませんでした」

平井がつづけた。「僕自身、『折々雑感』に書かれたゆふさんの事情を読み、自分の実の娘に襲いかかって娘をこれほど傷つけ苦しめる久保寺亮という男に激しい怒りを覚えていました。そんなヤツは殺されて当然だと思いました。誰かに殺されても、ちっとも同情を覚えなかったでしょう。ですが、自分がやるとなれば別です。警察に捕まった場合を想像すると怖かったこともありますが、その前に自分の手で人を殺すというのが恐ろしかったのです。果たして自分に他人の命が奪えるだろうかとも思いました。直前になって逃げ出してしまうのではないだろうか……。といって、このまま何もしないで手を拱《こまね》いていれば、大沼先生は行動を起こすかもしれません。久保寺亮を殺すかもしれません。僕としては、それだけは何としても阻止しなければなりません。先生の心の内を、秘密を盗み見てしまった自分にできる唯一の償いだからです」

平井はやがて、

――やろう、やるしかない。

と、心を決めた。久保寺亮のような男をこの世から排除するのはけっして悪ではない、正義なのだ、そう思った。

久保寺ゆふが愛の郷学園を出た後の住所は前に聞いていたので、勤務が終わった後や休日、レンタカーを借りて、久保寺家の近くまで何度か行った。その際、途中の公園で誰にも見られないように女性トイレへ入り、母親の名前をつかってインターネットで購入した女性用のカツラ、衣服、口紅、頬紅など——母親にはもちろん届けられた荷物の包装を解かないように言っておいた——で女装し、最後に、やはりネットで購入した紫の大きなファッショングラスをかけた（自宅の部屋で何度か練習したが、そうして鏡に映してみると、小柄な身体と色白の細面《ほそおもて》が幸いし、本物の女にしか見えなかった）。久保寺家の門の見える場所に車を停め、久保寺亮の行動を探った。同時に、運転席に座っている姿をさりげなく通行人に見せるようにした。レンタカーはありふれた色と型のNナンバー車を選んだので、ナンバープレートの数字に注意を向ける者などいないだろう、と考えた。たとえ数字に目をやる者がいたとしても、それを記憶にとどめる者は皆無だろう。それでも万が一という不安があったので、盗んだナンバープレートか模造ナンバープレートを付けることも検討したが、そのほうがはるかに危険性が高いため、やめた。

女装したのは犯人が女であるように思わせるためであり、その擬装は成功した。ただ、そのために、警察の疑いの目を彩子に向けさせてしまったわけだが……。

女が犯人だと思わせるためには、犯行方法についても考慮する必要があった。そこで、女の仕業らしく見せる殺し方はないかと過去の事件を調べたが、これなら……という決定的な例は見つからず、夜人通りの少ない場所で背後から頭を殴りつけ、倒れたところで首を絞める、という方法を採ることにした。久保寺亮が自宅と朝日台駅の間を歩いて通勤していること、休日はよく駅前のパチンコ店へ行くことなどがわかっていたし、鉄棒で頭を殴ってから首を絞めれば、力の弱い女性の犯行であってもそれほど不自然ではないだろう、と思ったのだ。

犯行に使用する鉄棒は光南市郊外にある資材置き場から盗み出し、麻とビニールを縒《よ》り合わせたロープ、滑り止め付きの軍手はホームセンターで購入した。

平井はその後も機会を狙って久保寺亮の行動を見張り、彼がパチンコに行ったらしい帰りを朝日台公園脇で待ち受け、計画を実行に移した。

そのとき、死体の背中に「殺人者には死を！」と書いた紙を貼ったのは、暴漢や物盗りの犯行ではないことをはっきりと示したかったからである。警察がどこまでメッセージの意味を読み取れるかわからなかったが、平井としては、

《久保寺亮は娘・ゆふの魂を殺害した殺人者であり、これは天罰だ》

という意を込めたのだった。

「次に、松崎美里を殺したのは完全に僕だけの考えです。これは、大沼先生の思いや考えとはまったく関係ありません」

供述は、宮川が聞きたいと思っていた美里殺しへ移った。

平井の顔はまた紅潮し、目は再びぎらぎらと異様な光を帯び始めていた。

「松崎美里の長男、一也は僕の担任でした。その一也がアルコール依存症の母親に怪我や火傷をさせられて脅えているのを目の当たりにし、許せなかったのです。しかも、松崎美里は、そうして一也を虐待しただけではありません。息子が自分のためにどれほど苦しんでいるかまったく想像しようともせず、ただ子どもに会いたいという自分勝手な欲望から、校門の前や愛の郷学園の近くで待ち伏せしたりしました。そのため、一也は学校へ来なくなっただけでなく、学園の外へ一歩も出られなくなっていました。そんな一也を見て、こんな親はいないほうが一也のためだ、僕はそう確信したのです。この母親も久保寺ゆふの父親と同じように子どもの魂を殺した殺人者であり、天罰を受けなければならない……僕が天罰を下して一也を救ってやらなければならない、と思ったのです」

人を殺した話をしているのに、平井の口調は手柄話でもしているかのようによどみがなかった。自分が神になったかのようなその話し方からは、罪の意識や後悔の念は微塵《みじん》も窺えなかった。

「松崎一也は母親に脅えながらも、一方で母親を強く慕っていたのを、あんたは知らなかったのか?」

平井の自分勝手な理屈に、宮川は怒りを感じて言った。

「そりゃ、子どもですからね、そういう気持ちもあったでしょう。でも、そんなことはたいした問題じゃありません」

「たいした問題じゃない!　母親が死んだ後、一也が部屋に閉じ籠ったまま食事にも出てこなかったという話はあんただって聞いているだろう。それでも、たいした問題じゃないというのか?」

宮川は思わず声を荒らげた。

一也が母親の暴力に脅えながらも一方で母親を慕っていたことや、母親が殺された後の状況は、辻本加奈に聞いたのだ。

「そうです」

平井が怯む様子もなく、むしろ昂然として応えた。

本当にそう信じているようだ。

「いまは母親がいなくなって悲しんでいても、そんなのはいっときで、じきに薄れますよ」

平井が言葉を継いだ。「そしていつか、僕に感謝するはずです。僕に担任された幸運を嚙み締めるはずです。なにしろ、母親が生きているかぎり、一也は子どもを自分の所有物のようにしか考えていない母親に縛り付けられ、ずっと苦しみつづけなければならなかったんですからね。僕はそうした母親の桎梏《しっこく》から一也を解き放ち、自由にしてやったんです」

宮川はいまや、目の前の男に怒りよりも薄気味の悪さを覚えた。こいつの頭の回路はどうなっているのだろうと思いながら、黒縁メガネをかけた、一見ひ弱そうなほっそりした顔を見つめていた。

平井が、自分が何か変なことでも言ったかといった目で宮川を見返した。

——こりゃ、こいつの頭を云々《うんぬん》したところでどうにもならないな。

宮川はそう思いなおし、

「あんたが松崎美里を殺したときのことだが……」

と、話を本筋へ戻した。「犯行直後、現場を車で通りがかった夫婦が女装したあんたを目撃したのは、久保寺亮殺しのときと同様に意図的なものだったのかね？」

「そうです」

と、平井が答えた。「久保寺殺しでは、犯人は女らしいと思わせることはできても不充分でした。そこで、完全にそう思い込ませるための方策を考えたんです」

「つまり、あんたは松崎美里を殺した後、女物のショートコートを着てブーツを履いた後ろ姿を第三者に目撃させるために、死体を車に積み、別の車が通りがかるのを待っていた？」

「そうです」

それを宮川たちは、

――犯行直後、近づいてくる車のライトが見えたので、死体をその場に放置したらすぐに一一〇番されて危険だと考え、犯人は慌てて死体を車に積み込まざるをえなかった。そのために、通りがかった夫婦に姿を見られてしまった。

そう判断したのだから、まさに平井の思う壺だったわけである。

宮川が忸怩《じくじ》たる思いでいると、平井が三件目の殺人に話を進めた。

「南始殺害の引き金になったのは、南翔子が息子の太陽ちゃんを再び自宅に放置して逮捕され、始による娘と孫に対する虐待が明るみに出たことです」

と、平井は言った。

それによって、彩子は他の誰よりも強く憎んでいた南始に対する怒りと憎しみをいっそう募らせ、彼の家の近くへ様子を見に行ったのだという。

「だからといって、大沼先生が十七年前と同じ行動に出たとは思いません」

平井がつづけた。「たぶん決断できなかったのではないかと思われます。そのため、久保寺亮を殺す前のような、〈僕がやらなかったら先生が……〉といった不安や焦りはそれほど感じませんでした。でも僕はこのとき、南始をこの世から排除しようと決めたのです。先生の親友を暴行して自殺に追い込み、いままた娘と孫に虐待を繰り返している南始という男に対し、僕自身激しい怒りを感じていました。ですから、こんな男は断じて許すわけにはいかない、こういうヤツには天罰を下さなければならない、と思ったのです。そして僕は、自分が決めたとおり、南始の頭にも正義の鉄槌《てっつい》を下したのです」

平井は、三件の殺人について話すなかで正義、天罰という言葉を何度も使用した。

自分の犯した殺人について、自らが人を裁く権利を持つ神ででもあるかのように語る男——。

その男の顔を見ながら、こいつはまともじゃない、と宮川は思った。一見正常に見えても狂っている、と感じた。

平井も、最初の殺人に踏み切るまではかなり迷いと葛藤があったようだ。

そのことは供述のとおりだろう。

ところが、久保寺亮の頭に鉄棒を打ち下ろし、その首を絞めたとき、同時に自らの心の奥深くにあった大切なものも破壊してしまったのではないか。久保寺亮を殺すのと一緒に、自分の内にある人間の魂も殺してしまったのではないか。

平井は、久保寺亮と南始だけでなく松崎美里まで、子どもの魂を殺害した殺人者と呼び、その命を奪った。そして、まるで正義の裁きを行なったかのように得々と自分の行動を語った。

だが、と宮川は思う。この平井こそ、三つの生命をこの世から消した殺人犯人というだけでなく、自らの魂をも殺してしまった〝殺人者〟ではなかっただろうか。

宮川は、ここまでの経過を石川と葛城に報告し、同時に自分の頭を整理するため、午前の取り調べを終えた。

# 3

入学式はまだだが、昨日小学校の始業式があり、中学校も今日から新学期が始まった。

加奈は、一也を無事に学校へ送り出したことでひとまずほっとし、朝食の後片付けを済ませてから洗濯に移った。

窓の外の桜は満開だった。

愛の郷学園の庭には樹齢が五十年近い桜の木が六、七本あり、ふだんは舞台の袖にひっそりと控えているのだが、この短い期間だけは主役に躍り出る。

今年の開花は例年よりかなり早く、この分では四月に入らないうちに散ってしまうのではないかと思っていた。ところが、その後ずっと寒い日がつづいたため、入学式や始業式に合わせるように満開の時期を迎えているのだった。

洗濯機に水を入れながら、この一カ月半はなんてめまぐるしい日々だったのだろう、と加奈は思う。

久保寺亮、松崎美里、南始の三人を殺した容疑者として平井俊二が逮捕されたときはまさに寝耳に水の驚きだった。その後、平井の自供した内容が報じられ、別の驚きがつづいた。

大沼彩子（Aさんと報じられていた）の部屋へ忍び込んで彼女のパソコンに保存されていた私的な文書を読んだことが事件の発端だったという点や、「殺人者には死を！」というメッセージを残した理由にも驚いたが、一番衝撃を受けたのは一也の母、美里を殺した動機だった。

平井は一也のことを考え、一也の将来のために美里を殺したと言い、後悔や反省の色をまったく見せていないのだという。

それは不遜というだけでなく、異常としか言いようがなかった。

我が子の苦しみにまるで想像力の及ばない自分勝手な美里を見て、加奈も何度か怒りを爆発させそうになった。正直、こんな親ならいないほうがいいのかもしれない、と思わないではなかった。といって、そう思うのとその親を殺すという行為の間には無限大に近い隔たりがある。

加奈が洗濯物を干そうとサンダルを引っ掛けて前庭に下りたとき、玄関で、

「おはようございます」

という声がした。

田丸澄子の声のようだと思いながら、加奈が「はーい」と返事をすると、澄子が心持ち硬い表情をして前庭へ回ってきた。

来るとは聞いていなかったが、今日が香西一中の始業式だと知らせてあったので、一也がどうなったか様子を見にきたにちがいない。

加奈はそう思ったので、挨拶の後で、

「一也君なら、さっき今度三年生になった皆川君と一緒に登校しました」

と、伝えた。

案の定、澄子の顔からすーっと強張りが消え、目にほっとしたような色が浮かんだ。

「お忙しいのに、わざわざすみません」

「わざわざじゃないわ。香西市役所に用事があったので、ついでに寄らせてもらったの」

澄子は言ったが、たぶん用事の順位は逆だろう。

昨夜、一也は始業式に出るつもりでいたが、朝になってみないとどうなるかわからないため、加奈は心配していた。だが、今朝、青い顔をしながらも同室の皆川聡と一緒に起きてくると、朝食の後、照れているような半べそをかいているような顔を加奈にちょっと振り向け、玄関を出て行った。

　一也は平井が好きだったし、信頼もしていた。だから、自分の母親を殺したのが平井だったと知ったときには強いショックを受け、頭と気持ちの整理がつかなくなったようだ。泣いたり喚いたりはしなかったが、加奈や増淵がどう話そうと、膝を抱え、暗い目をして黙って聞いているだけで、一言も言葉を発しなかった。去年の暮れ、美里が殺された後、児童相談所から臨床心理士の資格を持った職員が来て、一也の心のケアに当たってくれた。今度もその職員のカウンセリングを受け、新学期から学校へ行くと一也のほうから言い出すところまで回復したのだった。

　加奈は、洗濯物を干し終わるまで澄子に待ってもらってから、居間へ請じ入れた。台所でコーヒーを淹《い》れながら、一月ほど前、澄子と南始・翔子父子の話をしたときのことを思い浮かべた。

　そのとき、加奈が自分の両親の事情を明かすと、「実は、私も父親に虐待されて育ったの」と澄子が言った。結婚しても子どもを産まなかったのは……はっきりと意識したわけではないが、虐待の〝負の連鎖〟が怖かったからかもしれない、そしていま仕事に打ち込んでいるのも、もしかしたらその強迫観念から逃れようとしているのかもしれない、と打ち明けた。思ってもみなかった澄子の告白に、加奈は強い衝撃を受けた。同時に、加奈の中の澄子の像が大きく変わった。それまでは遥かな高みにいた澄子が自分と似た過去を持って苦しんでいる一人の女性として立ち現われ、(彼女に対する尊敬の念は変わらないが)一段と親しみが増したのだった。

加奈が居間へコーヒーを運んで行くと、

「一也君の担任は決まったのかしら?」

澄子が聞いた。

加奈は「はい」と答え、座卓を挟んで澄子の前に膝を折った。

「今日発表されるというので、一也君には話していませんが、連絡をもらいました。これまで学年主任をされていた鴨川先生です。鴨川先生なら一也君のことをよくわかってくださっているので、私たちは安心したんです」

「じゃ、学年主任には別の方が……?」

「鴨川先生の兼務だそうです。急だったため、平井先生と大沼先生の補充がうまくつかなかったみたいです。理科と英語の授業は臨時講師で穴埋めするようですが」

「大沼先生は転任されたんですか?」

「いえ、辞められたんです。大沼先生には何の非もないのに」

人が自分の「日記」に何をどう書こうと、責められるいわれはない。そう思うと、加奈は一連の騒ぎに強い義憤を感じた。

「良い先生だと伺っていたのに、残念ね」

「はい。周り中から好奇の目で見られ、嫌になったんだと思います」

「私と辻本さんの場合は一時的に警察に疑われただけで済んだけど、大沼先生の場合、警察に厳しく取り調べられただけでなく、あることないこと興味本位にいろいろ言われたり書かれたりしたようだったから……」

「そうなんです」

平井が逮捕された後、様々な言説がメディアに乗って流布《るふ》した。犯人の〝狂気〟を育んだそもそもの因《もと》は、いまでも彼を「俊ちゃん」と呼んでいる母親の溺愛《できあい》にあったのではないか、とか……。そうした分析が当たっているかどうかはともかく、平井の人間性や育ちが俎上《そじょう》に載せられるのはやむをえないだろう。ところが、一部のマスコミは彩子の過去や私生活まで恰好の餌食《えじき》にし、面白おかしく報じたのだった。

「これからどうされるのかしら？」

「マンションを処分して、英語の勉強をしなおすためにロンドンへ行かれるそうです」

「ああ、それなら良かったわ」

澄子の顔に笑みが浮かんだ。

ええ、と加奈はうなずいた。先日、鴨川から話を聞いたとき、彩子にとって教師をつづけるよりそのほうがいいかもしれない、と思ったのだった。彩子なら、どんな仕事に就いてもきっとやっていけるだろう。

「話は違いますが、先週、ゆふさんから電話がありました」

彩子からゆふを連想して、加奈は言った。

「そう。どんな様子だった?」

「思ったより明るい声だったので、安心しました。みんな田丸さんのおかげだと感謝していました」

「私は知り合いの農場を紹介しただけで、たいしたことしていないわ」

ゆふの姓はもう久保寺ではない。母方の姓になり、長野県のある町へ引っ越して行ったのだった。そこで、母親は澄子の知人が数年前に始めた有機農法の野菜栽培を手伝い、ゆふは高校へ通う。

澄子はコーヒーを飲み終わると、

「ごちそうさま。忙しいところ、ごめんなさいね」

と言って、腰を上げた。

二人とも平井の話と事件の話はしなかった。

これまでさんざんしたし、話してもやりきれなくなるだけだからだ。

加奈が駐車場まで送って行くと、

「今年も偶然ここの桜が見られたわ」

澄子が嬉しそうに言い、帰って行った。

加奈が〈星の家〉へ戻って掃除をしているとき、電話が鳴った。

加奈は掃除機のスイッチを切り、執務室へ行って受話器を取った。

愛の郷学園の〈星の家〉です、と応答するより早く、

「R県警の宮川です」

相手が名乗り、「辻本さんですか？」と聞いた。

加奈はちょっと緊張し、

「はい」

と、無愛想な声で答えた。

緊張したといっても半ば反射的なもので、不安を覚えたわけではない。

「児童相談所に電話したら、田丸さんがそちらへ伺っていると聞いたものですから」

「田丸さんなら、十分ほど前に帰られました」

「そうですか」

「用がなかったら失礼します」

「あ、いや、ちょっと待ってください。田丸さんの後で辻本さんにも電話しようと思っていたんです」

「田丸さんや私に付きまとって、まだ何かあるんでしょうか？」

加奈は迷惑だったし、不愉快だった。

「付きまとうは参ったな……」

宮川が電話の向こうで苦笑したようだ。

「だって、そうじゃないですか」

「いや、確かに……。ですが、今日はそうしたことでお二人にご迷惑をかけたお詫びを言おうと思ったんです。もっと早くと思っていたんですが、あの後すぐに別の事件の捜査にかかってしまったものですから、いまになってしまい、失礼しました」

「………」

「別の事件というのは一家四人が殺された梅橋市の放火殺人ですが……ま、そんな話は関係ありませんね」

宮川がそこで語調をあらため、言った。

「平井の事件のときはご迷惑をおかけし、申し訳ありませんでした」

加奈はまだ言葉どおりには信じられなかったが、とにかく、

「いえ」

と、応えた。

「それから、いろいろご協力をいただき、ありがとうございました。おかげで、犯人を逮捕することができました」

「私は何もしていません」

「いや、辻本さんや田丸さんに伺った話が大いに参考になりました」

「田丸さんが話された三冊の本のことでしょうか？」

「もちろんそれもありますが、それだけじゃありません。子どもの虐待に関するいろいろな話です」

「…………」

「それじゃ……」

と、宮川が電話を終えようとしたので、

「あの、田丸さんから聞いた本のことを私が平井先生に話したために、先生はあんな事件を起こしたんでしょうか？」

加奈は思い切って聞いた。ずっと気にかかっていたのだ。

「いえ、違います」

と、宮川がきっぱりと否定した。

「でも、刑事さんはそう思っているんじゃないんですか？」

「思っていませんし、思ったこともありません」

本当だろうか。

「平井は『殺人者には死を！』というメッセージを残し、子どもの魂を殺害した者に天罰を加えたなどと言っていますが、初めからそんなふうに考えたわけじゃありません」

宮川がつづけた。「最初の久保寺亮殺しを計画した後で辻本さんから聞いた本のことを思い出し、自分の行為を正当化するために考えついたんです。ですから、辻本さんから『魂の殺害』という本について聞かなかったとしても、三人の人間を殺したのは間違いありません」

加奈は気持ちが楽になった。ずっと胸に刺さっていた小さな棘《とげ》が取れたような気分だった。

「それじゃ、お忙しいでしょうから失礼します」

と、宮川が言った。

「ありがとうございました」

加奈は思わず礼を口にしていた。

「えっ？」

「あ、いえ、わざわざ電話してくださって……」

「そう言っていただき、ほっとしました」

宮川が明るい声で応え、澄子には夕方電話するからと言った。

それから三、四十分して、加奈が執務室で帳簿の整理をしていると、外から子どもたちの声が聞こえてきた。

まだ授業がないので、小学生たちが帰ってきたらしい。

加奈が廊下へ出るより早く、

「ただいまー」

小堀稔と新山智子が元気な声で言いながら玄関へ駆け込んできた。

「お帰りなさい」

加奈も負けない声で応え、二人を迎えた。

二人は靴を後ろへ蹴り脱いで上がってくると、加奈にまとわりつき、今日あった出来事を口々に報告し出した。

「辻本さんは一人しかいないんだから、二人一緒に言われたんじゃわからないでしょう。順番に話して」

じゃ、僕から、ううん、私が先よ、と二人は譲らない。

加奈は稔と智子に一つの事柄ずつ交代で話させ、へーと驚いてみせたり、言い分に同調したり、そんなことしちゃだめよと窘《たしな》めたりした。

自分はこの仕事をいつまでつづけるかわからない。恵介と二人で暮らしていくのにもっと条件の良い仕事が見つかれば、明日にでも転職するかもしれない。でも、ここにいるかぎりは、この子たちのためにできるかぎりのことをしてやろう。

そんなふうに思いながら。

# 解説――今、多くの人に読まれるべき上質なミステリ

村上貴史
（ミステリ書評家）

一九九〇年には一一〇一件だった。それが、本書『殺人者』が発表された二〇〇九年には四四二一一件に増えている。四〇倍以上にも増えたこの数字は、児童相談所での児童虐待相談対応件数である（二〇二二年九月、厚生労働省）。なんと大幅に増加したことか。一方で、虐待の対象となる出生数は、一九九〇年に約一二二万人だったものが、二〇〇九年には約一〇七万人に減少している（令和二年版厚生労働白書）。子供は減ったが虐待の相談は増えた、ということだ。虐待相談対応件数の増加には、相談をきちんと捕捉できるようになってきたという側面もあるのだろうが、全体傾向としては異常といわざるを得まい。

この『殺人者』は、そうした社会背景を色濃く反映したミステリだ。舞台となるのはR県の香西市。東京までは電車で一時間も掛からない。そんな市だ。

児童虐待の問題は、序章の途中で顔を出す。ネグレクト――三歳の長男を六日間も

自宅に置き去りにした母親に執行猶予《ゆうよ》つきの判決が下ったという新聞記事が、読者に提示されるのだ。母親は二一歳の南翔子。三歳の長男は太陽という。翔子が太陽に虐待を加えるのは、これが初めてではなかった。つねったり煙草《たばこ》の火を押し付けたりしていた過去があったのだ。その当時、自分の行動に強い不安を覚えた翔子は、児童相談所を訪問し、太陽を児童養護施設に預けたこともあった。その際、児童養護施設「愛の郷学園」で対応したのが、辻本加奈である。加奈は、夫の浮気を指摘したところ暴力を振るわれて別居中。実家の母の助力を得ながら四歳の息子を育て、児童指導員の仕事も続けている。第一章では、加奈が愛の郷学園に暮らす松崎一也を心配する様子が綴《つづ》られる。

中学一年生の一也は父親の顔を知らない。生まれたときから母と二人暮らしなのだ。その母は、酒を飲むと一也に不満をぶつけ、暴力を振るった。アルコール依存症で入院することもあった。そんな生活を逃れて愛の郷学園で暮らす一也の行方がわからなくなったのだ。学校から学園まで徒歩で十五分なのに、下校から二時間経っても一也は帰ってきていない。加奈は一也の担任の平井俊二に連絡し、平井は副担任の大沼彩子とともに一也を探し始めた……。

こうした具合に始まる『殺人者』。その特徴の一つは、物語が複数の視点で語られていくことだ。加奈の視点や平井の視点、ときには南翔子の執行猶予を記事にした記者の視点などなど。こうして多視点を駆使《くし》し、深谷忠記は虐待という問題をくっきりと浮き彫りにしていく。被害者や加害者だけでなく、学校の教師や児童指導員（加奈がそうだ）、あるいは児童相談所の職員たちが虐待事案に対応する姿を描き、問題の根深さや子供たちに与える傷の深刻さを、丁寧に読者に伝えていくのである。

それが読者に響くが故《ゆえ》に、いわゆるミステリらしい出来事（本書でいえば殺人事件だ）がなかなか起きなくても、物足りなさは全く感じない。一也や太陽をはじめとする子供たちが気になって気になって、頁《ページ》をめくる手が止まらないのである。

そして百頁を過ぎてからのこと。いよいよ殺人事件が起こる。その殺人が、それまでに読者に提示されてきた愛の郷学園に関するエピソードの連なりの先にあるらしいことは感じられるのだが、犯人が誰なのかは皆目見当が付かず、被害者がなぜ殺されたのかもピンとこない。遺体には〝犯人からの謎めいたメッセージが添えられていた〟にもかかわらず、だ。そう、この殺人事件によって、ミステリとしてのギアが入るのである。

そしてこの殺人事件は、また別の角度からもミステリとしての刺激を与えてくれる。『殺人者』という題名と事件との関連をも謎と感じる造りになっているのである。詳述は避けるが、〝こんなかたちで繋《つな》がるのか〟とハッとさせられた。

この事件を契機に、さらにもう一つの視点が加わる。宮川という刑事の視点だ。ミステリの観点では捜査の状況を語って読者をガイドする役割を果たしつつ、宮川は、児童虐待についても学んでいく。その宮川の学習を通じて、読者もさらに知識を深めていくのだ。そうやって獲得した知識は、本書をミステリとして愉《たの》しむうえで効果的に機能する――本書は、そんな巧みな造りになっているのである。

その先の展開もまた見事だ。犯罪がその後も継続するなかで、容疑者をリストアップするフェーズがあり、そのリストを様々な手掛かりから絞り込んでいくフェーズへと進む。つまり、ミステリの観点でしっかりとした設計に基づいて物語が流れていることが実感できるのだ。その流れのなかにはもちろん意外性も盛り込まれており、それに加えて、さらなる伏線の仕込みも行われている。そしてそれらが終盤へと繋がっていくのだ。練達の技であり、〝このシーンの重さにはこういう意味があったのか〟と結末において納得できるように書かれていて感服する。

もう一点、各章の冒頭に置かれる謎めいた手記にも着目したい。本文とは異なるフォントで記された手記（女性が過去を回想しているように読める）がメインストーリーと如何《いか》に合流するか、つまりはこの『殺人者』というミステリのなかでどう機能しているのか、この点についても、著者は期待を裏切らないので。

さて、一九八二年にデビューした深谷忠記は、『信州・奥多摩殺人ライン』（八六年）に始まるトラベルミステリシリーズに加えて、女児誘拐殺人と冤罪《えんざい》を描いて日本推理作家協会賞候補となった『審判』（〇五年）をはじめとして、社会問題を意識した重厚な作品も世に送り出し続けている。こちらの系列では、題名が内容を象徴する『黙秘』（〇三年の『Pの迷宮』を加筆・改題）や、心神耗弱《こうじゃく》を扱った『無罪』（一一年）、死刑執行後に冤罪の可能性が浮上する『執行』（二一年）などを通じて、深谷忠記は司法制度の在り方に着目しているが、そのなかの一つに『目撃』（〇二年）という作品がある。

アリバイを主張するも証明できず、一方で目撃者がいることから殺人の罪で有罪となった関山夏美は、自白は強いられたもので自分は無実であることを控訴審で主張するが……というミステリだ。この『目撃』でも複数の視点が用いられており、夏美の視点では、彼女が夫から振るわれていた暴力が語られる。また、作家の曽我の視点では、彼が夏美の無罪を勝ち取ろうとする様に加え、曽我自身が体験した家庭内暴力とその壮絶な結末について語られている。曽我が、同じく家庭内暴力の被害者である夏美の娘との相似と相違について考える場面もある。深谷忠記は、〇九年発表の本書に先立って、こんな小説を書いているのだ。また、著者は『黙秘』でもＤＶや児童虐待に言及している。本書においてこれらの問題を深く掘り下げ、なおかつそれをミステリとして仕立て上げる腕が冴《さ》えているのも納得である。

さて、冒頭に記した児童虐待の相談件数だが、その後も残念ながら右肩上がりで、二〇二一年には二〇万件を超えた。要するに平成と令和を通じて、約二百倍にも増加したことになる。一方で、出生数は二〇一九年には約八七万人と減少している。出生数はさらに減り、児童虐待の相談はさらに増えたということだ。また、調査期間は異なるのだが、ＤＶ相談も類似の傾向だ。二〇二二年の内閣府男女共同参画局調査によれば、配偶者暴力相談支援センターに寄せられた相談件数は二〇〇二年度に約三万六千件だったものが、本書が刊行された二〇〇九年度には七万二千件超と倍増し、二〇二一年度には約一二万二千件だ（二〇二〇年度の約一二万九千件から若干減少している）。なお、二〇二〇年四月に新たに開設された相談窓口「ＤＶ相談プラス」での相談件数を加えると、二〇二〇年度と二一年度は、それぞれ約一八万二千件、約一七万七千件という、およそ五割増しの数字が現れる。深谷忠記がその著書のなかで警鐘を鳴らしてきた事態が、ますます悪化してしまっているのである。

こんな時代だからこそ、本書は〝今〟、多くの人々に読まれるべきである。〝今〟だけではなく、児童虐待やＤＶが減少し、なくなるまで読まれ続けるべきだ。そうした小説が、ミステリとしても上質に仕上がっているのだ。まさに必読書、である。

二〇二三年二月

本書は2012年2月に刊行された徳間文庫の新装改訂版です。刊行にあたり、大幅に加筆修正しました。

なお本作品はフィクションであり実在の個人・団体などとは一切関係がありません。

徳間文庫

殺人者《ソウル・マーダー》

〈新装版〉



2023年3月15日　初刷

著者　深《ふか》谷《や》忠《ただ》記《き》

発行者　小宮英行

発行所　株式会社徳間書店

東京都品川区上大崎三―一―一　〒141―8202
目黒セントラルスクエア

電話　編集〇三(五四〇三)四三四九
販売〇四九(二九三)五五二一

振替　〇〇一四〇―〇―四四三九二

印刷
製本　大日本印刷株式会社

ISBN978-4-19-894836-8　（乱丁、落丁本はお取りかえいたします）